ANECDOTES NORMANDES

JUSTIFICATION DU TIRAGE

Il a été fait pour les Amateurs un tirage spécial sur papier de luxe, numéroté.

			NUMÉROS
12 exemplaires	sur papier du Japon.	1 à 12
25 —	sur papier Vergé teinté Chine.	13 à 37
6 —	sur papier Wathmann anglais.	38 à 43
25 —	sur papier Vergé de Hollande.	44 à 68
432 —	sur papier Ordinaire.	69 à 500

EXEMPLAIRE SUR PAPIER ORDINAIRE

N°

A. FLOQUET

A. FLOQUET

ANECDOTES

NORMANDES

DEUXIÈME ÉDITION CONSIDÉRABLEMENT AUGMENTÉE

PRÉCÉDÉE D'UNE NOTICE SUR M. FLOQUET

ET SUIVIE DE NOTES ET DE PIÈCES JUSTIFICATIVES

PAR CH. DE BEAUREPAIRE

ROUEN

E. CAGNIARD, IMPRIMEUR, LIBRAIRE-ÉDITEUR

rues Jeanne-Darc, 88, et des Basnage, 5

1883

INTRODUCTION

Notice sur M. Floquet

———

ARMI les écrivains qui se sont, dans le cours de ce siècle, appliqués, avec le plus de succès, à nous faire connaître les faits historiques, les mœurs et les institutions de notre ancienne province, il faut, sans contredit, placer l'auteur de l'*Histoire du Privilège de saint Romain* et de l'*Histoire du Parlement de Normandie*. Ne fût-il connu que par là, le nom de M. Floquet resterait honoré dans ce pays, tant qu'on y verra subsister le goût des recherches sérieuses et approfondies. Mais il est d'autres travaux qui ont rendu ce nom recommandable à un public plus nombreux, tant en France qu'à l'étranger : ce sont les *Études sur la vie de Bossuet*. Il en est d'autres, d'un genre assez différent, qui l'ont fait aimer parmi nous, normands, et principalement parmi nous,

rouennais, de ceux que l'érudition effarouche, et qui n'en
acceptent les leçons que présentées sous une forme
aimable et attrayante : ce sont les *Anecdotes normandes*,
dont il paraît aujourd'hui, grâce à une généreuse inspiration, et par les soins d'un habile imprimeur, une seconde
édition, sollicitée depuis bien des années (1) et à laquelle
ne saurait manquer un favorable accueil. .

Les *Études sur la vie de Bossuet* ont été l'œuvre capitale de M. Floquet, l'œuvre de prédilection de sa vie
entière. Il y a mis tout son cœur ; il s'est plu à y déployer
toutes les ressources de son esprit aussi ingénieux que
patient. Si, plus tard, comme il est permis de l'espérer,
à l'aide des documents qu'il a rassemblés en fort grand
nombre, des notes qu'il a rédigées avec un soin extrême,
ces savantes études, qui ont captivé l'attention du monde
religieux et du monde lettré, pouvaient être achevées, combien on aimerait, par un double sentiment de convenance
et de gratitude, à les voir accompagnées d'une biographie,
mûrement étudiée, du savant historien, qui, mieux que
personne, a connu Bossuet, et qui a éclairci, avec une telle
netteté, les particularités de sa glorieuse carrière, qu'à la
distance de près de deux siècles, nous n'avons, sur bien
des points, rien à envier à ses contemporains !

Les *Anecdotes normandes*, si parfaites qu'elles soient,
n'ont été, cependant, qu'un agréable délassement dans
une longue vie de labeur. Ce n'est pas là qu'il faut mettre
le portrait de l'auteur, et le moment n'est pas encore venu
de réclamer pour cela la main d'un maître. En tête de ces
charmants récits, il suffira d'une légère esquisse, pour

---

(1) Tout dernièrement, une nouvelle édition des *Anecdotes normandes* était
demandée par M. Siméon Luce, Membre de l'Institut, « au nom des amis et des
admirateurs de M. Floquet, au nom de tous ceux qui ont le culte des gloires normandes. » Voir le discours prononcé par M. Luce, comme président d'honneur de
la Société de l'Histoire de la Normandie, dans le *Bulletin* de cette Société, t. III,
p. 109. Le même vœu avait été exprimé par M. l'abbé Le Nordez, dans une conférence donnée par lui au Cercle du Luxembourg, à Paris, en janvier 1882.

rappeler, en attendant mieux, les titres légitimes de M. Floquet à notre estime, à notre reconnaissance et malheureusement aussi à nos regrets.

M. Pierre-Amable Floquet naquit à Rouen, le 9 juillet 1797.

Après avoir fait d'excellentes études au collège de cette ville, il fut envoyé à Caen pour y suivre les cours de l'École de droit. Il revint, en 1819, à la maison paternelle et se fit inscrire, comme stagiaire, au barreau de Rouen.

D'après le conseil de son père, alors greffier au tribunal civil, il entra, sans tarder, dans une étude d'avoué afin de s'y former à la pratique des affaires. Mais, bientôt, il ne tarda pas à reconnaître que sa vocation l'appelait ailleurs, et, secondé par un ami de la famille, M. Taillet, qui avait deviné ses aptitudes, il put obtenir, sans trop d'insistance, la permission de se rendre à Paris, où une nouvelle école, qui répondait à ses goûts, l'École des chartes, venait d'être ouverte.

C'était en 1821. M. Floquet fut un des élèves de la première promotion.

Cette école, qui, depuis, fut organisée sur un plan plus large, n'avait, au commencement, que deux professeurs, l'un, employé au département des manuscrits de la Bibliothèque royale, l'autre, chef de la section historique des Archives du royaume.

Les cours se faisaient, dans ces deux établissements, à un nombre strict de douze élèves, que le Ministre de l'Intérieur avait nommés, sur la présentation de l'Académie des Inscriptions. M. Floquet fut l'un d'eux. Il eut l'avantage de compter parmi ses condisciples MM. Léon Lacabane, Benjamin Guérard, Eugène Burnouf, Le Vaillant de Florival, J. de Pétigny, élite brillante de jeunes gens instruits et laborieux, parfaitement en état, on en conviendra, de réaliser la pensée du gouvernement, qui était, suivant les termes de l'ordonnance de 1821, « de ranimer un genre d'études indispensable à la gloire de la France, et de fournir à l'Académie des Inscriptions et Belles-Lettres tous les moyens nécessaires pour l'avancement des travaux confiés à ses soins. »

Pendant six années, M. Floquet fut attaché au cabinet des manuscrits de la Bibliothèque royale; il s'acquitta, sans épargner sa peine, de la mission qui lui fut confiée de mettre de l'ordre dans un amas de mandements et de quittances provenant de l'ancienne Chambre des Comptes de Paris. D'heureuses découvertes, intéressantes pour l'histoire de notre province, vinrent récompenser son zèle et sa persévérance. Quelques-uns des documents qu'il découvrit dans cette mine inexplorée furent communiqués par lui à M. Auguste Le Prevost, qui les publia, en 1826, heureux de trouver une occasion de signaler son obligeant correspondant « comme un jeune antiquaire de la plus haute espérance. »

Lorsque, en 1828, celui-ci fut rappelé à Rouen pour y prendre possession de la charge de greffier en chef de la cour royale, il eut le bonheur de se faire remplacer à la Bibliothèque par M. Paulin Paris; et l'on peut dire, en toute vérité, que, dans cette circonstance, il rendit moins service à son ami qu'à cet établissement, dont M. Paulin Paris devint l'un des plus habiles et des plus érudits conservateurs.

Il y a lieu de croire que notre compatriote quitta Paris sans trop de regret. Personne, en effet, ne fut plus que lui attaché à ses parents, à ses premiers amis, et n'aima plus ardemment le pays natal. Il retrouvait à Rouen les souvenirs de sa jeunesse, un père, veuf depuis plusieurs années, dont il était la joie et déjà la gloire; ajoutons qu'à peine de retour, il lui était donné d'y contracter une union des plus heureuses, dont le charme s'est prolongé, sans s'affaiblir, jusqu'aux derniers jours de sa vie.

Rouen, d'ailleurs, offrait un champ assez vaste à sa

passion pour les recherches historiques. Un immense
dépôt était remis à sa garde, et il ne fallut qu'un coup
d'œil à M. Floquet pour apercevoir qu'il y trouverait la
matière d'une étude du plus grand intérêt.

A vrai dire, un autre que lui eût été rebuté par les
difficultés de l'entreprise.

Qu'on se figure une masse énorme de registres, entassés
sans ordre dans un immense grenier, où il était malaisé
de se mettre à l'abri de la chaleur pendant l'été, de se
défendre du froid pendant l'hiver ; couverts de poussière ;
en général fort mal écrits ; sans titre au dos ; sans table ;
sans indications marginales ; sans rien, en un mot, de ce
qui peut faciliter les recherches. Voilà ce qu'il lui fallut
aborder, explorer, lire, analyser, pendant de longues
années. C'est de là qu'il a tiré, au prix de bien des
fatigues, les matériaux de son *Histoire de l'Échiquier et
du Parlement de Normandie,* publiée, en 7 volumes in-8°,
de 1840 à 1842.

Lui-même nous a fait connaître dans son Introduction
le sentiment qui l'avait porté à ce travail et les difficultés
qu'il y rencontra.

« A l'aspect de ce magnifique palais de justice que
Louis XII et le cardinal d'Amboise élevèrent jadis à grands
frais dans nos murs, de ces vastes salles aux plafonds
dorés, où le Parlement de Normandie siégea pendant
trois siècles entiers, quel homme intelligent pourrait ne
point soupçonner que là, naguère, durent s'accomplir des
événements importants, se débattre de grands intérêts, se
succéder de notables personnages, retentir de mémorables
paroles ; et ce passé, que tous ignorent, qui pourrait le
pressentir, et ne point désirer de le connaître ?

« De ce Parlement qui n'est plus, il ne reste que des
registres sans nombre, où, parmi des milliers d'arrêts,
indifférents aujourd'hui, apparaissent, çà et là, quelques
rares et piquantes révélations sur son histoire. Il fallait

ou consentir à n'en jamais rien savoir, ou se résoudre à compulser longtemps ces mémoriaux et ces *Olim*. Tâche immense, pour laquelle un homme s'est offert, sans autre mission qu'une ardeur persistante, sans autre système que l'amour de la vérité, sans autre intérêt que le besoin du travail, sans autre mérite que la patience. Ces recherches ont absorbé plusieurs années de sa vie ; il n'y a point de regret ; car, dans ce monde d'autrefois, où, si longtemps. il lui a fallu vivre, combien de points de vue attachants sont venus reposer ses regards et ranimer son courage ! Les faits, les institutions, les personnages se sont tour à tour disputé son intérêt. »

L'*Histoire du Parlement de Normandie* obtint le succès qu'elle méritait. Elle valut à son auteur les éloges les plus flatteurs des personnes les plus compétentes, notamment de M. Bergasse, qui en rendit compte à l'Académie de Rouen ; de M. Jules Quicherat, qui en entretint, dans plusieurs remarquables articles, les lecteurs de la *Bibliothèque de l'École des chartes ;* de M. Ludovic Vitet, qui ne fut que l'organe de l'opinion publique, dans le rapport qu'il présenta sur cet ouvrage à l'Académie des Inscriptions. Conformément aux conclusions de ce rapport, cette compagnie décerna à M. Floquet le premier prix Gobert, au concours des Antiquités nationales de 1843; l'année suivante, elle le nommait l'un de ses membres correspondants.

Venant deux ans après des marques d'estime aussi publiques et aussi flatteuses, la nomination de M. Floquet comme membre de la Légion d'Honneur (11 juin 1845), devait paraître plutôt tardive que prématurée. Ce qui en augmenta la valeur aux yeux de notre savant compatriote, ce fut de recevoir cette distinction en même temps que l'obtenait son ami et son ancien camarade, M. Léon Lacabane ; ce fut aussi d'en être redevable à M. Guizot, dont, plus que personne, il admirait les études historiques et vénérait le caractère, et dont il avait reçu déjà les plus précieux encouragements.

Les jugements, unanimement favorables, formulés au moment de l'apparition de l'*Histoire du Parlement*, n'ont pas été infirmés par les découvertes que l'on a pu faire depuis.

Pour nous encore, « c'est un livre fait pour instruire et pour plaire ; pour instruire de choses que tout le monde ignore et pour plaire même à ceux que les investigations de la science intéressent le moins ; » — « c'est l'un des plus dignes hommages que l'érudition puisse offrir aux esprits qui cherchent des leçons dans l'étude du passé (1). »

Assurément, on pourra signaler dans ce travail quelques lacunes, contester quelques appréciations qui paraîtront, les unes, trop sévères, les autres, trop bienveillantes ; ne pas approuver en tout point cette apologie, presque constante, d'une grande compagnie, qui, si elle eut ses mérites, eut aussi ses préjugés et ses faiblesses. Dans un pareil sujet, qui comprend près de trois siècles, et qui touche à tant de questions et à des questions si délicates, les erreurs sont inévitables ; et il est juste de pardonner à l'historien quelques illusions sur la valeur des hommes et des institutions, puisque, sans cela, le courage lui eût manqué pour en entreprendre l'étude. Convenons, si l'on veut, que M. Floquet n'a pas dit tout ce qu'il y avait à dire ; qu'il y aurait lieu de refaire quelques parties de l'histoire du parlement, et surtout de celle de l'Échiquier. Il n'en restera pas moins incontestable que cet ouvrage figure au premier rang parmi ceux qui ont été consacrés à l'histoire de la Normandie, qu'une méthode plus scientifique, un plan plus régulier, eussent rebuté plutôt qu'attiré nombre de lecteurs ; qu'il a fallu un esprit bien souple et bien vigoureux et une grande puissance d'application, pour mener à bonne fin un travail aussi considérable.

(1) Voir les articles de M. Quicherat.

Vers le même temps, parut, précédé d'une savante introduction, le « *Diaire ou journal du chancelier Séguier en
Normandie après la sédition des nu-pieds, 1639-1640,* »
ouvrage que l'on peut considérer comme la justification
d'un récit émouvant, inséré dans l'*Histoire du Parlement*
et relatif à l'un des événements les plus singuliers qui aient
marqué le règne de Louis XIII en Normandie.

Antérieurement, M. Floquet avait publié l'*Histoire du
Privilège de saint Romain en vertu duquel le chapitre de
Rouen délivrait anciennement un meurtrier tous les ans le
jour de l'Ascension.*

Il lui avait semblé « que ce travail, résumé fidèle de
documents nombreux et presque tous inconnus, ne serait
pas sans intérêt pour ses compatriotes, » et il le leur avait
offert, « avec la confiance d'un écrivain qui n'avait rien
négligé pour rendre son œuvre complète et digne des
lecteurs éclairés et équitables. »

C'est, en effet, une histoire habilement conçue dans
toutes ses parties, où des détails abondants ont été coor-
donnés avec art; histoire qu'on pourra abréger, qu'on ne
saurait être tenté de refaire, et qui conservera le souvenir
d'usages si chers autrefois à la ville de Rouen et même à
toute la province.

Les trente dernières années de la vie de M. Floquet
furent à peu près exclusivement consacrées à ses *Études
sur Bossuet.* En 1827, il avait concouru pour l'*Éloge* de
ce grand orateur, mis au concours par l'Académie française. Le prix, disputé par de nombreux et de redoutables
concurrents, fut partagé entre MM. Patin et Saint-Marc
Girardin. M. Floquet n'obtint d'autre distinction que de
voir son discours signalé entre tous les autres qui furent
alors imprimés.

Nul doute qu'en se portant comme concurrent, il eût
moins cédé à l'attrait de la récompense proposée qu'à un

goût, dès lors très vif, pour l'homme qu'il s'agissait de glorifier.

MM. Patin et Saint-Marc Girardin, ces maîtres de la critique littéraire de notre temps, n'avaient vu, dans le sujet du concours, qu'une matière propre à exercer leur esprit, et à faire remarquer leur diction élégante. Les pages qu'ils ont consacrées à Bossuet sont aujourd'hui oubliées. Leur rival s'est livré à des recherches moins brillantes, mais plus utiles, et d'un intérêt plus durable; il a prouvé par là combien son admiration était sincère, et il a réussi à la faire partager.

Dès 1828, l'année qui suivit ce concours, il faisait paraître la *Logique de Bossuet pour l'éducation du Dauphin.*

En 1829, il composait un *Essai sur les hymnes* de Santeuil, qui lui permettait de revenir à Bossuet.

En 1830, il donnait une dissertation intitulée : *De Bossuet inspiré par les Livres saints.*

En 1844, à propos d'une lettre inédite de Bossuet sur la mort d'Henriette-Anne d'Angleterre, duchesse d'Orléans (juillet 1670), il annonçait enfin publiquement, dans la *Bibliothèque de l'École des chartes,* le projet qu'il avait formé depuis longtemps, qu'il avait confié à ses amis, et dont l'exécution n'avait été retardée que par la longue préparation de son *Histoire du Parlement de Normandie* (1).

« Tout n'est pas dit encore, écrivait-il, sur l'immortel évêque de Meaux, sur sa vie, sur ses ouvrages. De longues

---

(1) Fidèle à ses anciens confrères de l'Académie de Rouen, dont un des plus marquants était M. Chéruel, il les avait initiés à ses nouveaux travaux, en leur donnant lecture, en 1843, de sa dissertation sur la *Bible de Bossuet.* Il leur communiquait, en 1845, ses *Réflexions à propos d'un opuscule autographe de Bossuet sur le style et l'écriture des écrivains et des Pères de l'Église ;* en 1849, un mémoire intitulé : *La première thèse de Bossuet.* La Bible, dont il est ici question, est un exemplaire de la Grande Bible d'Antoine Vitré, sur les marges duquel sont

et persévérantes recherches sur ce sujet qui nous est cher, nous ont valu de précieuses révélations qu'un jour nous ferons connaître. »

Ce fut, principalement, afin d'avoir le loisir et les moyens de poursuivre des recherches auxquelles il attachait une si grande importance, que M. Floquet avait pris le parti, l'année précédente, de se démettre de sa charge et de transférer son domicile à Paris. De 1844 à 1847, on le vit parcourir tous les lieux où Bossuet avait vécu, avait prêché, avait pu laisser quelque trace de ses actions, de ses écrits, Metz, Dijon, Troyes, Melun, Jouarre, Meaux, Soissons, Châlons-sur-Marne, Reims, Bordeaux, Condom, Auch et Toulouse, interrogeant, du matin au soir, les archives et les bibliothèques, se mettant en rapport avec tous ceux qui pouvaient l'instruire et le renseigner, recevant partout l'accueil le plus empressé et le plus dévoué, ainsi que ses lettres intimes en contiennent le plus touchant témoignage. Avec quel enthousiasme (c'est presque le feu sacré du poète et de l'orateur) il y conte ses découvertes ; avec quelle effusion de reconnaissance il y parle des démarches obligeantes du baron d'Huart, des offres aimables de Mgr Dupont de Lorges, à Metz ; du bienveillant concours que lui prêtèrent Mgr de la Croix d'Azolette et M. l'abbé Caneto, à Auch ; mais surtout de l'intérêt, constant et presque passionné, que prit à ses travaux Mgr Allou, évêque de Meaux. Invité par ce dernier à venir assister à l'ouverture du tombeau de Bossuet, il fut, dans la matinée du 11 novembre 1854,

---

consignées les notes recueillies par l'abbé Fleury et des annotations de la main de Bossuet, à la suite de conférences présidées par lui. M. Floquet avait pu s'en rendre acquéreur, grâce à l'intervention de l'excellent M. Gossin (fondateur de la Société de Saint-François-Régis), qui lui donna bientôt une preuve encore plus grande de son amitié en lui cédant un document, auquel il attachait le plus grand prix, le Panégyrique de saint Joseph, *Depositum custodi*, manuscrit autographe de Bossuet.

l'un des très rares témoins de cette scène émouvante, où, pour quelques instants, on vit reparaître à la lumière avant de s'évanouir, à tout jamais, non seulement la dépouille mortelle, mais les traits, un moment reconnaissables, du sublime écrivain.

« Voir Bossuet, écrit-il, le cœur encore tout ému de ce souvenir, combien, dans le monde, au loin, depuis 1704, avaient en leur âme envié cette douceur au grand siècle, combien encore, dans la suite des temps, s'affligeront de n'avoir pu saisir une occasion inespérée, telle qu'elle s'est offerte à moi ! »

Chaque année, la veille de ce jour mémorable dans son existence, M. Floquet se faisait un devoir d'écrire à l'évêque de Meaux pour lui renouveler l'assurance de sa profonde gratitude.

Les *Études sur la vie de Bossuet jusqu'à son entrée en fonction en qualité de précepteur du Dauphin* parurent en 1855 (1).

En 1864, M. Floquet donnait une suite à ce travail. Elle comprenait une période de dix ans, et parut sous le titre de *Bossuet précepteur du Dauphin, fils de Louis XIV*.

M. E. Gandar, dans son livre intitulé : *Bossuet orateur*, a fait ressortir, en peu de mots, la qualité dominante de ces recherches :

« M. Floquet, dit-il, en est venu à connaître si bien toutes les circonstances de la vie de l'orateur que, non seulement il supplée un millier de fois au silence de la tradition, mais qu'il rétablit souvent la vérité, d'une manière authentique et irréfutable, sur des points où dom Deforis et le cardinal de Bausset invoquent le témoignage de l'abbé Le Dieu, et où Bossuet, répondant aux questions de son secrétaire, a été trompé par ses souvenirs. »

(1) Le second prix Gobert fut donné à M. Floquet pour cet ouvrage, au concours des Antiquités nationales de 1856.

Après les travaux de longue haleine qui ont illustré le nom de M. Floquet, il faut citer les opuscules. La plupart appartiennent au genre historique, et pourraient être proposés comme modèles.

Ce sont, dans la *Bibliothèque de l'École des chartes*, une *Requête en vers français adressée le 23 février 1570, au parlement de Normandie, par les suppostz de la Basoche de Rouen*; — l'*Histoire des Conards de Rouen*, l'un des morceaux les plus spirituellement écrits de notre auteur; — dans *la Revue rétrospective*, le *Rôle politique de P. Corneille pendant la Fronde*; — dans les Mémoires de l'Académie de Rouen, des *Réflexions sur un passage de l'Histoire de la vie et des ouvrages de Pierre Corneille, par M. Taschereau*; — un *Document relatif à Pierre Corneille*; — *Établissement à Rouen, en 1604, d'une manufacture de soieries favorisée par Henri IV; Lettre inédite de ce monarque relative à cet établissement*; — *Lettres de noblesse accordées au père du grand Corneille*; — *La Charte aux Normands* (1); — *Notice sur les tombeaux de Claude Groulart, premier président du parlement de Normandie (de 1585 à 1607) et de Barbe Guiffard, sa seconde femme, découverts à Saint-Aubin-le-Cauf (canton d'Envermeu, arrondissement de Dieppe)*; — *La Maison des Basnage*; — *Lettre inédite de Jouvenet et Notice à ce sujet*.

Les *Anecdotes normandes* tiennent le milieu entre le genre historique et le genre littéraire. Elles furent composées à de longues années d'intervalle, et sous des inspirations très différentes.

Presque toutes furent lues à l'Académie de Rouen et publiées dans ses Mémoires. Ce sont : *Louis XI et la Nor-*

---

(1) Cette dissertation fut lue à la séance solennelle des Antiquaires de Normandie, qui l'insérèrent dans leurs *Mémoires*, tome XIII (1844), p. VI-XXII. On la retrouve aussi, avec quelques légers changements, dans la *Bibliothèque de l'École des Chartes*, tome IV, p. 42-61.

mande, 1832 ; — *l'Aveugle d'Argenteuil*, 1833 ; — *le Procès*,
1834 ; — *le Carrosse de Rouen* ; — *la Harelle de Rouen* ;
— *un grand Dîner du Chapitre de Rouen, à l'Hôtel de
Lisieux, à Rouen*, 1835 ; — *l'Élection faite par le chapitre
de l'église cathédrale de Georges d'Amboise, premier du
nom*, 1837 ; — *le Petit Saint-André* ; — *le droit de
grâce des archevêques de Rouen*, 1838.

Ces anecdotes, auxquelles il en joignit deux autres, *la
Basoche de Rouen* et *la Boise de Saint-Nicaise*, qui
avaient paru dans la *Revue de Rouen*, furent publiées,
cette dernière année, à un nombre assez restreint d'exem-
plaires, qui furent rapidement enlevés.

Depuis, M. Floquet composa et lut à l'Académie de
Rouen cinq nouvelles anecdotes : *la Vocation, anecdote
normande sur l'abbé Gervais De la Rue*, 1839 ; — *l'Arrêt
du sang damné*, 1840 ; — *le Mot d'Ordre*, 1841 ; — *Notre-
Dame-de-Bonsecours*, 1842 ; — *Encore un procès*, 1844.

On les trouvera jointes au présent recueil, dont elles
nous ont paru devoir augmenter assez sensiblement l'intérêt.

Ce n'est pas sans raison qu'on a vanté la verve, la
gaîté, la parfaite décence de ces petits contes, d'une facture
savante et recherchée.

Les éléments en ont été empruntés aux sources les plus
variées, aux manuscrits de la Bibliothèque nationale, aux
archives du palais de justice de Rouen, à celles du département de la Seine-Inférieure, et, plus rarement, à des
documents imprimés. Parmi ces récits, on n'en voit point
qui soient dépourvus de valeur historique : mais tous, à
ce point de vue, ne sont pas recommandables au même
degré. Quelques-uns sont exacts de tout point, et le
conteur n'a permis aucun écart à son imagination ; tels
sont, par exemple, *le Dîner du Chapitre*, *l'Élection de
Georges d'Amboise*, *le Droit de grâce des archevêques de
Rouen*. Ceux-là ont été composés à l'aide de documents

authentiques, dont ils ne sont souvent que l'élégante tra-
duction et le simple commentaire.

Dans d'autres un fond sérieux a servi de thème à une
mise en scène de pure imagination : tels sont *Louis XI et
la Normande* et *l'Arrêt du sang damné.*

Une pièce de la *Muse normande*, de David Ferrand, a
fourni la donnée de la charmante anecdote : *Un procès*,
à mon avis, le chef-d'œuvre du recueil. Un chapitre des
Recherches d'Étienne Pasquier n'a eu besoin que d'être
arrangé pour devenir *l'Aveugle d'Argenteuil.*

Des renseignements oraux ont donné les sujets des
anecdotes : *le Carrosse de Rouen* et *Notre-Dame-de-
Bonsecours.*

Ce qui ajoute au prix de ces tableaux, c'est que l'auteur
s'y peint lui-même, et que nous y trouvons les impressions
qu'avaient laissées dans son esprit les différentes étapes de
sa vie.

Des souvenirs, chers à son enfance, nous ont valu *la
Boise de Saint-Nicaise,* qui retrace d'une manière si
piquante la lutte qui s'engagea entre les *Purins* du quartier
des drapiers et les damerets du quartier aristocratique
et parlementaire. Saint-Nicaise et Saint-Godard furent,
à Rouen, les deux paroisses favorites de l'auteur ; la première lui rappelait sa mère, le plaisir qu'il avait éprouvé
à écouter, encore enfant, assis près d'elle, ces hymnes
sacrées qu'il savait toutes par cœur, et dont il ressentait
les charmes, comme s'il eût été un contemporain de
Santeuil. Saint-Godard était la paroisse de sa jeunesse,
celle aussi de son âge mur : il y avait vu, dans un superbe
vitrail, les scènes de la légende de saint Romain, qu'à son
tour il devait faire revivre dans une de ses meilleures
productions. Les années qu'il avait passées à Caen, comme
étudiant, nous ont valu *la Vocation*, c'est-à-dire son histoire à lui-même, que nous reconnaissons sous les traits de
Gervais De la Rue, regardant d'un œil curieux les anciens

chapiteaux de l'église Saint-Pierre, hésitant entre la poésie,
l'éloquence et l'érudition, et s'éprenant enfin d'un beau feu
pour l'histoire du passé, à laquelle il consacra d'abord
tous ses loisirs, ensuite toute sa vie. Quelques-unes de ces
anecdotes nous reportent aux années où il fut employé à
la Bibliothèque royale ; d'autres, à celles que remplirent
ses fonctions de greffier de la cour de Rouen. *Encore un
procès,* où il raconte les obstacles qui s'opposèrent pendant
quelque temps à l'exécution des dispositions testamen-
taires de l'abbé Legendre, est une sorte d'hommage et de
cordial adieu à ses confrères de l'Académie de Rouen,
qui tous professaient pour lui l'estime la plus sincère,
comme ils lui en donnèrent un témoignage, le plus signi-
ficatif qu'il fut en leur pouvoir de lui offrir, en lui
décernant, en 1862, une médaille d'honneur.

Il est inutile, après tant d'autres, de parler de son
extrême aménité, de la distinction de ses manières, qui
lui gagnaient tous ceux qui avaient le bonheur de l'approcher ; de cette bienveillance inaltérable, qui ne lui
laissa jamais échapper un mot désobligeant pour personne ; de cette sensibilité qui lui faisait payer les plus
légers services d'une reconnaissance hors de proportion
avec le bienfait, et dont il aimait à renouveler sans cesse
l'expression (1) ; de cet attachement à ses amis (les plus vieux
furent pour lui les meilleurs), qui ne tenait rien de l'amour
des louanges, ni de l'intérêt. Ce qui frappe le plus chez
lui, c'est une constance, qui ne se démentit jamais, dans
les sentiments, dans les goûts, dans le genre de vie.

Tel il était dans son adolescence, tel à peu près on
le retrouve dans sa vieillesse. L'expérience, sans doute,
l'avait éclairé, mûri ; elle avait modifié quelques-uns de ses
jugements , fait tomber quelques-unes de ses illusions ;

(1) Il était aisé d'en juger par la manière dont il parlait de MM. Berger de
Xivrey, Timothée Campenon, Pierre Clément, Léopold Delisle, Ernest de Fréville,
Gomont, Homberg, Paulin Paris, André Pottier, Ch. Richard, N. de Wailly, etc..

mais elle n'exigea de lui aucun notable sacrifice. Ce qu'il avait aimé, il l'aimait encore, parce qu'il n'avait rien aimé que de noble et délicat. Sous le rapport du style et des sentiments, il est aisé de constater aussi un parfait accord entre les livres qu'il a publiés et sa correspondance la plus intime et la plus familière.

Je ne veux emprunter à ses lettres qu'une citation, parce qu'elle fait connaître l'homme.

« Je souffre (écrivait-il en 1846, à la vue de polémiques passionnées qui avaient la politique pour objet); je souffre cruellement en voyant les hommes, tant les agresseurs que les attaqués, tant les grands que les petits, si passionnés, si intéressés, si malheureux, si vindicatifs, et je m'applaudis bien de m'être, toute ma vie, tenu loin de tous ces mouvements. On n'obtient sans doute à ce compte que de petits bonheurs, mais on évite certainement de grandes tempêtes. »

Gardons-nous de croire, cependant, que M. Floquet fut un stoïcien indifférent, et que le souci de sa tranquillité, en l'exemptant des tourments de l'ambition, l'ait jamais empêché de prendre parti quand il le fallait, et ait éteint en lui l'ardeur des fortes convictions et des sympathies généreuses.

Pendant le séjour qu'il avait fait à Paris, il avait eu l'honneur d'être présenté à Mgr de Quélen et de recevoir de lui les marques les moins équivoques, non seulement d'intérêt, mais d'amitié. On croira sans peine qu'il en conserva toujours le plus respectueux souvenir. Ce n'était jamais sans attendrissement qu'il parlait de ce vénérable prélat. Il aimait surtout à rappeler avec quelle paternelle bonté celui-ci l'avait accueilli, s'était appliqué à le consoler un jour que, sous le coup d'un deuil cruel, tout récent, il était venu lui confier sa peine et son découragement. Ce jour-là, il reçut de Mgr de Quélen un livre intitulé : *les Consolations de la religion dans la perte des personnes*

qui nous sont chères, livre qu'il conservait comme une
relique et sur une page duquel il avait inscrit, en souvenir du donateur, cette citation qu'il avait empruntée à
D'Olivet, dans son éloge de Daniel Huet : « On doute,
lorsqu'il s'agit de grands hommes, si c'est amour-propre
ou reconnaissance qui fait que nous parlons de leur amitié,
et souvent, de peur d'être soupçonnés d'une faiblesse,
nous manquons à un devoir de reconnaissance. »

C'est à la louange de Mgr de Quélen et de M. Floquet que
nous nous permettrons de rapporter la lettre suivante,
écrite à la date du 18 octobre 1830 :

« Ne me plaignez pas, mon cher ami, félicitez-moi
plutôt d'avoir été trouvé digne de souffrir quelque chose
pour le nom de Jésus-Christ, car je ne pense pas que ce
soit contre moi que ces violences aient été dirigées. *Non
potest mundus odisse vos : me autem odit.* Ayant peu
de temps pour vous écrire, je ne puis que vous exprimer à la hâte ma reconnaissance pour l'intérêt que vous
me témoignez. J'ai été bien occupé de vous, et j'ai fait
des vœux pour que ce bouleversement ne vous atteigne
pas, non plus que votre existence. Je suis plus près de
vous que vous ne le pensez, à huit heures seulement
de distance de Rouen, mais je n'oserais vous offrir ni
vous dire de venir ici. Je dois des ménagements à mes
hôtes dans la vallée d'Eure. Je pense quelquefois à mes
quartiers d'hiver. Si je ne puis rentrer dans mon diocèse,
alors je profiterai de vos offres amicales. Vous pourrez
vous servir, pour m'écrire, de la voie dont vous avez usé
dans votre dernière lettre.

« Croyez, mon cher ami, que le souvenir de votre
dévoûment et de votre affection est une des consolations
que Dieu m'a envoyées, et dont je le remercie avec attendrissement. Avoir des amis, c'est beaucoup. Mais en

trouver dans le malheur, c'est être doublement heureux.

« Je vous embrasse et vous renouvelle l'assurance de mon très tendre attachement.

HYACINTHE,

Archevêque de Paris. »

Ses relations avec Mgr de Quélen procurèrent à M. Floquet la connaissance de Mgr Surat, plus tard vicaire général et archiprêtre de la cathédrale de Paris, avec lequel il aimait à revenir sur un temps qui leur avait, à l'un et à l'autre, laissé de si chers souvenirs.

Les terribles événements de 1870 et 1871, la mort violente de Mgr Darboy et de Mgr Surat (1), massacrés l'un l'autre comme otages de la Commune de Paris, affectèrent M. Floquet de la manière la plus douloureuse. A partir de ce moment, il ne put se résoudre à reprendre ses travaux ; il renonça définitivement à l'espoir d'achever une œuvre qu'il avait jusque-là poursuivie avec une si admirable patience.

Dès lors retiré dans sa solitude de Formentin, où venaient le voir ses amis, où plus d'une fois il reçut la visite de M. Picard (2), archiprêtre de la cathédrale de Rouen, du docteur Hellis, et de M. le baron Adam, il employa tout son temps, d'abord à faire le bien, à répandre ses aumônes autour de lui, ensuite à lire ses auteurs favoris, Bossuet, surtout, dont il ne pouvait se lasser.

Mais, fidèle aux conseils d'Étienne Pasquier, qui considérait comme faites en pure perte les lectures qu'on

(1) Mgr Darboy avait témoigné à M. Floquet la plus grande bienveillance, et prenait le plus vif intérêt aux Études sur Bossuet. Il faut en dire autant de Mgr Hugonin, évêque de Bayeux.

(2) La vie de M. Picard a été écrite, avec autant de cœur que de goût, par M. l'abbé J. Durier. On y trouve un très intéressant passage sur les vacances de M. Picard à Formentin, p. 171-177.

entreprenait autrement que la plume à la main, il se mit à relever tous les passages qui le frappaient dans les livres qu'il lisait.

Deux des registres consacrés à ces citations portent le titre : *In extremis.* Il y avait transcrit tout ce qui avait trait à la mort, et avait pris soin d'indiquer, par une annotation particulière, ceux qu'il désirait qu'on lui relût, quand on le verrait près de sa fin.

Sa correspondance, cependant, ne subit guère de ralentissement, et ses amis n'eurent jamais à se plaindre des fatigues que la vieillesse lui apportait. Toutes ses lettres, écrites d'une main ferme, en caractères qui semblent d'une autre époque, respirent un parfum d'exquise politesse, et il est à remarquer que, bien qu'écrites au courant de la plume et sans le moindre effort, elles sont rédigées avec le même soin et la même correction que si elles eussent dû être imprimées.

La dernière qu'il put écrire en entier était adressée à M. de Tourville, président de Chambre honoraire à la cour de Rouen (1).

Il voulut ensuite adresser un dernier souvenir à M. Hébert, ancien Garde des sceaux, dont il aimait toujours à vanter le talent éminent et la noblesse de caractère; mais il ne put tracer que quelques lignes : la lettre ne fut point achevée.

Peu de temps après, le 3 août 1881, M. Floquet s'éteignait à Formentin, dans les sentiments d'une vive piété, entouré des plus tendres soins d'une femme dévouée, qui, constamment, s'était associée de cœur et d'esprit aux travaux de son mari.

Il laisse après lui d'excellents ouvrages qu'on consultera toujours avec profit, et qu'on lira toujours avec plaisir. Sa mémoire a été honorée par des éloges d'amis, de litté-

(1) Cette lettre avait été écrite à l'occasion de la mort de M. de Tourville, jeune magistrat, d'une rare distinction.

rateurs et d'érudits (1) ; mais, s'il m'est permis de le dire, elle l'a été bien plus encore par les regrets sincères et unanimes de cette population rustique, au milieu de laquelle s'écoulèrent ses dernières années, et qui ne connaissait en lui que l'homme de bien.

CH. DE BEAUREPAIRE.

(1) Discours prononcés sur la tombe de M. Floquet, par M. le baron Adam ; — par M. Conrad de Witt, reproduits par le *Moniteur du Calvados.* — Notice sur M. Floquet, due à la plume élégante de Madame de Barbarey (l'auteur bien connu d'*Élisabeth Seton*), dans *l'Union*, 4 sept. 1881. — Autres notices de M. le chanoine Denis, dans *la Semaine religieuse de Meaux* ; — de M. l'abbé Loth, dans *la Semaine religieuse de Rouen* ; — de M. E. de Beaurepaire, secrétaire de la Société des Antiquaires de Normandie, dans le *Bulletin* de cette Société ; — de M. le marquis de Beaucourt, dans le *Bulletin de la Société de l'Histoire de France ;* — Notice non signée dans *le Français*, numéro du 10 août 1881, etc.

OUR *composer* l'Histoire du Privilège
de Saint-Romain, *imprimée en 1833,
et celle du* Parlement de Normandie,
*que je me propose de publier un
jour, il m'a fallu, on le conçoit, compulser force
registres et chroniques manuscrites. Là, avec les
documents que je cherchais, j'ai rencontré, sans
doute, nombre de vérités indifférentes; mais combien
aussi se sont offerts à moi de faits étrangers, il est
vrai, à mes deux ouvrages projetés, intéressants
toutefois, et qu'il m'aurait coûté de laisser dans
l'oubli! Ainsi, un jour, à la Bibliothèque royale,
quel fut mon étonnement de trouver, non point dans
un manuscrit, mais dans les feuillets qui lui ser-*

vaient de gardes, *une délibération authentique de l'Hôtel-de-Ville de Rouen, éconduisant bravement Louis XI qui avait voulu contraindre de bons gros marchands de la ville, Jean Le Tellier et dame Estiennotte sa femme, à donner leur fille unique en mariage à son chevaucheur Désile, l'un de ces hommes de bien prêts à tout, comme il en avait tant autour de lui ! « Le roi ne forcera aucuns des habitants de Rouen de se marier contre leur volonté », avait dit Philippe-Auguste dans une charte octroyée, en 1207, à notre ville. Trois siècles, presque, s'étaient écoulés depuis la promesse du monarque; Rouen, toutefois, on le verra, ne l'avait point oubliée. Etrange chose, assurément, de trouver, sur les* gardes *d'un livre manuscrit, l'anecdote :* Louis XI et la Normande; *car tout est vrai dans mon récit, et les opinions diverses émises par les conseillers de ville, et la lettre même de dame Estiennotte à Louis XI, lettre que je voudrais bien avoir imaginée, mais que je n'ai fait, hélas! que transcrire.*

Peu de temps après, dans un autre manuscrit de la Bibliothèque royale et dans un Mémorial de l'Échiquier, s'offrent à moi des détails dramatiques, intimes et jusqu'alors inconnus, sur la fameuse Harelle de 1381. Une autre fois, c'est toute l'his-

toire de l'élection de notre célèbre archevêque Georges d'Amboise, ensevelie, jusqu'ici, dans les registres du Chapitre de Rouen, et dans ceux de l'Hôtel-de-Ville, qui se mêla aussi de cette affaire. Là, on apprend comment, au temps de la Pragmatique, étaient élus les évêques; on pénètre dans le secret du conclave; on voit, dans ses détails intimes, la plus majestueuse cérémonie de l'Église, au moyen-âge, cérémonie abolie depuis trois siècles, et presqu'entièrement ignorée de nos jours. Bientôt, c'est un festin d'apparat, un past des cinquante chanoines de Notre-Dame de Rouen, en 1425, à l'Hôtel de Lisieux, avec trois ou quatre évêques, autant d'abbés, les baillis de Caux et de Rouen, minutieusement décrit dans un procès-verbal qu'ont dressé des tabellions, témoins et acteurs de la fête. Dans les registres du Parlement, les éléments dispersés de l'histoire des clercs de la Basoche, leurs requêtes en vers, avec les arrêts qui nous les ont conservées. Dans les RECHERCHES d'Étienne Pasquier, l'histoire de ce valet, assassin de son maître, découvert, longtemps après le crime, par un aveugle qui, inaperçu, avait entendu, sur les côteaux d'Argenteuil, les cris de mort du meurtrier et les vaines supplications de la victime. Une guerre entre deux paroisses de Rouen, Saint-Godard et Saint-Nicaise,

au sujet d'une boise, *guerre attestée par les
registres du Parlement, et célébrée dans le temps,
par plusieurs pièces de la* Muse normande. *Un
grand* procès *pour un nid de pie, énergique et dernière expression du goût marqué de nos pères pour
la chicane. Le voyage de Jouvenet dans l'antique et
lourd* carrosse de Rouen, *révélé par des notes écrites
sous la dictée de son neveu Restout; l'inauguration
de son magnifique tableau des Enquêtes, le triomphe
de cet illustre peintre, l'honneur éternel de notre
ville. Enfin, c'est Duquesne, le grand Duquesne,
enfant alors, mandé de Dieppe à la grand'chambre,
pour se justifier de sa première prise comme d'un
crime; là, déclarant ses dix-sept ans, confessant
son premier fait d'armes, plaidant lui-même sa
cause, la gagnant à vol de bonnet; bref, arrivé au
Palais en accusé, et en sortant capitaine.*

*Ces particularités, qui ne pouvaient trouver place
dans nos histoires du Parlement de Normandie et
et de la Fierte de Saint-Romain, étaient-elles donc
si dépourvues d'intérêt qu'il fallût les laisser igno-
rer toujours? Enfant de Rouen, prisant, plus que
nulle autre chose au monde, les suffrages de mes
compatriotes, de ces hommes au milieu desquels je
suis né, au milieu desquels je vis et travaille, ai-je
espéré à tort qu'ils liraient sans ennui le récit de*

quelques faits arrivés dans notre ville, au temps de
nos pères, et que ces fidèles images des anciennes
mœurs normandes ne seraient point sans quelque
prix à leurs yeux ? Effrayé, d'ailleurs, de ces
deux sérieuses et longues histoires, entreprises,
peut-être, sans avoir assez consulté mes forces,
j'espérais, en traçant ainsi de moins graves et plus
courtes narrations, acquérir cette habitude, cette
vigueur, ce courage si nécessaire pour traiter de
grands sujets : « Excursusque breves tentat », a dit
Virgile. Hélas ! le Parlement est toujours là devant
moi, immense, attaqué, mais non vaincu encore, et,
plus que jamais, me faisant peur; seulement, pour
acquérir une confiance qui ne m'est point venue, je
me trouve avoir écrit une dizaine de petits récits
que je n'ai point la sagesse de garder pour moi
seul, et auxquels je souhaite bonne chance auprès
des amis de nos souvenirs normands. Véritables tous
pour le fond, et presque tous quant aux détails
mêmes (les Pièces justificatives sont dans nos mains),
on ne doit point, néanmoins, chercher dans tous
cette vérité rigoureuse, cette vérité de mot à mot,
première condition de l'histoire, son essence, ce sans
quoi elle n'est pas; cette vérité, enfin, seul mérite
de notre histoire du Privilège de Saint-Romain, et
qui, un jour, seule aussi, recommandera notre his-

toire du Parlement de Normandie. Peu s'en faut,
cependant, encore; tant nos vieilles habitudes d'é-
lève de l'École des chartes et d'historien nous ont
donné de répugnance pour les jeux d'esprit, nous
ont fait inhabile à imaginer, et indocile aux sug-
gestions de la folle du logis, *cette irréconciliable*
ennemie de l'histoire. Le Procès *est tout ce qu'elle a*
pu obtenir de nous sans réserve, quoi qu'elle ait
voulu dire. Encore est-il incontestable qu'on plaida
naguère, à Rouen, pour un nid de pie, comme il est
vrai qu'au temps de l'Échiquier, on avait plaidé, à
Rouen aussi, vingt-cinq ans *durant, pour quelques*
bouts de cierges que le trésorier de Notre-Dame
disputait au chapitre, et qui, en tout, valaient trois
sous. (Registre de l'Échiquier, du 20 avril 1453.)

« *Défendons notre droit ; sot est celui qui donne :*
C'est ainsi, devers Caen, que tout Normand raisonne. »

C'était ainsi, du moins, qu'encore au temps de
Boileau, raisonnaient jadis nos pères, devers Rouen,
hélas ! non moins que devers Caen; le procès des bouts
de cierges le prouve du reste, et combien d'autres
exemples nous pourrions citer ! Mais les Normands
étaient-ils seuls à raisonner ainsi ? L'histoire, toute
bourguignonne, de l'étourneau du sieur de Suilly,

vraie comme celle du nid de pie, est racontée au long dans les commentaires du grave et docte Chasseneux, sur la coutume de Bourgogne. Accurse, d'ailleurs, ce grand docteur, n'a-t-il pas dit qu'on pouvait plaider pour un œuf[1] ? Ainsi, dans le procès *même, la* folle du logis *n'en est que pour la rédaction de la feuille d'audience, au défaut de celle que rédigea notre prédécesseur, le greffier du temps. Pour tout le reste, nous ne lui avons laissé que le soin de la mise en scène; encore y avons-nous regret, tant nous craignons qu'elle ne s'en soit mal acquittée!*

[1] « *Pro uno ovo datur actio.* » (ACCURSE.)

LA HARELLE DE ROUEN

La Harelle de Rouen

(Sédition en 1381)

ES journées des 26 et 27 février 1381 avaient été signalées, à Rouen, par les scènes les plus tumultueuses. C'était alors que, sous le nom de Charles VI, à peine âgé de treize ans, quatre tuteurs avides, les ducs de Berri, de Bourbon, de Bourgogne et d'Anjou, perpétuant, doublant, au profit de leur insatiable avarice, des impôts que Charles V avait abolis à son lit de mort, pressuraient, avec une infatigable cruauté, un pays épuisé déjà par plus de trente années de

guerre. Partout, en France, les peuples s'indignaient; partout ce n'étaient que souffrances, murmures, révoltes et massacres.

Mais à Rouen, plus qu'ailleurs, ces exactions incessantes devaient pousser le peuple à bout. Le roi défunt, longtemps duc de Normandie, n'avait-il pas vécu longues années dans cette ville? Y avait-il un de ses habitants qui eût perdu le souvenir de *Charles-le-Sage* et de son incomparable douceur? Ce roi, mourant, avait légué son cœur à sa ville de prédilection; et avec quels respects, avec quels transports de reconnaissance et de douleur avait été accueilli ce dernier gage de l'amour d'un bon prince, qui, à son heure suprême, avait aboli des impôts onéreux au peuple! Et puis, lorsque la province allait sécher ses larmes et renaître à l'aisance, au bonheur, tout à coup des officiers du fisc, des traitants avides étaient venus dans les halles, sur les marchés de Rouen, rétablir, en grand appareil, leurs bureaux de recette; exigeant, plus durement que jamais, des taxes plus élevées encore que les anciennes; vexant, emprisonnant, dépouillant les pauvres qui, à grande peine, avaient du pain. Ah! parmi le peuple de notre ville, l'indignation avait été grande, l'explosion soudaine et terrible. Chasser les receveurs et les traitants, renverser les bureaux, mettre en pièces les registres et les rôles des taxes nouvelles, avait été l'ouvrage d'un instant; puis, les portes de la ville avaient été closes; les chaînes tendues à l'extrémité de toutes les rues; et, pendant ces premiers mouvements, avant-coureurs de scènes plus tragiques, dans la tour du beffroi de l'Hôtel-de-Ville s'agitait la cloche de la commune, dont les tintements précipités et lugubres appelaient, à grands cris, les ouvriers drapiers, tous les gens de métier, tous les vagabonds, pour qu'ils eussent à venir en hâte délibérer sur les affaires de la cité; car on avait fait taire les bourgeois qui voulaient prêcher la prudence; et ceux-là prévalaient aujourd'hui dans les conseils, qui proféraient le plus haut des paroles de sang, qui avaient des bras nerveux et étaient couverts de haillons.

Un instant, Robert Deschamps, maire en exercice, avait voulu se montrer et haranguer cette populace en colère; mais, presque aussitôt, il lui avait fallu s'enfuir. Hélas! quelques jours avant ces désordres, quels respects universels eussent accueilli partout le maire de Rouen, lui qui, à la cour du Roi, marchait l'égal des comtes; qui, dans sa ville, n'était pas seulement le chef des assemblées de la commune, mais juge, et juge souverain en matière de meuble et d'héritage, ayant son prétoire, ses gardes, ses prisons! Et lorsque, au jour de Noël, la cloche du Beffroi sonnant, ce magistrat suprême se rendant solennellement à l'Hôtel-de-Ville, allait prendre possession de la mairie environné de ses douze pairs, de ses douze prud'hommes, escorté de ses trente-deux sergents revêtus de leurs grandes robes de livrée, alors, dans la foule innombrable qui se pressait sur son passage, il n'était nul si hardi qui n'ôtât son chaperon en toute hâte, et qui n'inclinât humblement la tête. Mais aujourd'hui, son tour était venu de s'humilier et de se taire ; ce prétoire où ses prédécesseurs et lui avaient rendu la justice, il venait d'être renversé de fond en comble : sa geôle avait été forcée, ses prisonniers délivrés, ses pairs et ses prud'hommes insultés, ses trente-deux sergents mis en fuite ; et pas un d'eux n'eût osé marcher Rouen, la verge en main, avec sa robe de livrée ; car maintenant le peuple voulait régler lui-même ses affaires et tout voir par ses yeux.

Toutefois, à cette multitude en délire qui, depuis deux jours, s'épuisait en cris inutiles, il sembla tout à coup qu'il lui fallait un roi qui autorisât ses désordres et rédigeât en lois ses caprices et ses fureurs ; mais c'était un roi de son choix qu'elle voulait, un roi son esclave, un roi son ouvrage, son instrument passif et docile.

« Le roi de France ni ses conseillers ne pourraient faire un peuple (criait-on de toutes parts), mais un

peuple fera bien un roi! Or sus, Jehan Le Gras,
laisse là ta boutique et ta draperie; mets sur ta tête
cette couronne, sur tes épaules ce manteau royal, qui
servirent l'autre semaine, lorsque fut joué le mystère
du roi Salomon; prends aussi le sceptre; bien! Monte
maintenant sur ce charriot, puis marchons, et nous
saurons bien te dresser quelque part un trône. » Et le
cortége, se mettant en marche aux acclamations dis-
cordantes d'une populace enivrée, parcourut toutes
les rues de la ville, et arriva dans l'aître de Saint-
Ouen, près la croix. Là un trône fut élevé en peu
d'instants, et le nouveau roi y fut assis, tremblant,
pâle de terreur; car, si simple que fût cet homme,
il voyait bien qu'il était le sujet du peuple; or un
peuple en délire est un maître redoutable. Et puis
maintenant va commencer le règne du roi d'un
jour, *Jehan Le Gras*, premier de ce nom.

« Sire, lui crièrent mille voix ensemble, les impôts
nous grèvent : ne veux-tu pas qu'ils soient abolis
comme l'avait ordonné Charles-le-Sage? » — « Oui,
bégaie le fantôme de roi; j'octroie l'abolition des impôts.» A l'instant, sur toutes les places, dans toutes
les rues de Rouen, dans les halles, dans les marchés,
retentirent ces mots, toujours magiques aux oreilles
des peuples : « Plus de tailles, plus d'impôts, plus de
« taxes; vous serez francs et libres de toutes char-

ges ! » — « Et les officiers des aides, les agents du
fisc, ces traitants, insatiables sangsues ; les juifs, ces
juifs infâmes surtout, à qui un régent avare et sacri-
lège permet d'habiter la France, malgré les édits,
parce qu'ils le gorgent d'or ; ces usuriers, enfin, qui,
s'ils ne sont pas juifs, sont bien dignes de l'être, Sire,
ne veux-tu pas que justice en soit faite ? » — « Faites,
faites justice », balbutia le monarque tremblant. Cent
bourreaux partirent, les bras nus, la hache à la main ;
quelques instants après, il n'y avait plus, dans Rouen,
de receveurs, d'agents du fisc, de juifs, d'usuriers ni
de traitants, et la Seine coulait sanglante sous le vieux
pont de Mathilde.

— « Nous n'avons plus de maire, de pairs ni de
prud'hommes, et Dieu en soit loué ! reprit le peuple,
parlant toujours au roi son esclave. Mais ces maires
prévaricateurs, qui, durant l'année et jour de leur
pouvoir, se sont montrés si durs, et n'ont eu ni cœur
ni entrailles pour les pauvres souffrants, est-ce que
justice n'en sera jamais faite ? » — « Faites, faites justice, » dit le roi d'un jour. Alors, dans la rue *du
Grand-Pont*, dans la rue *Damiette*, dans la rue *aux
Gantiers*, des maisons furent assaillies, pillées, démo-
lies, rasées au niveau du sol. C'étaient les demeures
d'Eudes Clément, maire en 1371 ; de Guillaume
Alorge, maire en 1376 ; de Jehan Trefflier, maire

en 1377; de Guillaume de Maromme, maire en 1380;
de Robert Deschamps, maire en exercice. On vit s'é-
crouler aussi les hôtels de quelques riches bourgeois,
de quelques prêtres, dont l'opulence désespérait une
populace haineuse et jalouse. Hélas! les infortunés
étaient allés se réfugier, tremblants, dans des cime-
tières; et bien leur en avait pris, car le peuple allait
s'échauffant toujours davantage, et les bourreaux
l'avaient suivi, bras nus, brandissant leurs glaives
tranchants et leurs haches aiguisées.

Cependant, le nouveau roi était toujours séant en
son trône, et toujours le peuple tenait ses assises. —
« Nous allons chercher bien loin nos ennemis, s'écria
une voix rauque, et ils sont là, sous nos yeux, qui
semblent nous braver. Sire, ces moines orgueilleux
de Saint-Ouen, qui veulent, malgré la ville, avoir des
hautes-justices et des gibets, le jour n'est-il pas venu
d'en avoir raison? » — « Faites, faites justice », mur-
mura Jehan Le Gras. Mais, vraiment, la populace
n'avait pas attendu les ordres de son roi; les portes
du monastère venaient d'être défoncées, les meubles
pillés ou brisés. On en voulait surtout à la tour aux
archives; le peuple en eut bientôt fait voler la porte
en éclats; et là furent déchirés avec rage et réduits en
cendres, les antiques priviléges accordés, de siècle en
siècle, à la royale abbaye, fondée (il y avait huit cents

ans) par Clotilde et Clotaire Ier. Le peuple vainqueur
revint bientôt dans l'aître, traînant tous les religieux
de Saint-Ouen, pâles, éperdus, muets de terreur, et,
à leur tête, Guillaume Le Mercher, leur abbé, qui,
déjà mourant, ne devait pas survivre trois jours à
cette horrible scène. Alors, dans cette foule de force-
nés, vous eussiez entendu des imprécations, des hur-
lements et des menaces qui glaçaient d'effroi. —
« Moines, plus de baronnie, plus de hautes-justices,
plus de baillis, plus de verdiers, plus de gibets à
Bihorel, ou bien vous allez tous mourir. Le Parlement de Paris vous a donné raison contre nous, parce
que vous étiez riches et puissants, et que nous étions,
nous, faibles et pauvres; mais, à cette fois, c'est nous
qui rendons la justice : or sus, renoncez aux dépens
énormes dont on nous a grevés envers vous; sinon,
voilà le tranche-tête qui va faire son devoir. »

L'abbé mourant se hâta de signer tout ce que le
peuple voulut, car il était pressé; on l'avait interrompu dans son agonie, il fallait qu'il s'en allât
achever de mourir.

Mais d'où viennent ces bourgeois, ces ouvriers,
partis en grand nombre tout à l'heure, avec des
armes, sur un ordre secret qui semblait cacher quelque mystère ? Et que portent-ils donc de si saint,

pour que partout, sur leur passage, les têtes s'incli-
nent et les chaperons s'abaissent?

Ainsi s'interrogeaient entre eux les innombrables
habitants qui fourmillaient dans l'aître de Saint-
Ouen. Mais, à mesure qu'approchait le cortège, re-
tentissaient plus distinctement les cris : « Honneur à
« la charte aux Normands, octroyée par feu, de bonne
« mémoire, le roi Louis X, dont Dieu ait l'âme !
« Bonnes gens, chaperon bas devant la charte aux
« Normands ! »

C'était elle, en effet, la charte aux Normands, que
malgré les prêtres, malgré les satellites de l'archevêché, ils étaient allés prendre dans le trésor de la cathédrale, où elle était religieusement gardée avec les reli-
ques et les châsses de la basilique ; car cette charte qui,
naguère, avait donné aux Normands la liberté, elle
était dans le trésor de Notre-Dame, tout près de la
fierte de Saint-Romain, qui, une fois chaque année,
donnait la vie.

Cependant elle s'avançait, la charte royale, portée,
en grand respect, sur un carreau à glands d'or, par
quatre bourgeois, têtes nues : alors vous eussiez vu
tous les habitants, saisis d'enthousiasme, s'empresser,
se heurter, pour la contempler de plus près, leur
charte déjà jaunie par ses soixante-sept années d'existence ; pour mieux voir suspendu à des lacs de soie

son grand sceau de cire verte, sur lequel Louis X
était représenté séant en son trône, tenant le sceptre
d'une main, de l'autre sa verge de justice; et à la suite,
comme des captifs derrière un char de triomphe,
étaient traînés tremblants, à demi morts de frayeur,
tous les membres du vénérable chapitre de Rouen,
Gilles Deschamps, leur doyen, en tête, avec l'official,
dont les prisons venaient d'être forcées, le prétoire
démoli, et les prisonniers rendus à la liberté.

— « Chanoines, balbutia Jehan Le Gras, soufflé
par les rebelles, vous avez trois cents livres de rente
sur les halles de Rouen ; renoncez-y par cet acte que
voilà tout dressé d'avance ; faites vite, car voilà venir
la charte aux Normands : le jour baisse, et nous
avons d'autres affaires. » — A peine l'acte était signé,
que des trompettes retentirent et commandèrent au
peuple un profond et religieux silence. Cependant,
sur un échafaud dressé à la hâte, venait de paraître
un homme revêtu des insignes de bailli ; c'était Thomas Poignant, bailli d'Harcourt. Il fallut qu'il lût à
haute voix, pour tous les habitants rassemblés, la
charte de Louis X ; ou des hommes armés de pics, de
pioches, de leviers, et qui n'attendaient qu'un signal,
allaient, à l'heure même, démolir ses maisons qui
étaient là sur la place de l'Abbaye. Thomas Poignant,
glacé de frayeur, lut, d'une voix mal assurée, la charte

aux Normands, qu'il tenait dans ses mains trem-
blantes. Le peuple faisait silence ; et, à cette heure,
dans tout Rouen, si bruyant peu d'instants avant, on
n'entendait autre chose que la charte de Louis X et
la cloche de la commune, qui, seule de toutes les
cloches de la ville, avait sonné depuis soixante-douze
heures, et ne s'était tue ni jour ni nuit. Quand, enfin,
elle eut été lue, cette charte des franchises de la province, force fut à tous de venir, têtes nues, la main
levée, jurer sur la croix de Saint-Ouen et sur les saints
Évangiles de la garder fidèlement. Le roi d'un jour
jura le premier, la couronne bas : après lui, ce qu'il
y avait là d'officiers et de magistrats qui, par miracle,
avaient échappé au massacre ; ensuite, tous les chanoines, les religieux de Saint-Ouen, de Sainte-Cathe-
rine, du Mont-aux-Malades, de Bonnes-Nouvelles, de
tous les monastères de la ville ; les avocats, les bourgeois de Rouen, tous, en somme, depuis le plus
grand jusqu'au plus petit. Et puis, de ceux qui avaient
été, pendant ces trois jours, frappés, dépouillés, on
exigea un autre serment ; il fallut, sous peine de mort,
qu'ils renonçassent à toute idée de réparation ou de
vengeance. Les tabellions d'église et de cour-laie étaient
là, avec leurs clercs, bien empêchés à dresser tous ces
actes en bonne forme, et il fallait les signer ou mourir.
La nuit étant venue mettre un terme à ces sanglantes

saturnales, le roi Jehan Le Gras fut solennellement
reconduit à sa boutique, bien fatigué, il l'avouait,
d'une couronne qu'il n'avait portée qu'un jour. Las,
eux-mêmes, de toutes ces violences et de tous ces
meurtres, les rebelles avaient besoin de respirer quelques instants ; les gens paisibles purent donc, enfin,
goûter un repos qu'ils ne connaissaient plus depuis
trois jours.

Quel beau jour c'était, au moyen-âge, que le samedi-saint, veille de la fête de Pâques, cette grande
solennité des chrétiens ! Après six longues semaines
de privation, de tristesse et de pénitence, le monde
chrétien régénéré semblait renaître et sortir de la
tombe avec son divin rédempteur. Clergé, fidèles,
riches, pauvres, grands et petits, allaient quitter les
vêtements de deuil pour les habits de printemps et de
fête. De toutes les campagnes voisines, les populations
accouraient en foule à la métropole, pour célébrer la
Pâque dans la grande église de Rouen. Enfin, une
nouvelle année allait naître, car les années commençaient à Pâques ; le cierge pascal allumé était le signal
de la nouvelle ère ; et ce signal était accueilli par des
cris de joie.

Le samedi-saint de l'année 1381 trouva la ville de
Rouen dans des dispositions bien différentes de celles
que nous venons de décrire. Trente-huit jours s'é-

taient écoulés depuis les scènes tumultueuses de la place de Saint-Ouen ; et, pendant cet intervalle, quel changement s'était opéré dans les esprits ! Enivrés par leurs premiers succès, les rebelles avaient, dès le lendemain, tenté de se rendre maîtres du château, bâti naguère par Philippe-Auguste. Mais ils s'étaient vus vigoureusement repoussés par les gardes, qui avaient tué ou blessé les uns, et mis les autres en fuite. De leur côté, les paisibles, comprenant, enfin, que c'en était fait d'eux-mêmes et de leurs biens si ces assassins étaient maîtres plus longtemps, avaient tenu tête aux méchants. Puis, bientôt, on avait vu entrer dans Rouen des troupes formidables. Jean de Vienne, amiral de France, les seigneurs de Pastourel et Jean Le Mercier, seigneur de Noujant, commissaires envoyés par le roi pour punir les rebelles, avaient fait exécuter quelques-uns des plus coupables ; sur l'échafaud, en permanence au Vieux-Marché, tombaient, chaque jour, les têtes de quelques victimes. Les prisons, toutefois, étaient pleines encore de séditieux qui ne pouvaient échapper au supplice ; car, à toutes les demandes en grâce venues de Rouen, le roi et son conseil n'avaient répondu que par des menaces et des paroles de colère. « Allez, avait-on dit aux suppliants, allez demander des lettres de rémission à *Jehan Le Gras*, le roi de votre choix. » — Hélas, les malheureux auraient été bien empêchés de le découvrir, ce monarque éphémère ; car, dès la nuit qui suivit son lit de justice, jetant au loin le manteau royal, le sceptre et la couronne, il s'était enfui de la ville et oncques depuis on n'en avait eu de nouvelles. Enfin, le samedi-saint, dès l'aurore, on apprit que Charles VI et les quatre princes ses oncles, partis de Pont-de-l'Arche pour Rouen, allaient arriver à Rouen. Impatienté des lenteurs des trois commissaires, le régent voulait qu'on en finît une bonne fois avec ces gens-là, qui, dans leurs imprécations séditieuses, lui avaient reproché amèrement le vol du trésor du Palais et du trésor de Melun.

Aux premiers bruits de cette nouvelle, vous eussiez vu toute la population de Rouen plongée dans un abattement difficile à décrire. C'en était donc fait de leurs époux, de leurs fils, de leurs pères, de leurs amis, reclus, chargés de fers, dans les tours du château et dans les geôles ! Combien aussi de rebelles, épargnés jusqu'à ce jour et libres encore, n'avaient plus en perspective que la prison et l'échafaud ! Cependant, on démolissait, en hâte et à grand bruit, les murailles de la porte Martainville, par où le roi devait arriver ; car le monarque outragé avait fait dire qu'il n'entrerait que par la brèche, et à armes découvertes, dans une ville qui lui avait déclaré la guerre.

Charles VI n'était encore jamais venu à Rouen, et
c'était la *joyeuse entrée* qu'allait y faire ce roi de
treize ans ! Chose admirable ! en cette ville plongée
dans une morne stupeur et dans une indicible angoisse, ceux-là, le croira-t-on, étaient les plus accablés,
que leur fidélité à leurs devoirs, leur conduite irré-
prochable, lors des derniers troubles, devaient mettre à
l'abri de toute crainte ; mais, à une époque où la religion régnait dans tous les cœurs, faut-il s'étonner que
des chrétiens sincères, purifiés encore par de longues
et récentes expiations, se regardassent comme prisonniers avec leurs frères, comme souffrant avec eux,
accusés avec eux, voués avec eux à l'ignominie, à la
mort ? Et voyez ce qu'imagina leur ingénieuse charité
pour fléchir un monarque en courroux ! Dès les premiers pas que Charles VI et son cortège royal firent
dans la ville, partout ils ne virent que tapisseries tendues le long des maisons, les rues jonchées de draps,
de buis, et du peu que l'on avait pu trouver de fleurs
et de feuillages. Partout des bourgeois, des nobles,
des prêtres, des femmes, agenouillés, les mains jointes,
fondant en larmes, criaient : *Noël ! Noël ! vive le
Roi !* On avait voulu apaiser, par un tel accueil, le
monarque justement courroucé ; mais inutile précau-
tion, à mesure que Charles VI s'avançait, ces acclamations intéressées faisaient bien vite place à des

cris involontaires d'espérance et d'amour. C'est que
Charles VI, plus grand de beaucoup que ne le com-
portait son âge, était « souverainement beau de corps
et de visage; et tant estoit plein de grant bénignité,
doulceur et amour, que Dieu le démonstroit mesme
en l'empreinte de sa face; en sorte que toutes personnes qui le voyoient estoient amoureux et resjoys
de sa personne. » Donc, sur le passage de ce beau
prince, du fils de Charles V, s'échappaient maintenant de tous les cœurs, comme de toutes les bouches,
les cris mille fois répétés : *Noël ! Noël ! vive le Roi !*

D'abord, le prince avait été touché de cet accueil inattendu, et on avait cru le voir essuyer quelques larmes.
Mais un mot du duc d'Anjou était venu réprimer ce
mouvement généreux d'un jeune cœur, et glacer d'effroi la multitude éperdue : « Ribauds (avait dit le
« régent à ces malheureux), plus tost deussiez-vous
« cryer mercy, la hart au col ; mais aussi bien y per-
« driez-vous vostre temps. »

Et comme on passait, en ce moment, devant la tour
du Beffroi, le duc avait ordonné que l'on dépendît la
cloche de la commune, cette cloche fatale qui, en
février, avait donné le signal de tant d'excès. Toujours,
cependant, sur le passage du monarque, malgré le
duc d'Anjou, des vieillards, des femmes en pleurs,
des jeunes filles, des enfants, les mains jointes, criaient

à haute voix : *Noël! Noël! vive le Roi!* Car, aux oreilles d'un roi de treize ans, peut-il retentir d'autres cris que des cris d'espérance et de joie ; et un roi, presque enfant encore, venant, pour la première fois, dans une de ses bonnes villes, pouvait-il y apporter autre chose que du bonheur ?

L'émotion de Charles allait croissant toujours. Au grand portail de la cathédrale, le vénérable archevêque de Rouen, Guillaume de Lestrange, lui adressa des paroles qui le touchèrent plus qu'on ne saurait dire. L'âme toute remplie de Charles-le-Sage, son père, dont le saint prélat venait de lui parler long-temps, il s'avançait tout songeur, sous un dais, vers le sanctuaire, lorsqu'apparut à ses yeux un spectacle qui le fit défaillir un instant : c'était le tombeau, tout récent encore, où reposait le cœur de Charles V, légué par ce monarque à la ville de Rouen, qu'il avait tant aimée. A cette fois, ni le duc d'Anjou, ni le duc de Bourgogne ne furent plus les maîtres. Ce spectacle avait triomphé de toutes les irrésolutions de Charles VI ; car (et il venait de s'en souvenir) il avait vu son auguste père signer, chaque année, dans la semaine sainte, grand nombre de lettres de grâce, en mémoire du Dieu qui pardonna au genre humain coupable. A l'heure même, par son ordre absolu (un jeune roi veut vite et fortement), des lettres de pardon furent dressées et scellées de son sceau royal : « Nous les octroyons, disait-il, pour honneur et révérence de Dieu, de la saincte et benoiste sepmaine peneuse en quoi nous sommes, et de la gracieuse et belle recueillète que les habitants de Rouen viennent de nous faire, à nostre joyeux advènement en ceste ville. »

Cependant, parmi la foule immense qui se pressait dans la Cathédrale, dans l'aître et dans les rues adjacentes, on ne savait ce qui se passait au chœur de la basilique. Seulement commençaient à circuler dans la foule des paroles de pardon qui ne trouvaient guère de créance chez ce peuple consterné ; lorsqu'au haut de l'antique jubé, parut le vénérable archevêque, Guillaume de Lestrange, dont le visage annonçait la joie, et qui lut, à haute voix, les lettres que venait de signer Charles, un tonnerre de *Noël !* et de *vive le Roi !* gronda sous les voûtes de la métropole, et en fit retentir tous les échos. Ce fut comme un orage qui se prolongea quelque temps, et, ni le respect du lieu saint, ni les signes du prélat, ne purent modérer ces transports. Cependant, le bruit du pardon royal avait parcouru la ville avec la rapidité de l'éclair ; et, peu d'instants après, le temple auguste vit une scène des plus touchantes. Les portes des geôles et des tours avaient été ouvertes aux nombreux prisonniers graciés ; tous, tenant à la main leurs chaînes brisées, vinrent ensemble à Notre-Dame, remercier le roi Charles et s'agenouiller devant la tombe de son père. En ce moment le cierge pascal venait d'être allumé, et on entendait, au loin, les innombrables cloches de toutes les églises de la ville, qui annonçaient la grande fête de Pâques. — « Sire (dit à Charles VI Guillaume de Lestrange attendri), voilà revenir les beaux jours de l'église naissante. Vous avez fait comme ces grands empereurs qui, à la Pâque, mettaient tous les prisonniers en liberté, ne voulant pas, disaient-ils, qu'en ce jour d'universelle allégresse, un seul chrétien eût sujet de gémir. Fasse Dieu qu'il n'y ait que joie sur la terre pour un roi qui commence son règne sous de tels auspices ! »

En cet instant, l'orgue de la basilique, touché par l'organiste qui préludait, rendit, sous sa main distraite, un son plaintif, ressemblant à un lugubre soupir. Dans les idées du temps, cette circonstance ne pouvait passer inaperçue ; aussi y eut-il, là, de bons français qui frémirent, et ne purent se défendre des plus tristes présages.

UN GRAND DINER

DU

CHAPITRE DE ROUEN

EN 1425

Un grand dîner du Chapitre de Rouen

A L'HOTEL DE LISIEUX

En 1425, le jour de la Saint-Jean

———✦———

L existait anciennement, dans notre ville, une paroisse entièrement indépendante de l'archevêque de Rouen : c'était la paroisse de Saint-Cande-le-Vieux. Elle relevait du Saint-Siége, représenté par les évêques de Lisieux, qui venaient dans la capitale de la Normandie, tout près de l'église métropolitaine et du manoir de l'archevêque, exercer des pouvoirs dont il est permis de croire qu'ils étaient un peu fiers. Cette parcelle de leur diocèse, située à douze ou quinze

lieues du reste, était régie par le rituel de Lisieux, et en suivait fidèlement les pratiques, différentes quelquefois de celles de la métropole ; en sorte que, d'un côté du ruisseau, on pouvait, à certains jours, manger la poularde en toute sûreté de conscience, tandis que, du côté opposé, et à six pieds de distance, telle chose eût été une violation blâmable des prescriptions imposées au chrétien.

Jaloux à l'excès de cette fraction démembrée de leur territoire, les évêques de Lisieux avaient fait construire, tout près de l'église de Saint-Cande, un spacieux manoir qu'on appela d'abord l'*hôtel de Saint-Cande*, puis l'*hôtel de Lisieux*. L'hôtellerie qui porte aujourd'hui ce nom a été bâtie sur une partie du terrain qu'occupait naguère le manoir épiscopal ; peut-être y trouverait-on encore quelque vestige de l'ancienne demeure des évêques de Lisieux. Ce fut dans ce manoir épiscopal, remarquable sans doute, alors, par ses tourelles élancées, par les ogives de ses portes, de ses fenêtres, et par l'éclat de ses verrières, que Zanon de Castiglione, évêque de Lisieux, donna, en 1425, une fête dont le souvenir nous a paru digne d'être conservé pour ceux qui aiment à connaître, dans ses détails, la vie privée de nos pères. Neveu du cardinal Branda, **Zanon de Castiglione** venait d'être appelé, après lui, au siége épiscopal de Lisieux. Le 24 janvier 1424, comme on célébrait la messe dans le chœur de la Cathédrale de Rouen, Zanon de Castiglione, revêtu des insignes de l'épiscopat, s'avança vers le maître-autel, assisté de plusieurs chanoines et prêtres de Rouen. Là, étendant la main sur l'évangile, il dit : « Moi, Zanon, évêque de Lisieux, je promets à tou-« jours, à l'église métropolitaine de Rouen, à révérend « père monseigneur Jean, archevêque de Rouen, ainsi « qu'aux archevêques qui lui succéderont régulière-« ment, le respect et l'obéissance canoniques. Ainsi « Dieu me soit en aide et ce saint Evangile. » Pendant qu'il parlait, son serment était inscrit au *livre d'ivoire* placé sur l'autel ; le prélat le souscrivit de son seing, précédé de la croix révérée qui annonce toujours la signature des évêques.

Mais ce serment n'était pas la seule obligation qu'eussent à remplir les évêques suffragants de Normandie. Après que Zanon de Castiglione eut apposé son seing au *livre d'ivoire*, les chanoines le prirent à part et lui firent connaître un usage auquel il devait se conformer. Il fallait qu'avant de prendre possession de son siége, il donnât, à l'archevêque de Rouen, son métropolitain, au chapitre, au clergé de la Cathédrale, et à tous les officiers de l'église et des chanoines, un festin solennel ; à moins, cependant, qu'il n'aimât mieux offrir, en argent, l'équivalent de ce qu'aurait pu coûter ce repas. C'est ce qu'on appelait le *past* des évêques, « *pastus* », du mot *pascere*, que l'on me dispensera de traduire. Les évêques de Bayeux, de Séez, d'Evreux, de Coutances, d'Avranches, et enfin de Lisieux, ne s'étaient jamais refusés, jusqu'alors, à l'accomplissement de ce devoir.

Zanon de Castiglione, pressé de se rendre à Lisieux, où sa *joyeuse entrée* devait avoir lieu dans le terme le plus prochain, pria instamment qu'on le laissât partir, et promit de donner à Rouen, le 24 juin suivant, jour de la Saint-Jean, le banquet auquel il était obligé. On ne pouvait repousser une telle ouverture ; mais les chanoines tenaient à ce que le prélat donnât des sûretés. A l'heure même fut dressé, par des notaires, un acte en bonne forme, conçu en termes aussi exprès, aussi explicites, que s'il se fut agi de la vente du plus spacieux domaine de la province. Le prélat promettait, pour le jour dit, le banquet obligé; il le promettait convenable, et tel qu'il devait être pour une semblable conjoncture. A la garantie de cette obligation, il engageait tous ses biens présents et à venir, déclarant renoncer formellement à toute exception de fait et de droit. Mais ce n'est pas tout : hélas ! nous sommes tous mortels ; du 24 janvier à la Saint-Jean, mal pouvait advenir à l'évêque de Lisieux, et alors qu'en eût-il été du banquet promis ? Le cas avait été prévu, et l'acte disait qu'arrivant le décès du prélat, ses biens resteraient engagés à l'archevêque de Rouen et au chapitre, jusqu'à ce qu'on les eût convenablement indemnisés. Cet acte fut signé de la main de Zanon de Castiglione, et scellé de son sceau épiscopal.

Le 24 juin suivant, jour de la Saint-Jean, le matin, assez longtemps avant la messe, monseigneur de la Roche-Taillée, archevêque de Rouen, et tous les chanoines de Notre-Dame, étaient réunis dans la salle capitulaire, et relisaient peut-être l'acte du 24 janvier, lorsqu'on entendit heurter à la porte, et le messager du chapitre annonça qu'un prélat désirait parler à Messieurs. Ce prélat fut introduit : c'était Zanon de Castiglione, évêque de Lisieux. Il salua l'assemblée, alla s'asseoir auprès de la chaire de l'archevêque de Rouen, et s'exprima en ces termes : « Me voilà venu au jour dit, Monseigneur et Messieurs, pour acquitter mes engagements et vous inviter au banquet ou *past* dû et promis par moi. S'il n'était pas aussi solennel, aussi magnifique, et tel, enfin, que le mérite la présence d'un si grand prélat et d'hommes aussi éminents, acceptez-le, toutefois, de bonne grâce, et imputez-en l'insuffisance, non à mauvais vouloir de ma part, mais à mon peu d'habitude de ces sortes de choses, et à mon ignorance des usages de ce pays. Croyez à ma bonne volonté et au désir que j'aurais de vous traiter d'une manière plus digne de vous. »

— « Monsieur de Lisieux (lui répondit M. de la Roche-Taillée), dans cette province de Normandie, l'archevêque, les évêques ses suffragants, et les chanoines de Rouen, ne font tous ensemble qu'un seul et même corps, animé des sentiments les plus fraternels. Le *past* solennel dû par les évêques suffragants remonte aux temps les plus reculés, et est une manifestation de ces sentiments de confraternité. Ce que nous savons tous ici de vos vertus, de votre caractère, de votre vie exemplaire, de votre savoir éminent, nous fait applaudir à votre promotion au siége épiscopal de Lisieux. Regardez-vous ici comme étant parmi des frères prêts à vous donner conseil, faveur, assistance, en toutes les occasions où vous les pourrez désirer, soit qu'il s'agisse de votre personne, soit qu'il soit nécessaire de défendre les libertés de l'église et les droits de votre évêché. Quant au banquet, certains de votre bonne volonté, nous n'aurons garde de nous formaliser si, étranger à ce pays, vous ne vous êtes pas minutieusement conformé à des pratiques de notre église qui vous sont inconnues; et nous applaudissons d'avance aux dispositions que vous avez prises. » — En ce moment, deux dignités et deux chanoines furent envoyés à l'hôtel de Lisieux voir si la salle du

festin était convenablement préparée pour recevoir
l'archevêque et son chapitre ; ils étaient chargés aussi
de maintenir l'ordre pendant le repas, parmi les
officiers de la suite de l'archevêque et ceux du chapitre,
et d'y rappeler ceux qui pourraient s'en écarter.

Alors l'assemblée se sépara ; l'archevêque rentra
dans son palais, et on chanta au chœur, attendant
l'archevêque. — Bientôt on vit s'ouvrir la petite porte
basse par laquelle les archevêques de Rouen viennent
de leur palais à l'église, et M. de la Roche-Taillée
entra, précédé de sa croix, ayant à sa droite l'évêque
de Bayeux, à sa gauche celui de Lisieux. Derrière lui
venaient les officiers attachés à sa personne, ceux de
sa juridiction, les avocats, les notaires, les procureurs,
puis des appariteurs ou sergents. L'archevêque, s'a-
dressant au grand-chantre, lui dit que l'official ou son
lieutenant devait, lors de ce *past*, s'asseoir auprès de
lui, à sa gauche. — « Monseigneur (lui répondit le
grand-chantre), là où vous êtes en personne, il semble
hors de propos qu'un autre vous représente. Aujour-
d'hui, d'ailleurs, l'official est absent, et son lieutenant
est un simple chapelain de cette église. — A la bonne
heure, répondit le prélat, mais je proteste qu'en
quelque manière que l'on se place au banquet de ce
jour, cela ne préjudiciera en rien aux droits de mes
grands-vicaires et de l'official. »

Maître André Marguerie, archidiacre du Petit-Caux et chanoine de la Cathédrale, prit à son tour la parole. Il dit que l'évêque de Lisieux devait s'asseoir à la deuxième table avec tous les chanoines, et ne point souffrir que d'autres convives vinssent y prendre place, quelle que fût leur condition ou dignité; ce past étant dû à monseigneur l'archevêque, aux chanoines, à leurs officiers, et non à aucuns autres. Pour la première table, elle devait être réservée aux dignitaires de l'église cathédrale. Il protesta que toute dérogation à cela ne pourrait être tirée à conséquence, ni préjudicier le chapitre.

Lorsque chacun eut ainsi fait ses protestations, on se mit en marche, la croix en tête; le cortége sortit par le portail de la Calende et se rendit à l'hôtel de Lisieux, dont la devanture avait été ornée de riches tapisseries. Les vénérables convives y furent reçus avec les plus grands honneurs. Après que l'archevêque eut donné sa bénédiction, on dressa, dans une chambre haute, autant de tables qu'elle en pouvait contenir. L'archevêque s'assit à la première, au lieu le plus éminent, sur un banc; et, à sa droite, se plaça l'évêque de Bayeux, sur l'invitation de celui de Lisieux. A la gauche de l'archevêque, Jehan de Bruillot, grand-chantre, Nicolas de Venderetz, archidiacre d'Eu, licencié en l'un et l'autre droit. Il ne s'assit pas d'autres convives à sa table, les dimensions de la salle n'ayant pas permis d'en dresser une plus grande. A la droite de cette première table, en fut dressée une seconde à laquelle se placèrent l'évêque de Lisieux, l'archidiacre du Vexin français, celui du Petit-Caux et le chancelier. Puis, furent dressées autant d'autres tables qu'il en fallut pour le reste des chanoines, qui, tous, se placèrent selon leur rang d'ancienneté. A la gauche de la table de l'archevêque, on en avait dressé une petite, à laquelle se placèrent ses premiers officiers, c'est-à-dire le lieutenant de l'official, le garde du sceau, le promoteur, le secrétaire, les abbés de Mortemer, de Saint-Martin d'Aumale, et deux aumôniers de l'archevêque.

Comme on se mettait à table, un bruit se fit entendre dans la cour et presque aussitôt parut le camérier de l'église de Lisieux. Plusieurs personnes venaient de se présenter pour prendre leur part du banquet : c'étaient, disait-on, les avocats, notaires, procureurs et appariteurs de l'officialité. Ne sachant s'il devait les recevoir, il venait prendre les ordres de Monseigneur l'évêque de Lisieux. « Si ces nouveaux venus appartiennent à l'officialité (répondit le prélat), par condescendance et par respect pour monseigneur l'archevêque de Rouen, je consens qu'on les admette et qu'on leur serve à dîner, en protestant, toutefois, que

cela ne pourra préjudicier ni à moi, ni à mes
successeurs. » Mais l'archevêque se hâta de réclamer :
« En tant, dit-il, que M. de Lisieux consentirait, à
cause de moi, à recevoir les survenants, n'y fût-il pas
tenu, je le remercie de sa gracieuseté ; mais, je le
déclare, il est tenu de les recevoir ; je ne puis donc
admettre ses réserves, et je proteste au contraire. »
Après ces pourpalers, on s'occupa de placer les nouveaux venus. Il n'y avait pas, dans le vaste hôtel de
Lisieux, une salle qui pût suffire à une si grande
multitude de convives. On dressa donc, dans les
autres chambres, des tables pour ceux que n'avait pu
contenir la grande salle. Là s'assirent tous les chapelains ou habitués de la Cathédrale, puis dix officiers
de la maison de l'archevêque ; le clerc des vicaires
généraux, le clerc d'office, deux gardes-registres, deux
tabellions du sceau, treize avocats, dix procureurs,
vingt notaires, huit appariteurs de l'officialité ; puis
les autres officiers subalternes, les serviteurs de
l'archevêque, du chapitre, ceux de chacun des chanoines, et, par dessus tout cela, quelques laïques de
distinction, invités par l'évêque de Lisieux ; entre
autres, messires Jehan Salvaing, chevalier, bailli de
Rouen ; Raoul Bouteiller, chevalier, bailli de Caux,
et quelques autres personnages éminents, qui se
mirent dans une chambre et à une table à part.

Lorsque tout le monde fut assis, commença le service, qui fut splendide, magnifique, abondant, mais que, dans notre siècle, on trouvera sans doute un peu étrange.

Devant l'archevêque de Rouen, furent servis deux plats couverts, dans l'un desquels il y avait des cerises ; l'autre contenait trois petits pâtés de veau. On en servit autant à tous ceux qui étaient dans la même salle, et on versa à chacun du vin blanc. Après, on mit devant l'archevêque deux autres plats aussi couverts ; dans l'un il y avait de la venaison, avec une sauce noire ; dans l'autre, un chapon gras, avec une sauce blanche ; sur le chapon, avaient été semées des amandes et des dragées. Deux plats, qui furent servis devant l'évêque de Bayeux, contenaient des mets semblables ; mais ces deux plats étaient découverts. Les mêmes mets furent servis à tous les membres du chapitre, mais toujours dans un plat pour deux chanoines. A chaque service, on versait d'autre vin, toujours meilleur, et en abondance. Vint le tour des viandes rôties : dans le plat destiné à l'archevêque figuraient un cochon de lait, deux pluviers, un héron, la moitié d'un chevreuil, quatre poulets, quatre jeunes pigeons et un lapin, avec les assaisonnements convenables ; on servit la même chose à l'évêque de Bayeux, au grand-chantre et à l'archidiacre d'Eu. Dans cha-

que plat, destiné à deux chanoines, on servit seulement
un pluvier, un cochon de lait, un butor, une pièce
de veau, une pièce de chevreuil, un lapin, deux
poulets, deux pigeonneaux, avec des plats *honnestes*
de gelée. On servit aussi de ces divers mets aux chapelains et à tous les autres officiers ou subalternes de
l'église, mais dans un plat pour quatre convives.
Bientôt furent apportés, avec un grand appareil,
quatre paons rôtis, dont on avait eu soin de conserver
les queues resplendissantes de leurs riches couleurs.
Puis, après quelques instants d'attente, on servit de
la venaison de sanglier en abondance, et des gâteaux
de froment pétris avec du lait d'amande. A la fin,
vinrent les fromages, les tartes et les fruits; il y en
eut pour toutes les chambres et pour toutes les tables.
Les absents même n'eurent pas tort; maîtres Gui
Rabaschier, chanoine, et Pierre Le Chandelier, chapelain, que leur âge et leurs infirmités avaient empêchés de se réunir à leurs confrères, virent arriver chez
eux des valets chargés par l'évèque de Lisieux de leur
apporter tous les mets qui leur auraient été servis s'ils
eussent assisté en personne au banquet.

Après les grâces, qui furent dites par l'archevêque
dans la grande salle du festin, furent apportées aux
convives des confitures et des épices dans des drageoirs
d'argent; c'est ce qu'on appelait alors la *collation*.

Les deux baillis et les autres personnages notables qui avaient dîné séparément, vinrent, en ce moment, se réunir aux autres convives.

Lorsqu'enfin vint le moment de se retirer, l'innombrable cortège, sortant dans le même ordre qu'il était venu, se rendit, la croix en tête, aux portes de la Cathédrale. Là tous les convives se séparèrent, et, après un repas si copieux, il est permis de croire qu'ils n'attendirent pas trop longtemps le sommeil. Mais, avant que l'on quittât l'hôtel de Lisieux, des notaires, à la demande de l'archevêque et du chapitre, avaient dressé un procès-verbal minutieux de tout ce qui venait de se passer. C'est d'après cet acte que nous avons rédigé notre récit, fidèle de tous points.

LOUIS XI

ET LA NORMANDIE

Louis XI et la Normande

ANECDOTE ROUENNAISE

 ERS la fin du quinzième siècle, au temps du roi Louis XI, il y eut un jour grande rumeur à Rouen, dans la rue du *Gros-Horloge*. D'un bout à l'autre de cette double file de comptoirs et de boutiques, marchands, femmes, enfants, courtauds, servantes, tout le monde était aux portes ; et, de groupe en groupe, de proche en proche, on se racontait la grande, l'incroyable nouvelle du jour : un chevaucheur du roi, nommé Désile, homme d'une assez

4

mauvaise mine, arrivé le matin au galop et à grand
bruit de coups de fouet, était tombé, comme des
nuées, chez *maître Jehan le Tellier*, l'un des plus
gros marchands de la rue, et avait demandé en
mariage Alice, sa fille unique, en vertu d'une lettre
du roi dont il était porteur. Le fait était certain, car
c'était la chambrière de Jehan le Tellier qui l'avait dit
confidentiellement à plusieurs autres chambrières du
quartier, en emplissant sa cruche à la fontaine du
Béfroi. Or, depuis la fondation de la ville, pareille
chose n'avait été ni vue ni ouïe, ni même imaginée
comme possible. Aussi y eut-il une grande explosion de cris, de plaintes, d'exclamations diverses, qui
exprimaient la surprise, le mécontentement de tous.
Et si les hommes murmuraient, croyez que les dames
n'étaient point en reste. « Depuis quand le roi se
mêle-t-il de l'établissement de nos filles ? disait l'une ;
qu'il marie, s'il peut, sa fille Jeanne la contrefaite, et
nous laisse pourvoir les nôtres. » — « Vous verrez,
disait une seconde, que ce messager de malheur (que
le ciel confonde) sera quelque garnement de bas-lieu,
exempt de bien faire par privilège spécial ; car le roi
se sert de telles gens plus volontiers que des autres,
moyennant qu'ils le servent fidèlement. » — « C'est
la cause de toutes les mères, s'écriait une troisième ;
si ce coup d'essai réussit, comptez que nous n'aurons

plus de gendre que de la main du roi, ce dont Dieu nous garde et Notre-Dame de Bon-Secours. » Bref, chacun disait son mot, chacun plaignait Jehan le Tellier, Estiennotte sa femme, surtout la belle Alice, leur fille, douce, modeste, charmante, si heureuse encore la veille, aujourd'hui menacée d'un si triste sort ; et l'indignation de ces braves gens ne saurait se peindre. Mais le plus animé de tous était un jeune homme de quelque vingt-cinq ans, fils d'un marchand dont la maison faisait face à celle de Jehan Le Tellier; beau compagnon, gai, vif, dispos, à l'œil alerte, à la langue agile, agréable parleur pour l'ordinaire ; mais, cette fois, son courroux l'inspirait, et onques il n'avait été si éloquent. Il fallait l'entendre invoquer les droits sacrés des parents et les libertés de la province, puis insister gravement sur le danger de marier des filles à des gens qu'on ne connaît pas ! Il disait d'or ; vous y auriez pris plaisir.

Il y avait bien là quelques malins qui disaient tout bas que le zèle du jeune homme pour les libertés du pays n'était pas celui qui lui tenait le plus au cœur. A les en croire, ils l'avaient vu maintes fois regarder la jolie voisine d'en face avec une persévérance et une application qui ressemblaient beaucoup à l'extase, au point que, dans ces moments-là, il ne voyait pas les chalands entrer dans sa propre boutique, et que lors-

qu'ils lui parlaient et le touchaient même, on aurait
dit qu'il se réveillait en sursaut. De plus, à tout propos, il était chez la voisine ; c'était le feu, la lumière,
puis ceci, puis cela ; que n'était-ce pas ? Ils ajou-
taient qu'au milieu de tous ces soins empressés, la
douce Alice n'avait point l'air trop courroucé, et
semblait prendre le tout en patience. Quoi qu'il en
soit, notre jeune homme dit, ce jour-là, de bien belles
choses pour l'autorité paternelle, pour les libertés
normandes ; et chacun d'applaudir, de murmurer à
l'envi. — Ces Normands d'alors étaient des gens peu
endurants et difficiles à vivre. Fussiez-vous duc, roi,
dauphin, régent, évêque ou pape, si vous leur deman-
diez quelque chose de nouveau, vite ils consultaient la
Charte normande ; si elle était pour vous, à la bonne
heure ; sans quoi je vous baise les mains, et pas de
nouvelles.

Pour un Louis XI, avec de pareils gens, il n'y avait
pas d'eau à boire. Qu'il faisait bien meilleur être duc
de Bourgogne ! c'étaient ceux-là qui avaient le champ
libre et les coudées franches dans leurs états ! Combien
ils auraient été surpris, ces bons princes, de voir les
Rouennais se mettre martel en tête parce que le roi
voulait marier une jeune fille de leur cité ! La grande
merveille, vraiment ! Chez eux, chaque jour, on ne
voyait pas autre chose. Là, point de fille, point de

veuve un peu riche, qui se mariât autrement que de par monseigneur le duc de Bourgogne, ou de par monseigneur le comte de Charolais son fils, ou de par les seigneurs de leur cour. Elle était habile, ma foi, la mère qui cachait si bien sa fille, qu'elle parvenait à la marier selon sa fantaisie! Qui le croirait? On avait vu des veuves de la veille se remarier le lendemain à des hommes de leur gré, tant ces dames haïssaient l'arbitraire! C'était ne pas perdre de temps; mais malheur à celles qui étaient moins promptes; malheur aux scrupuleuses qui faisaient trop long deuil; la vigilance ducale était là, et il fallait épouser, celle-ci un veneur, celle-là un archer, cette autre un palefrenier, chacune enfin quelque varlet des deux princes ou de l'un des seigneurs de leur cour. Ces jeunes filles, ces jeunes femmes dont on disposait ainsi sans les consulter, donnaient-elles toujours le cœur avec la main? Tous ces mariages par ordre tournaient-ils infailliblement à bien? Je ne l'oserais jurer; mais quel remède? les ducs le voulaient ainsi. Leur parler de penchants du cœur, de mariages d'inclination, c'était jouer à se faire regarder de travers. Ils ne connaissaient que les mariages de raison; hors de là, selon eux, point de bonheur. A ce compte, que l'on devait être heureux dans les états des ducs de Bourgogne!

Louis XI, étant dauphin, avait longtemps vécu à la
cour des ducs, toujours l'œil aux aguets, voyant tout,
observant tout, remarquant soigneusement les bonnes
coutumes. Il n'avait garde de laisser passer celle-là :
cette manière ingénieuse et neuve de battre monnaie,
d'être généreux sans bourse délier, lui revenait plus
que je ne saurais dire ; il l'avait notée favorablement
sur ses tablettes. Devenu roi, il ne l'oublia pas, et
voulut la mettre en pratique. Au fait, le trésor royal
n'aurait jamais suffi pour reconnaître les mille et
mille services de tout genre que l'on rendait à un roi
qui avait tant d'affaires ; non pas que je veuille parler
ici des gages de ses domestiques, des officiers de sa
maison ; non, de ceux-là, il n'en avait cure, et les
payait peu ou point ; les actions d'éclat, les faits
héroïques, guère davantage : témoin cette intrépide
normande qui avait sauvé la ville de Saint-Lô, et à
qui il donna pour toute récompense soixante écus et
un grand merci ; certes, la Chambre des comptes n'eut
pas le mot à souffler ; mais, en revanche, ces agents
intrépides, prêts à tout entreprendre, à tout oser, à
tout faire, se vendant, se louant, corps, âme et conscience, ne redoutant ni pluie, ni grêle, ni Dieu, ni
diable, ni potence, et par dessus tout cela, discrets
comme des confesseurs, ah ! ceux-là, ils étaient bien
payés. Aussi ils pullulaient autour de lui ; c'était

merveille. Il disait à l'un : « Viens ici », et il venait
incontinent ; à l'autre : « Fais cela » (Dieu sait quoi),
et c'était presqu'aussitôt fait que dit ; à un troisième :
« Va-t'en là-bas » (au diable parfois), et il y courait
comme le vent. Notre chevaucheur était de cette con-
frérie, et un des coqs ; un grand drôle, fort comme un
turc, aux formes du corps bien arrêtées, sauf le visage,
qui tenait quelque peu de l'énigme : au demeurant,
sans foi, sans loi, sans peur, sans repentir ; tout entier
au mieux payant, par terre, par mer, dans le feu,
voire même dans l'air, si alors on eût connu les
ballons ; ingambe et leste dans tous les sens que vous
voudrez l'entendre, et sautant à pieds joints par-
dessus les scrupules comme par-dessus les fossés. Il
fallait que le pèlerin eût fait quelque chose de bien
pressé, de bien secret, de bien noir, et pour tout dire,
de bien agréable à Louis XI ; car sachez que ce roi
lui avait déjà donné une riche héritière (j'ignore de
quel pays), dont il avait dévoré la dot en un clin d'œil ;
elle en était morte à la peine, la pauvre femme ! et
maintenant il lui faisait présent de la fille unique d'un
gros marchand, belle, bien élevée, charmante, riche
surtout ; pour Désile, c'était le point capital. Vraiment, Louis XI n'avait rien à donner de mieux pour
l'heure. Mais quoi ! s'il châtiait bien, il récompensait
bien aussi, le bon maître. Seulement, dans les trois

parties alors connues du monde, Rouen était peut-
être la dernière ville sur laquelle il fallût tenter une
pareille épreuve, et de toutes les bourgeoises de
Rouen, dame Estiennotte, femme de Jehan le Tellier,
était certainement la moins disposée à s'y laisser
prendre. La bonne dame lut la lettre du roi en se
signant, puis parcourut le drôle de ce vif et rapide
regard de femme et de mère qu'il ne faut guère espérer
de tromper ; après quoi elle le savait par cœur comme
ses patenôtres ; et si Désile eût été aussi clairvoyant
qu'elle, s'il était donné à l'homme de deviner sur le
visage d'une femme ce que, à toute force, elle ne veut
point qu'on y voie, il y aurait lu cette sentence sans
appel : « Tu n'auras point ma fille, ou j'y perdrai
mon nom d'Estiennotte. » Mais alors notre chevaucheur eût vite enfourché son bidet, et peut-être l'eût-
on vu revenir bientôt avec quelque lettre de jussion
qui eût mis tout le monde bien en peine. Il fallait
donc gagner du temps, et ajourner le galant sans lui
donner de soupçons.

« Mon mari, lui dit-elle, est parti à la foire du
Lendit (ce qui était vrai) ; je vais lui écrire : en revenant dans quelques jours, vous saurez ma réponse. »

Voilà Désile parti ; dame Estiennotte respire, et Dieu
sait comme elle bénissait le ciel de ce que son mari
n'était point là ; car, avec un homme si faible et si

peureux, tout eût été à l'aventure ; non pas que ce
bon bourgeois n'aimât tendrement sa fille, et qu'il ne
se fût promis cent fois de ne la donner qu'à un marchand comme lui, qui pût lui aider à supporter *son
antiquité et son estat de marchandise*, comme on
parlait alors ; mais il n'en fallait pas tant que le nom
du roi Louis XI pour faire trembler le bonhomme
de tous ses membres, et pour qu'il donnât les mains
à tout ce qu'on aurait voulu faire. Dans une foire,
Jehan Le Tellier valait son pesant d'or ; mais, revenu
au logis, il ne savait plus que rester assis, tout le long
des jours, sur un banc de chêne à accoudoir, comme
on en voyait tant alors dans la *Grand'Rue* et dans la
rue du *Gros-Horloge* ; ne bougeant non plus qu'un
terme, hormis pour saluer les voisins et les voisines;
et, à tout propos et de quoi qu'il fût question, « parlez à ma femme, » c'était tout ce qu'on pouvait avoir
du bon marchand.

De tels hommes, il y en a plus qu'on ne croit;
mais, ô Providence ! ils ont presque toujours des
femmes de cœur, de tête et de résolution, qui, pour le
bien des affaires, prennent les rênes de l'administra-
tion, à leur corps défendant, cela va sans dire, mais
les prennent enfin et les tiennent bien; les choses n'en
vont pas toujours plus mal. Dame Estiennotte était de
ces femmes-là, concevant vite, voulant fortement,

exécutant sans délai. Désile n'avait pas les talons tournés, que la voilà qui prend sa cape et ses patins, et court à l'Hôtel-de-Ville, où elle avait des amis.

Au conseil de ville, on lit la lettre du roi, on la relit ; elle était formelle ; la signature, le sceau, rien n'y manquait. Voilà des municipaux bien empêchés, et non sans sujet. Ce Louis XI était un roi d'une volonté si absolue, d'une opiniâtreté si tenace ! Qui pouvait dire jusqu'où irait sa rancune ? Aussi, avant d'arriver au fait, MM. les échevins et conseillers de ville discoururent fort et biaisèrent longtemps. Celui-ci voulait qu'on eût recours à l'appui du seigneur d'Estelan ; celui-là, que l'on écrivît à M. le bailli ; cet autre, à monseigneur le patriarche-évêque de Bayeux. Vient le tour de Robert Delafontaine, qui, donnant plus franchement au but, s'en va dire que « la prière du roi valoit commandement, et qu'il en falloit passer par où Sa Majesté vouloit. » Pour le coup, Roger Gouël n'y put plus tenir. Quand il s'agissait de liberté, ce Roger Gouël n'entendait pas raillerie, et, par malheur pour Désile, c'était un des influents du conseil. « Eh quoi, s'écria-t-il, le Roi n'a-t-il pas confirmé la chàrte des Normands ? Où est l'article qui lui permet de disposer de la main de nos filles ? Les rois d'Angleterre, qui nous ont gouvernés pendant trente ans et nous ont tant grevés, n'eussent pas osé l'entreprendre. En Normandie, nous sommes francs et libres ; ce serait servitude si le Roi mariait les filles sans le gré des parents. Il ne s'agit pas ici du bien du royaume et de la chose publique, mais d'affaires de famille qui ne regardent que nous seuls. Pour conclure, ce mariage ne doit point se faire. Dame Estiennotte est femme de tête et de sens : qu'elle trouve un biais ; si on la tourmente, les conseillers de ville ne doivent point lui manquer au besoin. En tout cas, je réponds de moi, et l'on sait comment je me nomme. »

La sortie était un peu hardie pour le temps, et, si Tristan l'Hermite eût été là, il y aurait trouvé au moins la moitié à redire. Mais Roger Gouël avait parlé avec une chaleur qui entraîna ces hommes indécis, et jusqu'à Roger Delafontaine lui-même, tout honteux de l'avis timide qu'il venait d'émettre.

Qui dira le bonheur de dame Estiennotte lorsqu'elle se vit sûre d'être appuyée? A peu de jours de là, elle fait avertir Désile ; celui-ci accourt, ne se possédant pas de joie, et dévorant en idée la bonne dot du marchand ; l'eau lui en venait à la bouche. Hélas ! c'était aller trop vite en besogne, et tout d'abord il trouve au logis un concours de monde qui ne lui plaît guère ; c'étaient les nombreux parents et amis de

Jehan Le Tellier et de sa femme, tous gens riches, de bon renom, bien autorisés dans la ville, et dont l'air ne lui pronostiquait rien de bon ; plus, vénérable et discrète personne, M. l'abbé Viote, l'un des grands vicaires de Notre-Dame, grand-oncle d'Alice, homme de caractère, aussi fin qu'aucun de sa robe, et dont le regard perçant, fixé impertubablement sur Désile, mettait celui-ci mal à l'aise pour la première fois de sa vie. On fait venir Alice ; un peu timide, un peu embarrassée d'abord, mais bientôt enhardie par la présence de tous ces parents, de tous ces amis dévoués, la jeune fille dit, en baissant les yeux, qu'elle *n'avoit aucun vouloir de se marier* ; mais le dit d'un air si renoncé, si détaché des choses de la terre, que le jeune voisin, qui était là, avoua depuis qu'il avait eu peur. Désile ne demanda pas son reste ; il sut bientôt ce qui s'était passé et maugréa de toute son son âme. Quelques heures après, il avait les houseaux à ses jambes et montait à cheval ; le jeune voisin lui tint l'étrier d'un air officieux, le bon traître qu'il était ! Dès le lendemain, le roi lisait une lettre dont dame Estiennotte avait chargé Désile. Ecoutez cette lettre, elle est drôle, et puis il nous en reste si peu des dames de ce temps-là !

« Mon souverain Seigneur, je me recommande à

« vostre bonne grace tant et si humblement que je
« puis; et vous plaise savoir, mon souverain Sei-
« gneur, que j'ai reçeu une lettre qu'il vous a pleu
« escrire à mon mary et à moy, par laquelle nous
« mandez que avez entendu que avons une fille preste
« à marier, et (pour ce) que icelle veuillions donner
« à mariage à Pierre Désile vostre varlet de chambre.
« Sur quoi, Sire, vous plaise savoir que mon mary,
« pour le présent, est à la foire du Lendit. Par quoy
« bonnement sur ce ne sçaurois faire responce, fors
« que les cors et biens de mon dict mary et de moy
« sont vostres, pour en faire et ordonner à vostre plai-
« sir, et vous mercye très-humblement de ce qu'il
« vous a pleu nous escrire de l'advancement de nostre
« dicte fille. Toutes foys, Sire, il y a jà longtemps
« que, par plusieurs foys, l'on faict requérir icelle
« nostre fille pour l'avoir en mariage, à quoy tous-
« jours elle a faict responce qu'elle n'avoit aucun
« voulloyr de soy marier; et, de présent, luy ai parlé
« sur le contenu de vos dictes lettres, laquelle, de
« rechef, en la présence de M. le vicaire de Rouen,
« maistre Robert Viote, du dict Pierre Désile et aul-
« tres, a fait responce que encores ne se veult marier.
« Et, pour ce, Sire, se vostre plaisir est, aurez mon
« dict mary et moy et aussy nostre fille pour excusez.
« Mon souverain Sire, je prie à nostre seigneur qu'il

« vous donne très bonne vye et longue. Escript à
« Rouen, le 24ᵉ jour de juing.

« Vostre très humble et très obéissante

« subjecte et servante.

« Estiennotte, femme de Jehan Le Tellier. »

« Par la Pâque-Dieu, dit Louis XI, voilà une normande qui me la baille bonne ! Elle me refuse sa fille
tout à trac, et m'octroye, en pur don, force révérences
et bonnetades ! Vraiement, elles viennent bien à
point, et j'en allois manquer tout à l'heure. » — Ainsi
murmurait ce bon roi entre ses dents, et croyez qu'il
n'était point de bonne humeur ; mais qu'y faire ? une
charte malencontreuse, une maîtresse femme, un conseil de ville, une jeune fille que l'on veut marier et
qui s'avise de dire qu'elle n'en a vouloir, c'était aussi
par trop forte partie. Et puis, je ne sais quelle guerre
venait d'éclater, et Louis XI avait bien d'autres
affaires sur les bras que de tirer Désile de peine.

Quelle autre récompense ce fidèle agent reçut-il de
ses bons et loyaux services ? Peut-être le roi, qui, dès-
lors, avait des vues sur les états des ducs de Bourgogne, ses anciens hôtes, et comptait bien, en venir à

ses fins, se promit-il *in petto* de lui donner une Bourguignonne.

Quoi qu'il en soit, à quelques semaines de là, par un beau jour d'été, dans tout le voisinage du marchand Le Tellier, régnait un air de joie, de bonheur et de fête ; hommes, femmes, jeunes, vieux, tout ce qui avait vie était aux portes et aux fenêtres. Dieu sait le bruit que l'on faisait ! mais ce bruit n'avait rien d'hostile et de menaçant. Un cortège nombreux de parents et d'amis, parés de leurs plus beaux habits, défilait au milieu de ces spectateurs empressés et bienveillants ; tout ce monde revenait de l'église, et le chapeau de roses que portait Alice, sa robe blanche, son bouquet virginal, montraient assez ce qu'on avait pu y faire.

On venait d'adresser à la jeune fille la même question que quelques semaines avant ; mais cette fois elle n'avait point répondu qu'elle *n'avoit aucun vouloir de se marier.* C'est qu'aussi il ne s'agissait plus de Désile, mais du jeune voisin d'en face, qui, radieux et plein de joie, ne perdait pas de vue sa belle épousée, qu'il suivait de bien près, et ne paraissait guère en peine pour l'heure, je vous assure, des droits sacrés des parents et des libertés de la province. Il fallait voir dame Estiennotte marcher la tête haute, d'un air vainuqeur. Il n'y avait pas jusqu'à Jehan Le Tellier, revenu depuis quelque temps du Lendit,

qui ne parût un peu plus résolu qu'à l'ordinaire.
Jamais noce n'avait été plus gaie ; on dansa, on rit,
on chanta, on but à la santé du roi, des conseillers de
ville, des échevins, et de Roger Gouël en particulier ;
ne se trouva-t-il pas là un plaisant qui proposa celle
du chevaucheur Désile ? On n'entendit plus parler de
Louis XI ni de son protégé. On assure même que,
onques depuis, l'avisé monarque ne donna de fille
de Rouen en mariage à ses varlets. A qui tout cela
fut-il dû ? A la charte normande, direz-vous ; au conseil de ville, à Roger Gouël qui avait si bien parlé, à
la bonne heure ; mais qu'était-ce si dame Estiennotte
n'eût mis tout en jeu ? Aussi le bon grand-oncle le
chanoine répétait-il souvent, dans la suite, ces paroles
de son bréviaire : « La femme forte est une chose rare
« et au-dessus de tout prix. »

C'est la moralité de cette histoire.

ÉLECTION

DE GEORGES D'AMBOISE

Élection de Georges d'Amboise

EN QUALITÉ D'ARCHEVÊQUE DE ROUEN

Fait historique de 1493

— × —

 E dix-neuf juillet 1493, on venait d'apporter au chœur de Notre-Dame de Rouen le corps inanimé de l'archevêque Robert de Croixmare, mort la veille dans son palais. La mitre en tête, la crosse en main, revêtu de tous les insignes de l'épiscopat, le prélat, couché dans sa bière découverte, semblait prêt à se réveiller et à bénir encore son troupeau. A sa main droite étincelait l'anneau épiscopal, qu'au jour

de sa joyeuse entrée l'abbesse de Saint-Amand lui avait passé au doigt, et qu'elle devait lui reprendre le lendemain, lorsque le corps passerait devant son monastère, après avoir reposé durant la nuit dans la magnifique église de l'abbaye royale de Saint-Ouen.

Tandis qu'à la lueur de mille torches et au bruit triste et confus de toutes les cloches de la basilique et de la ville, sonnant en mort, les chapelains de Notre-Dame chantaient le Psautier autour des restes du prélat, quelques personnes avaient paru s'étonner de voir vides toutes les hautes chaires des *dignités* et des membres du chapitre. Mais c'est que les chanoines de la métropole, réunis dans la salle capitulaire, après avoir pris possession du siège vacant, songeaient déjà à exercer bientôt le plus important de tous leurs droits, et se préparaient à l'acte le plus auguste que pût faire un chapitre, l'élection d'un archevêque.

Car il appartenait alors aux chapitres des cathédrales de nommer un successeur à leurs prélats décédés; comme encore de nos jours les souverains pontifes sont élus, dans la capitale du monde chrétien, par tous les membres du sacré collège réunis au conclave.

Que ces élections eussent ou non leur source dans ce que firent les apôtres, lorsqu'aux premiers jours de l'Église ils élurent un successeur à l'un d'eux ; consacrées par le premier concile de Nicée, qu'elles eussent ou non toujours existé depuis sans interruption, et que leur forme eût subi, dans la suite des temps, de plus ou moins notables changements, toujours le concile de Bâle avait-il, en 1433, proclamé solennellement le droit des abbayes et des chapitres ; et, en 1438, à Bourges, dans une assemblée solennelle où présidait le roi Charles VII, les élections des abbés et des évêques étaient devenues le droit commun de la France.

Mais une ancienne coutume voulant qu'avant l'élection les chapitres dénonçassent au roi la mort de leur dernier évêque, et obtinssent de lui la permission d'en élire un autre, les chanoines de Rouen ne s'étaient occupés, dans cette première assemblée, que de députer vers le roi Charles VIII deux d'entre eux, qui ne pouvaient manquer de revenir bientôt avec la permission désirée ; car avait-on jamais vu, surtout depuis le concile de Bâle et la pragmatique, les rois refuser cette permission, qui ne semblait que de pure forme ?

Quel ne fut donc pas l'étonnement des chanoines de Rouen, lorsque les deux députés, de retour, leur racontèrent ce qui s'était passé entre eux et Charles VIII ! En vain lui avaient-ils montré les bulles et les chartes où était proclamé, à chaque ligne,

le droit qu'avaient les chanoines de Rouen d'élire
librement leurs archevêques ; le monarque avait
refusé de s'expliquer ouvertement avec eux, malgré
leurs instances réitérées, se retranchant toujours à
dire « qu'il ne leur permettait ni défendait d'élire un
« archevêque ; » seulement il avait laissé entrevoir
que, sous peine de lui déplaire, il faudrait préférer un
prélat dont, pour l'heure, il taisait encore le nom :
c'était toute la réponse qu'avaient pu obtenir de lui
les députés, et il leur avait fallu partir sans lettres
patentes donnant au chapitre la permission d'élire.

Plusieurs jours de suite, les chanoines assemblés en permanence délibérèrent sur un procédé si
étrange. Mais leurs bulles, leurs chartes, les défi-
nitions du concile de Bâle, la pragmatique, enfin,
étaient formelles ; le roi, en tous cas, ne leur avait
pas défendu de s'assembler et d'élire : eût-il jamais
osé l'entreprendre ? Ayant donc égard au dommage
qui résultait toujours, pour les diocèses, de la longue
vacance du siège épiscopal ; voulant, d'ailleurs (et ils
le dirent), « user de leur droit et des libertés accor-
« dées d'ancienneté à eux et à leur église, » ils pro-
clamèrent, tout d'une voix, l'urgence de pourvoir
prochainement l'église de Rouen d'un nouveau pontife ; et le mercredi 21 août fut, dès-lors, fixé, d'un
commun accord, pour l'élection d'un archevêque. Or,

tous les chanoines (résidants ou du dehors, engagés dans les ordres sacrés ou libres encore), avaient le droit de concourir à l'élection des évêques ; ordre fut donc donné aux notaires et aux messagers de *semondre*, pour le 21 août, tous les membres du chapitre indistinctement, tant en parlant à eux-mêmes, en présence de témoins jurés, qu'en faisant publier les semonces; et, peu d'instants après, on lisait les citations affichées à l'entrée de la salle capitulaire et à toutes les portes de Notre-Dame.

Au reste, les intentions de Charles VIII ne devaient pas être longtemps un mystère. Gouverné maintenant par le duc d'Orléans, que naguère il avait combattu, fait prisonnier, tenu enfermé dans la *grosse tour* de Bourges, c'était l'ami de ce prince, c'était Georges d'Amboise, archevêque de Narbonne, qu'il voulait voir appeler au siège de Rouen. Georges d'Amboise, lui aussi, avait été prisonnier du roi, comme le duc d'Orléans, son maître et son ami; aujourd'hui il était lieutenant en Normandie pour ce prince gouverneur de la province, et Charles VIII avait entrepris de l'en faire archevêque-primat. Voilà de ces caprices des rois et de la fortune !

Or, jamais roi de France n'avait eu chose plus à cœur, comme on ne tarda pas à le voir; et l'étonne-

ment fut grand à l'Hôtel-de-Ville de Rouen et
parmi tous les officiers du roi dans la cité, lorsqu'arrivèrent des lettres du monarque, qui leur imposaient
une tâche bien nouvelle, assurément, pour des gens
de robe, des échevins et des bourgeois : « Assemblez-
« vous pour cette matière (leur écrivait-il), puis allez,
« en telle solempnité que verrez bon estre par devers
« les chanoines de Rouen, et leur remonstrez et décla-
« rez bien à plain nostre voulloir, en les admones-
« tant, insistant envers eulx, et tenant la main pour
« et en faveur de nostre cousin maistre Georges d'Am-
« boise, en manière que la postulacion soit faicte de
« sa personne et non d'autre. Nous vous le mandons
« expressément, commandons et enjoignons. »

Le duc d'Orléans leur avait écrit aussi : « J'ay ceste
« matière si très à cueur que plus ne pourroye (leur
« disait-il), tant en faveur de mon cousin maistre
« Georges d'Amboise, que aussi parce que je congnoys
« que c'est l'un des grans biens pui peult advenir en
« l'église de Rouen et en tout le pays du duché de
« Normandie, de recouvrer ung si grand et notable
« prélat..... Le quel, par ce moyen, portera et favo-
« risera, d'ores en avant, toutes les affaires du pays.
« Je vous prie donc, si très affectueusement que faire
« puis, que, pour l'amour de moy, vous veuilliez
« vous y employer en manière que la chose sorte

« effect..... et me ferez plaisir très grant, tel
« que plus ne pourriez, lequel je recongnoistré
« quant d'aucune chose me voudrez requérir. » Les
ordres du monarque étaient bien précis, sans doute,
et quoi de plus pressant que ces prières du prince
gouverneur ! Mais, pour qui connaîtra les mœurs de
ces temps-là, pour qui saura ce que c'était, alors, que
l'esprit de corps, et quelle était l'attitude respective
des compagnies puissantes entre lesquelles se parta-
geait l'autorité dans nos grandes cités au moyen-âge,
il sera facile d'imaginer l'embarras des officiers du
roi, des échevins et des conseillers de ville, en se
voyant chargés d'une semblable mission. Eux laïques,
eux profanes, aller parler élection à un chapitre puissant, jaloux à l'excès de son pouvoir, de ses prérogatives et de sa liberté! Allez lui désigner, même au
nom du roi, un prélat à élire ! Une journée entière,
ils avaient délibéré à l'Hôtel-de-Ville, sans pouvoir
s'y résoudre : en parler, seulement, leur semblait une
entreprise. « On va s'estonner (disait un d'entr'eux, et
« c'était l'avocat du roi lui-même, Jacques Le Lieur),
« on va s'estonner que nous parlions de ceste matière
« en l'ostel de la ville; mais puisque le roi en escript,
« il nous fault bien en communiquer ensemble, et
« savoir le vouloir de Sa Majesté. Semons donc et
« respandons les paroles contenues aux lettres que

« vous venez d'entendre, à la bonne heure ; mais
« d'aller en chapitre, il n'y a pas d'apparence ; car
« (ce furent ses termes) convient-il que nous, laïques,
« allions prescher les gens d'église ? »

Mais si les lettres de Charles VIII et du duc d'Orléans
les avaient rendus si perplexes, que dirent-ils en
apprenant que des commissaires extraordinaires du
roi venaient d'arriver à Rouen, avec charge expresse
de solliciter, en son nom, l'élection de l'archevêque de
Narbonne ? Et quels personnages avaient été chargés
de cette mission délicate ! Un maréchal de France,
d'abord, Baudricourt, gouverneur de Bourgogne, dont
le nom était mêlé à toutes les guerres, à toutes les
grandes affaires de ce temps-là, un lion sur les champs
de bataille, puis, après le combat, négociateur adroit
et sage, employé naguère avec succès par Louis XI
auprès des cantons suisses (c'était tout dire) ; et maintenant, il était envoyé par Charles VIII pour négocier
avec des chanoines de Notre-Dame de Rouen ! Encore,
des hommes éminents lui avaient-ils été adjoints par
le monarque, pour le seconder dans cette mission
délicate : c'était Jean du Vergier, chevalier, président
des généraux des Aides à Rouen, et M. de Clérieu,
chambellan du Roi.

Le duc d'Orléans, enfin, ne s'était pas oublié, et
Jean Tiercelin sieur de Brosses, François de Roche-

chouart sieur de Chandenier, chambellans du prince, venaient agir dans l'intérêt du prélat, son lieutenant et son ami.

Ces échevins, ces conseillers de ville, ces officiers du roi si perplexes, si résolus à ne se mêler de rien, que purent-ils dire, lorsque le maréchal de Baudricourt les somma de venir tous avec lui au chapitre, leur montrant des lettres du roi qui leur enjoignaient de lui obéir en tous points! Force n'était-elle pas, pour eux, de se résigner et de le suivre, aux risques de tout ce qui pourrait en advenir ?

Pour les chanoines de Notre-Dame, avertis de ce qui se passait, rien ne pouvait plus leur déplaire que de se voir influencer avec tant de publicité et d'éclat. Tant de lettres déjà reçues et si pressantes, des députations solennelles à recevoir, des harangues à entendre, des prières, qui, venant de si haut, semblaient des ordres, n'étaient-ce pas là de graves atteintes à l'entière liberté assurée par les Conciles aux chanoines-électeurs prêts à se donner un prélat? N'avait-on pas entendu, naguère, les Pères assemblés à Bâle adjurer, au nom de Dieu, les empereurs, les rois, les princes, les communautés et *tous hommes* (quelle que fût leur condition, qu'ils appartînssent au monde ou à l'église), de ne jamais écrire ou parler aux chapitres au sujet des élections, de ne jamais leur adreser de prières pour solliciter leurs suffrages, de ne jamais intervenir, en un mot, dans des affaires toutes de religion, de conscience et de liberté? Comment donc ne pas gémir que, par des démarches si patentes, on affectât d'ôter, par avance, à leur élection, l'apparence de liberté qui lui était nécessaire pour réunir les suffrages du peuple et ses respects; que l'on semblât enfin tenir en suspens les lettres patentes de congé d'élire, jusqu'à ce qu'on leur eût sans doute arraché la promesse de proclamer archevêque tel prélat qu'il plairait au roi de désigner à leurs suffrages! Ils ne pouvaient, toutefois, fermer les portes du chapitre à de si grands seigneurs députés vers eux par le roi, munis de ses pleins pouvoirs, porteurs de lettres de créances! Le 31 juillet, donc, comme ils étaient réunis dans la salle capitulaire, lorsque le messager vint leur annoncer les envoyés du roi, et les introduisit par l'ordre du doyen, ils firent assez bonne contenance à l'aspect du maréchal de Baudricourt et des autres envoyés du monarque et du prince, et ne laissèrent percer un peu leur mauvaise humeur qu'en voyant entrer, à la suite du maréchal, Antoine Boyer, abbé de Saint-Ouen, avec l'élite de la noblesse de la province; mais lorsqu'entrèrent, à leur tour, les échevins, les conseillers de ville et officiers du roi, vous eussiez vu tous les chanoines froncer le sourcil, s'agiter sur leurs bancs, prêts enfin à protester tous ensemble contre ce qu'ils regardaient comme un grand scandale.

Cependant, Baudricourt s'étant empressé, en entrant, de présenter les lettres du roi, force était bien de les entendre avant tout; et combien elles étaient pressantes! Après quoi, il fallut entendre aussi tout ce que le maréchal voulut ajouter en faveur du protégé de Charles VIII; tout ce que dirent ensuite les chambellans du duc d'Orléans. Vint enfin le tour de Robert de la Fontaine, lieutenant du grand-sénéchal de Normandie, chargé de porter la parole au nom des officiers du roi et de la communauté de la ville; mais à peine avait-il commencé sa harangue, qu'une violente rumeur s'éleva de tous les bancs du chapitre, et ne s'apaisa que sur un signe énergique du grand-doyen, président de l'assemblée. C'était Jean Masselin, l'homme d'âge et de tête, dont la sagesse, l'éloquence et l'énergie avaient brillé aux états généraux de Tours, où le clergé l'avait choisi pour son organe, et dont il nous a laissé la curieuse histoire; au demeurant, prêtre et chanoine avant tout, non moins zélé que ses collègues pour les libertés de l'église et les droits du chapitre; car, aussitôt qu'il eut obtenu le silence, apostrophant vivement l'orateur de la ville : « Maître de la Fontaine (lui dit-il), il suffist bien de ce que le roy nous a requis, et sachiez que les gens du roy et

conseillers de la ville n'ont rien à voir céans en l'eslection des archevesques. — Pour vous, Messeigneurs les
commissaires du roi, voici nostre réponse : nostre
journée est prise au 21ᵉ jour d'aoust prochain. Ce jour-
là, tout le chapitre assemblé usera de son droit selon
les constitutions canoniques, et n'entend rien faire dont
Sa Majesté puisse avoir un juste sujet de se plaindre. »

Ce fut tout ce que purent obtenir les députés,
malgré leurs vives instances; et, dans tout cela, pas
un mot de la permission d'élire, que les chanoines
étaient bien résolus à ne plus attendre.

Un tel accueil, on le conçoit, n'avait guère contenté
les officiers du roi, les conseillers de ville surtout ;
mais, en toutes choses, le grand point étant de réussir,
ils avaient tous compris à merveille combien il importait de ne point pousser à bout un chapitre si
ombrageux ; et, dans une conférence très animée
qu'ils eurent, le jour même, chez le maréchal de
Baudricourt, il fut convenu, après bien des débats
« que, pour le présent, il ne seroit faict aucun reproche à messieurs du chapitre des paroles qu'il avoient
dictes aux conseillers de la ville. »

Cependant, trois semaines entières s'étaient écoulées
depuis cette scène un peu vive, et le temps avait amené
bien des réflexions. Quel meilleur archevêque, après
tout, les chanoines de Rouen pouvaient-ils se donner

que Georges d'Amboise, dont la piété, la douceur, la
bonté, la bienfaisance leur étaient si bien connues ! .
Quel autre protecteur plus puissant trouveraient-ils
jamais pour leur église, pour la province tout entière?
Charles VIII, bien jeune sans doute, mais valétudinaire, pouvait bientôt mourir ; quelles bornes
auraient alors le crédit et le pouvoir d'un prélat désigné
à l'avance comme le seul ministre de l'héritier pré-
somptif de la couronne, dont il était déjà l'oracle et
l'ami ! Faillait-il repousser, parce que le roi l'indiquait,
un prélat qu'ils aimaient tous, le seul, peut-être,
auquel ils eussent pensé tout d'abord, lorsqu'ils
avaient vu le siège vacant !

Lors donc que, la veille de l'élection, une députation
nouvelle d'envoyés du roi vint au chapitre faire de plus
vives et dernières instances, elle vit bien tout d'abord
qu'elle allait être plus favorablement accueillie que la
première. Au lieu du maréchal de Baudricourt, qui
s'était vu forcé de retourner à la cour, Thibaut Baillet,
président du Parlement de Paris, avait été chargé de
haranguer le chapitre au nom du monarque ; sa harangue fut éloquente, et il parut bien qu'on l'écoutait avec
faveur. Le grand-sénéchal Brézé était là aussi ; mais
Robert de la Fontaine, son lieutenant, avait eu charge
de parler pour lui, pour les autres officiers du roi,
pour les conseillers, échevins et bourgeois notables de

la ville. Cette fois, du moins, il put parler à son aise, sans que le doyen Masselin songeât à l'interrompre. A la fin, Charles VIII s'était décidé à signer des lettres patentes donnant permission d'élire. La députation les remit au chapitre, qui les reçut en grand respect, quoique bien résolu dès long-temps à passer outre sans elles.

La réponse du doyen Masselin aux députés fut pleine de mansuétude; et, quoiqu'il n'eût rien dit encore qui pût lier le chapitre, ils osèrent, à cette fois, espérer le succès de tant de soins et de démarches.

Cependant, tout se dispose à Rouen pour l'élection d'un archevêque. Des prédications éloquentes ont été faites dans toutes les églises de la ville par l'évêque de Philadelphie, à l'occasion de l'acte auguste qui se prépare. Des processions solennelles ont eu lieu au dehors, où la *fierte* révérée de saint Romain parut, toute resplendissante de pierres précieuses et d'anneaux d'or, dons pieux des grands criminels repentants qui lui durent naguère la vie et la liberté. La fierte de saint Romain! à elle seule ne vaut-elle pas tous les discours? ne dit-elle pas assez haut quelles vertus devra réunir le prélat réservé à l'honneur insigne de s'asseoir dans la chaire épiscopale qu'honora naguère un si grand, un si saint pontife? A l'aspect de ces solennités, la ville de Rouen s'est émue; dans cette vieille cité chrétienne, toute vouée au culte de ses pères, toute attentive à ce que fait l'église, une seule pensée absorbe en ce moment tous les esprits : l'élection d'un archevêque. Pour ces hommes de foi, la mort d'un saint évêque est une calamité publique ; à leurs yeux la vacance du siège est un état de tristesse et de veuvage pour leur église ; l'annonce de l'élection d'un pontife les a fait tressaillir. Aussi, le 21 août, jour fixé pour l'élection, lorsque, dès trois heures du matin, les dix cloches de la tour de l'Aiguille, sonnant l'*émeute,* appellent les chanoines aux matines, voyez comme, de toutes parts, chez les nobles, chez les bourgeois, parmi le peuple, on s'éveille, on se lève, on s'empresse, on assiège la Cathédrale et ses parvis ! Toutes les nefs sont bientôt envahies, tant cette multitude craindrait de rien perdre de ce qu'il lui sera possible de voir de l'imposante solennité du jour !

Au chœur est chantée, en grande pompe, une messe solennelle du Saint-Esprit, en présence de quarante-trois chanoines, dont trente-sept ont, dès l'aurore, célébré eux-mêmes les saints mystères ; on voit les six autres, qui ne sont pas encore prêtres, s'approcher de l'autel dans un saint recueillement, et recevoir ce pain sacré qu'ils n'ont pas le pouvoir de rompre aux fidèles. Cependant, la cloche capitulaire s'étant fait entendre, les chanoines, la croix en tête, se rendent au

6

chapitre; le messager, revêtu de sa tunique mi-partie, les précède, la verge en main, et a peine à leur faire place à travers une foule curieuse et empressée. Ils sont entrés enfin; les portes se ferment sur eux, des officiers d'église en gardent les avenues; l'antienne *Preciosa* est chantée, et déjà les capitulants sont en séance lorsque survient un quarante-quatrième chanoine, Jean Yver. Accablé d'années, perclus de goutte et mourant, il a pu, à grande peine, gagner une table de pierre placée au millieu du chapitre, et sur laquelle il s'appuie. Ses infirmités, ses souffrances ne lui permettant pas, dit-il, d'assister à une délibération qui, peut-être, sera longue, il donne sa procuration au chanoine Duquesnay, pour le représenter dans l'élection. Trois tabellions prêtres sont là, qui en dressent un acte en forme; trois témoins prêtres la signent; puis le chanoine Yver se retire, pour ne plus reparaître dans Notre-Dame que glacé et couché dans sa bière. Cet effort suprême d'un chanoine à l'agonie a montré de quel prix est, pour tous ces prêtres, le droit d'élire leurs archevêques!

Cependant, tous les chanoines présents, interpellés tour-à-tour par le doyen, ont reconnu que le 21 août est bien le jour fixé par le chapitre. Divers actes lus par les tabellions prouvent authentiquement que les chanoines absents ont tous été ajournés en personne;

aussi tous, à l'exception de deux, ont envoyé des pro-
curations dont lecture est donnée. En ce moment, le
chancelier Étienne Tuvache sort de la chapelle capitulaire, précédé du messager, des trois témoins et des
trois notaires; il va aux portes de l'église appeler les
chanoines absents, et toutes les personnes, en général,
qui prétendraient avoir intérêt à ce qui va se faire :
« Venez (dit-il), à l'eslection de l'archevesque de
« ceste esglize de Rouen, que veulent faire présente-
« ment les chanoines d'icelle esglize en leur chapitre,
« vous qui y prétendez droit; ou aultrement, ils y
« procéderont par voye de droit, sans plus vous
« appeler ou actendre. » Puis il appelle trois fois, à
haute voix, les deux chanoines Jean Lenfant et
Guillaume Leboursier, qui n'ont ni comparu ni
envoyé de pouvoirs; mais personne ne répond à cet
appel. Après donc que le chancelier est revenu faire
connaître au chapitre l'inutilité de cette dernière
semonce, tous les chanoines, la main sur les saints
évangiles, jurent, en leur nom et au nom de ceux
dont ils ont les pouvoirs, « d'élire un archevêque
digne, utile à l'église; de ne point donner leur voix à
celui qu'ils pourraient, à bon droit, soupçonner d'avoir
brigué cette dignité, ou par sollicitation, ou par
promesse d'argent. » C'est la formule consacrée par le
concile de Bâle.

Ensuite, le chancelier se levant, et promenant ses regards scrutateurs sur tous les capitulants, somme les chanoines excommuniés, suspens et interdits (si par malheur il y en avait de tels dans l'assemblee), de sortir, à l'instant, de la salle capitulaire; il proteste énergiquement de nullité contre la part qu'ils pourraient prendre, par surprise, à l'élection qui va se faire.

Après quoi, au milieu du plus religieux silence, le doyen Masselin prononce un éloquent discours relatif à l'acte solennel qui réunit le chapitre; il a pris pour texte ces paroles : « *Seigneur, qui connaissez le fond des cœurs, montrez-nous le pontife dont vous avez fait choix.* » Ces paroles furent celles des apôtres réunis pour élire un successeur à l'un deux qui venait de mourir; quelles autres pourrait mieux convenir à l'élection d'un évêque? La pathétique allocution du vieillard a fait sur tous les auditeurs une impression profonde; émus de ce qu'ils viennent d'entendre, la gloire de Dieu, le bien de l'Église sont les seules choses qu'ils veulent chercher dans l'élection d'un pontife ; il ne faut plus que convenir de la forme dans laquelle ils vont l'élire. Des trois modes connus de l'église : l'élection au scrutin, l'élection par compromis, l'élection par voie d'inspiration, après que ce dernier mode a été préféré, du consentement de tous, aussitôt les notaires et les témoins se hâtent de sortir; car un acte mystérieux et suprême va s'accomplir, qui ne doit avoir d'autres témoins que les électeurs eux-mêmes. Tous, donc, s'agenouillent humblement sur les froides dalles du chapitre. L'hymne inspirante : *Veni Creator*, est entonnée a haute voix par le grand-chantre. Mais voilà un merveilleux concert ! On n'a pas encore fini le premier verset de l'hymne, que soudain, les chanoines électeurs se sont levés tous ensemble comme un seul homme : « *Que Georges d'Amboise, arche-* « *vêque de Narbonne, devienne notre archevêque !* » s'écrient-ils au même instant; toutes les voix ne formant plus qu'une seule voix : unanimité bien rare, qui comble de joie ces vieillards. Dans les idées religieuses du temps, ils croient avoir été inspirés par l'Esprit saint, qu'ils ont invoqué; la belle vie épicopale de Georges d'Amboise viendra fortifier cette pieuse croyance, qui relève encore à leurs yeux le pontife qu'ils se sont donné.

C'en est donc fait, l'élection est consommée. Déjà toutes les cloches de Notre-Dame se sont ébranlées dans les tours et annoncent joyeusement à la ville primatiale qu'elle a un archevêque; aussitôt, les cloches de toutes les églises ont répondu à cette annonce. Les portes de la salle capitulaire s'ouvrant alors, les chanoines, la croix en tête, se rendent au

chœur où va être chanté le solennel *Te Deum*, ce
triomphant cantique de joie et d'action de grâces.
Mais, chargé de publier avant tout le choix du
chapitre, qui est encore un secret pour la multitude,
le chancelier, accompagné des trois témoins, des trois
notaires, et précédé du messager, gravit les degrés de
l'*ambon*, et du geste, commandant le silence au clergé,
au peuple de la ville, qui se pressent tumultueusement
dans la basilique : « Nous, dit-il, chanoine de ceste
« esglize de Rouen, publions et signifions au peuple
« que, nous, les chanoines et chapitre d'icelle esglize,
« avons, ce jourd'huy, esleu pour nostre archevesque
« messire Georges d'Amboise, de présent archevesque
de Narbonne. » A peine a-t-il fini, que les cris : *Noël!*
Noël! retentissent de toutes parts ; ils recommencent
plus bruyants encore lorsque le chancelier va aux
portes du temple publier une deuxième fois le choix
que vient de faire le chapitre. Dans la ville, dans la
province, le nom de Georges d'Amboise vole de bouche
en bouche ; on attend impatiemment sa venue.

Vint enfin le jour fixé pour sa *joyeuse entrée* à
Rouen. A peine pourrions-nous imaginer aujourd'hui
quelle solennité c'était, dans ces temps-là, que la
joyeuse entrée des archevêques de Rouen dans la ville
capitale de leur diocèse ; c'était véritablement u n
triomphe.

Dans des temps reculés, ils avaient eu le pouvoir de délivrer, ce jour-là, des prisonniers; des rois n'avaient pas dédaigné de grossir leur cortège : en 1415, le treize octobre, Louis de Harcourt prenant possession du siège de Rouen, le roi de France avait été vu conduisant lui-même le prélat par la main depuis l'aître de Notre-Dame jusqu'au chœur. Mais, au milieu de tant de gloire, il fallait que l'archevêque de Rouen vînt, les pieds nus, depuis l'église de Saint–Herbland jusqu'au maître-autel de Notre-Dame, afin sans doute que, parmi ces pompes enivrantes, il n'oubliât point les pauvres pêcheurs dont il venait continuer la mission sublime.

Ce fut donc les pieds nus que Georges d'Amboise, sortant de l'église de Saint-Herbland, s'offrit aux regards du clergé de Rouen qui l'attendait aux portes de Notre-Dame, à ceux du peuple innombrable qui en encombrait les avenues. Sur sa route, l'abbesse de Saint-Amand lui avait donné l'anneau épiscopal, ôté naguère au doigt glacé de Robert de Croixmare : gage sacré d'une union mystique et intime entre le prélat et son église : « Messire, je le donne à vous vivant « (avait-elle dit), on me le rendra vous estant mort. » — Le prélat s'avançant dans l'aître, le grand-doyen Masselin lui adressa la parole : « Révérend père (lui « dit-il en lui montrant la basilique), voici l'église de

« Rouen, votre épouse, notre mère, prête à vous
« recevoir avec une indicible joie. Vous la gouver-
« nerez sagement, et mettrez toute votre puissance à
« la protéger, à la défendre. »

« *Avec l'aide de Dieu, je le promets,* » répondit
l'archevêque. Le livre des Évangiles lui étant alors
présenté, le prélat, sur l'invitation du doyen, jura
solennellement ce qu'il venait de promettre; puis, au
bruit de toutes les cloches de la ville sonnant en volée,
au bruit des orgues et de leurs fanfares triomphantes,
il entra dans son église et monta dans la chaire de
Saint-Romain, d'où il bénit la multitude prosternée,
aux cris de : *Noël ! Noël ! Noël !* qui semblaient ne
devoir jamais cesser.

Quel serment fut mieux rempli que celui fait par
Georges d'Amboise en ce jour solennel? Qui pourrait
redire tout ce que fit le prélat pour son église, pour la
ville, pour la province tout entière? Sa Cathédrale
ornée d'un portail majestueux ; le chœur enceint de
riches balustrades, chefs-d'œuvre de l'art ; le trésor
rempli d'ornements splendides, de vases précieux,
d'inestimables reliquaires; la grosse tour ébranlée par
une cloche monstrueuse dont le son formidable portait
au loin la pensée de Dieu et le souvenir du généreux
prélat qui l'avait donnée; les archevêques de Rouen
dotés d'un palais de plaisance, sujet d'orgueil pour les

arts et d'envie pour les rois! Gouverneur en même
temps qu'archevêque, la province lui dut son échiquier sédentaire, c'est-à-dire la justice, non plus de
temps à autre et en passant, mais tous les jours et
à toute heure, pour le pauvre comme pour le riche ;
et notre ville, outre un magnifique palais de justice,
dont, seul presque il fit les frais, la plupart des fon-
taines jaillissantes qui, encore de nos jours, l'assai-
nissent et la décorent.

De tous ces bienfaits du prélat, combien dont il ne
reste plus qu'un souvenir confus ! Le chœur de la
métropole a été dépouillé de sa splendide ceinture ;
son trésor, des riches ornements, des vases d'or, des
reliquaires que l'on venait y admirer de loin ; la tour
d'Amboise est, aujourd'hui, vide et sans voix ; à
Gaillon, on ne voit plus rien, pas même des décombres.
Le temps, qui a frappé tant de grands hommes, et
qui dévore sans cesse les monuments qu'ils nous ont
laissés, n'a pas épargné les chartes, les mémoriaux où
étaient écrits leurs noms et les détails intimes de leur
histoire.

Pourrait-on donc condamner notre empressement
religieux à recueillir, de peur qu'ils ne périssent, les
feuilles dispersées, plus rares chaque jour, où nous
sont révélés quelques-uns des secrets de ces siècles qui
s'enfuient !

A vingt-trois ans de là, l'église de France allait être dépouillée du droit de choisir ses prélats. Après Georges d'Amboise, le chapitre de Rouen ne devait plus élire qu'un seul archevêque, Georges d'Amboise, deuxième du nom, neveu de l'illustre légat; après quoi, ce fut aux rois de France de pourvoir aux évêchés et aux abbayes, sauf l'agrément des souverains pontifes. Alors commencèrent de vives disputes entre les hommes, pour et contre les élections abolies. Brantôme se distingua entre tous les autres, et il n'y eut sorte d'invectives qu'il ne prodiguât à ces chapitres, à ces abbayes qui, pendant tant d'années, avaient élu leurs prélats. Le grave Pasquier, au contraire, regrettait amèrement les élections, « ce mesnage du Saint-Esprit, » comme il les appelait dans son naïf langage. A l'en croire, les évêchés, abbayes et autres bénéfices, se seraient « vendus, de son temps, *au plus offrant et dernier enchérisseur*. » Le fougueux Génebrard, exagérant comme à son ordinaire, ne craignit pas d'avancer que le pire des prélats élus autrefois par les églises valait mieux que le meilleur d'entre ceux que, depuis, avaient nommé les rois.

Dans les Etats Généraux de France, dans les conciles provinciaux, dans ceux de Rouen surtout, souvent des voix éloquentes adjurèrent les rois de France de rendre aux chapitres le droit d'élire les évêques.

On n'attend pas, sans doute, que nous osions prononcer sur de si grands différends. C'est assez pour nous d'avoir révélé et exactement décrit une ancienne coutume, l'une des plus curieuses, peut-être, de l'église au moyen-âge. Le nom de Georges d'Amboise nous permettait d'espérer quelque intérêt; son élection offrit, d'ailleurs, un concours d'incidents notables qu'il ne faudrait chercher dans aucune autre : c'est ce qui nous a décidé à vous en raconter l'histoire.

L'AVEUGLE D'ARGENTEUIL

ANECDOTE DU XVIᵉ SIÈCLE

L'Aveugle d'Argenteuil

ANECDOTE NORMANDE

u fond d'un vaste et sombre hôtel de
Rouen, dans le silence d'une immense
bibliothèque ornée des portraits de
quelques magistrats revêtus de robes
d'écarlate, à la lueur d'une lampe, un homme âgé, de
l'extérieur le plus vénérable, paraissait livré à la méditation et à l'étude. Aux insignes dont il était revêtu,
on voyait que lui-même devait appartenir aux premiers rangs d'une cour souveraine ; et, en effet, ce
vieillard était Laurent Bigot de Thibermesnil, premier
avocat du Roi au Parlement de Normandie, homme

d'un grand savoir, d'une vertu plus grande encore, l'un de ces doctes magistrats du seizième siècle, où l'ordre judiciaire brilla d'un si vif éclat. Sa longue journée de labeur avait commencé au palais, dès cinq heures du matin. Là il avait, par de lumineux réquisitoires, suggéré au Parlement des arrêts destinés à devenir lois dans la province ; et, maintenant, l'infatigable vieillard se livrait à d'autres travaux qui lui semblaient des loisirs ; il jetait les fondements d'une riche collection de livres et de manuscrits, qui plus tard devait être célèbre, dont on parle encore aujourd'hui qu'elle est dispersée, et dont le souvenir demeurera tant que, dans notre France, les lettres seront en honneur. Appliqué, en ce moment, à examiner un manuscrit fort ancien, que venait de lui envoyer son ami Turnèbe, il fut interrompu subitement par le bruit que faisaient deux jeunes gens qui, assis non loin de lui, lisaient Horace, et se récriaient, enchantés qu'ils étaient des vers du grand poète. Ces deux jeunes gens étaient Émeric Bigot, son fils, et Étienne Pasquier, condisciple d'Émeric. Élèves d'Hotoman, de Cujas et de Balduin, les deux amis étaient venus à Rouen passer ensemble leurs vacances. Cette ode qui les électrisait ainsi, Laurent Bigot voulut la voir, et bientôt l'enthousiasme du vieillard le disputa à celui des adolescents. Et qui pourrait ne pas tressaillir à

l'aspect du vrai mérite, tel que nous le montre Horace,
« cheminant loin des sentiers vulgaires, loin des in-
« trigues, des cabales, des suffrages mendiés, des refus
« dégradants, renversant tous les obstacles, s'élevant
« d'un vol généreux au-dessus des turpitudes de la
« terre, resplendissant d'une gloire sans tache, et con-
« quérant l'immortalité. »

Laurent Bigot, continuant cette ode si belle, venait
de lire la strophe énergique où le poète peint le châtiment boiteux, saisissant d'une main ferme le coupable
qui s'était cru sauvé, lorsque, tout-à-coup, un bruit se
fit entendre à la porte de la galerie, et un magistrat
fut introduit ; du moins son costume ne permettait
pas de s'y méprendre ; car, en cet instant, à son extrême pâleur, à l'altération de ses traits, à son attitude
humiliée, on aurait cru voir, non le lieutenant-criminel de Rouen, juge intègre et révéré, mais plutôt un
de ces grands coupables qui, chaque jour, venaient
trembler devant lui.

« J'ai failli, dit-il tout d'abord à Laurent Bigot, j'ai
failli, je le confesse ; mais, de grâce, ne me condamnez
pas sans m'entendre. »

Alors, le lieutenant-criminel commença son récit,
que l'avocat du Roi écouta avec calme, tandis que les
deux jeunes gens prêtaient l'oreille avec l'avide curiosité de leur âge.

« Un citoyen de Lucques, nommé Zambelli, était allé fonder une maison de commerce en Angleterre, où ses affaires avaient prospéré. A cinquante ans, sa fortune étant faite, il sentit le besoin de retourner à Lucques finir ses jours auprès d'un frère qu'il chérissait. Il l'écrivit à sa famille, que cette nouvelle combla de joie. Bientôt une seconde lettre, datée de Rouen, où il était venu à son arrivée d'Angleterre, annonça qu'il serait à Lucques dans deux mois environ. Il lui fallait ce temps pour terminer ses affaires à Paris, et pour faire le voyage. A Lucques, on s'empressa de lui retenir une maison ; de jour en jour il était attendu ; mais deux mois, quatre mois, six mois s'écoulèrent ; Zambelli n'avait point paru, et même, chose étrange, aucune nouvelle lettre de lui n'était parvenue à Lucques. L'inquiétude de la famille était extrême. Cornélio, son frère, se rendit à Paris, où il fit des recherches inouïes. Il alla dans toutes les maisons avec lesquelles Zambelli devait être en rapport à raison de la nature de son commerce. Dans ces maisons, on avait vu, du moins on avait cru voir Zambelli. Un individu était venu, sous ce nom, toucher le montant d'obligations dont la somme totale était considérable ; les marchands montraient la signature *Zambelli*, apposée au bas des quittances. « Toutes ces signatures « sont fausses, s'écria Cornélio indigné ; dépeignez-

« moi le faussaire, pour que je le cherche en tous
« lieux, et que je le confonde. » Mais on ne put
le satisfaire : il n'était resté de cet homme aucun souvenir.

« Ainsi, un vol audacieux avait été commis, et on
entrevoyait un autre crime plus affreux encore. Cornélio, poursuivant ses recherches, se rend de Paris à
Rouen ; il visite successivement toutes les hôtelleries
de cette ville. A l'hôtel de la *Crosse*, on a vu Zambelli ; il a fait quelque séjour ; puis il est parti pour
Paris avec un valet : ce valet, on ne l'a point remarqué ; d'ailleurs, sept ou huit mois se sont écoulés
depuis ce départ, et comment se rappeler un domestique entre mille que l'on voit se succéder sans cesse
avec les gentilshommes et les marchands qui affluent
dans cette hôtellerie, l'une des plus fréquentées de
Rouen ?

« Ce fut alors, dit le lieutenant-criminel, que Cornélio vint me porter plainte ; je pressentis, comme
lui, qu'un grand crime avait dû être commis entre
Rouen et Paris ; mais comment s'en assurer ? comment, surtout, découvrir le coupable ? Enfin, au
milieu de mes recherches multipliées et sans résultat,
une pensée soudaine vint un jour m'assaillir, et je
n'y pus résister. Il y avait six ou sept mois, un orfèvre,
nommé Martel, entièrement inconnu à Rouen jusque-

là, était venu y ouvrir boutique ; on ne savait d'où
venait cet homme ; son air, l'expression de sa physionomie, avaient quelque chose d'étrange ; il ne disait
rien de ses antécédents ; et ceux qui avaient hasardé
des questions sur ce point n'avaient reçu que des réponses évasives, faites avec un embarras mal déguisé.
Frappé de l'analogie de son commerce avec celui
qu'avait fait Zambelli, averti par un sentiment involontaire, je lui envoyai quelqu'un, qui, sous prétexte
de faire des emplettes, s'entretint longuement avec lui,
et, dans la conversation, prononça le nom de Zambelli. A ce nom, il vit Martel pâlir et le regarder d'un
air d'inquiétude et d'angoisse. Ce fait, qui me fut
rapporté, ne pouvait que fortifier mes soupçons. Je
résolus donc de passer outre ; mais ici (je le reconnais), l'excès de mon zèle m'a égaré. Par mon ordre,
un sergent alla chez Martel réclamer le montant
d'une obligation fausse de quatre cents écus que j'avais
fait fabriquer sous un nom supposé, et qui était
payable par corps. Martel, aussitôt qu'il vit ce billet,
cria à la fausseté, et refusa de payer. Sommé par ce
sergent de se rendre en prison, Martel, n'obéissant
qu'à un premier mouvement, suivit aussitôt le sergent
avec la sécurité d'un homme certain qu'il ne doit rien ;
mais, bientôt, s'arrêtant tout-à-coup, et laissant apercevoir un trouble extrême : « Je suis bien tranquille

« quant à cette obligation, dit-il ; elle est de toute
« fausseté, et je saurai le prouver ; mais n'y aurait-il
« point quelque autre chose ? Ne vous a-t-on parlé de
« rien ? » Le sergent jouant l'étonné, et protestant
qu'il ne sait ce qu'on veut lui dire, Martel se rassure
et le suit d'un pas plus ferme jusqu'à la geôle, où on
l'écroue. Une heure après, on me l'amène : « Il n'est
« plus temps de feindre, lui dis-je d'un ton impératif;
« oui, l'obligation que l'on vous a montrée est fausse ;
« mais, ainsi que vous avez paru le craindre, il s'agit
« de tout autre chose. Un citoyen de Lucques,
« nommé Zambelli, est mort, et c'est vous qui l'avez
« assassiné; ne cherchez pas à le nier, j'en ai la
« preuve. Mais, calmez votre frayeur : Zambelli était un
« étranger ; personne ici ne songe à venger sa mort;
« avec quelques sacrifices de votre part, on pourrait
« assoupir cette fâcheuse affaire ; seulement il faut
« tout avouer avec sincérité ; votre vie est à ce prix. »

« Atterré et comme fasciné par l'assurance avec
laquelle je parlais, souriant à l'espoir de racheter avec
de l'or sa vie pour laquelle il tremblait : « Je vois
« bien, s'écria-t-il, qu'il y a, en cela, de l'œuvre de
« Dieu, puisque là où il n'y avait autre témoin que
« moi, cela est venu à connaissance. Je vais donc tout
« vous avouer ; ma fortune est à vous : que peut-on
« refuser à celui qui donne la vie ? »

« Sa résolution était prise, et il allait tout dire, lorsque l'apparition subite du greffier, qui, averti par moi, venait recevoir sa déclaration, le réveilla comme d'un songe. Il avait aperçu le piége, et, lorsque je l'invitai à lever la main et à jurer de dire la vérité : « Non, je n'ai rien à dire, je n'ai rien dit, s'écria-t-il ; « je suis innocent ! »

« Tous mes efforts, toutes mes sollicitations pour en obtenir davantage étant superflus, je le fis descendre dans les prisons, comptant encore qu'il pourrait changer de dessein. Mais qu'avais-je espéré ? Aujourd'hui, soufflé par les scélérats aguerris dont regorgent les prisons du Bailliage, il proteste contre son incarcération, il s'inscrit en faux contre l'obligation par corps qu'on lui a présentée, il me prend à partie, moi, lieutenant-criminel, et le sergent qui l'a arrêté.

« Voilà ma faute ; la pureté de mes motifs ne peut être douteuse pour vous. Mais que diront messieurs du Parlement, si rigides envers les officiers inférieurs? Faudra-t-il que trente années de travaux soient tout-à-coup effacées et ma vie flétrie pour m'être laissé emporter une fois à l'excès d'un zèle qui m'a souvent si bien servi ? M. l'avocat du Roi, j'ai tout dit ; veuillez prononcer. »

— « Rassurez-vous, lui dit Laurent Bigot, et pardonnez-moi de n'avoir point abrégé vos angoisses. Le Parlement sait tout, et vous excuse. Aujourd'hui même, les Chambres se sont assemblées à ma demande, pour statuer sur cette affaire. J'ai parlé pour vous avec toute la chaleur d'un homme qui vous estime et vous aime ; mais vos trente années de travaux et d'intégrité ont plaidé bien plus éloquemment que je n'aurais su le faire. La procédure que Martel a osé commencer contre vous est suspendue pour trois mois ; le procès relatif à l'assassinat de Zambelli est évoqué au Parlement ; Martel va être transféré à la Conciergerie. Tout me dit qu'en lui vous avez trouvé le vrai coupable ; mais où sont les preuves? où est le corps du délit? c'est ce qu'il faut découvrir. Dans deux jours je partirai ; j'irai sur la route de Rouen à Paris, chercher, de village en village, les traces d'un grand crime qui doit y avoir été commis. Espérons que mes soins ne seront point perdus. Instruit de tout, j'aurais dû, sans doute, vous interrompre et vous rassurer ; mais j'ai obéi à un sentiment que vous comprendrez, puisque vous êtes magistrat et père. Émeric, mon fils, et vous, Étienne Pasquier, destinés tous deux à revêtir un jour la toge ; vous, Émeric, à me succéder peut-être ; vous, Pasquier, à briller au parlement de Paris ou dans quelque autre cour souveraine, sachez que, s'il n'est permis à personne de faire le mal en vue d'un bien, le juge, surtout, ne doit jamais chercher la vérité par le mensonge, et faire lui-même ce qu'il est de son devoir de poursuivre, de condamner dans les autres. De tels moyens sont indignes d'un magistrat; le succès le plus éclatant ne saurait les absoudre. La justice et la vérité sont sœurs, le juge ne doit point les séparer. Attendons tout du temps qui dévoile bien des mystères. Horace, votre poète, le disait tout-à-l'heure : rarement le coupable a pu se soustraire au supplice qu'avait mérité son crime. »

A trois semaines de là, dans le village d'Argenteuil, régnait une agitation extrême. Les habitants avaient suspendu leurs travaux; ils étaient tous réunis à la porte de l'hôtel du *Heaume;* et, à les voir partagés en groupes, s'entretenir avec feu, interroger avidement ceux qui sortaient de l'hôtellerie, il était clair que, dans cette maison, il devait se passer quelque chose d'étrange, d'inaccoutumé. En effet, dans la vaste salle commune de l'hôtellerie, transformée, ce jour-là, en salle d'audience, Laurent Bigot, assisté du bailli d'Argenteuil, interrogeait les nombreux témoins d'un fait déjà un peu ancien.

Combien de démarches, d'efforts, avait fait ce zélé magistrat, depuis le jour où il avait quitté Rouen ! Combien de villages il avait visités ! combien d'officiers subalternes il avait interrogés, sans pouvoir trouver le moindre indice du crime dont il cherchait les traces ! Puis, au moment où, désespérant du succès, il allait songer au retour, soudain un éclair avait lui. On était venu lui dire que, quelques mois avant, un cadavre avait été découvert dans les vignes près d'Argenteuil, Bigot s'était empressé de s'y rendre; il venait de voir ce corps à demi rongé par les bêtes; et, dans l'état où étaient ces tristes restes, il lui avait été facile de reconnaître des rapports entre eux et la taille très élevée du malheureux Zambelli, telle qu'elle lui avait été décrite par Cornélio son frère.

Le bailli commençait, à haute voix, la lecture des actes dressés lors de la découverte du cadavre, lorsque tout-à-coup un cri perçant vint l'interrompre; et, au même instant, un veillard aveugle, que personne n'avait encore remarqué, se présenta aux magistrats et à l'assistance. Il semblait en proie à une vive agitation, et faisait signe qu'il avait quelque chose à dire.

C'était le vieux Gervais, pauvre mendiant né dans ce pays, où il était aimé de tous. Lorsque ses courses le ramenaient à Argenteuil, on le logeait dans l'hôtellerie ; il venait d'y arriver, revenant d'une longue tournée, et était allé s'asseoir inaperçu sur un des deux bancs de pierre pratiqués dans l'intérieur de l'immense cheminée. C'était de là qu'il s'était élancé en poussant un cri, lorsqu'en prêtant l'oreille à ce que lisait le bailli, il avait entendu parler d'un cadavre découvert dans les vignes. Mais, absent depuis long-temps d'Argenteuil, que pouvait-il savoir ? Aveugle, d'ailleurs, que pouvait-il avoir à dire ? Laurent Bigot regardait avec un sorte de respect cette belle et noble figure de vieillard, dont la sérénité semblait un défi au malheur. « Infortuné, lui dit-il, que pouvez-vous avoir à nous apprendre ? » Mais, remis d'un premier mouvement dont il n'avait pas été le maître, l'aveugle, maintenant paraissait embarrassé et indécis. « Ah ! Monseigneur, puis-je parler ? dit-il ; n'y a-t-il point de danger pour ma vie ? » Et il tournait de tous côtés sa tête blanchie, d'un air de défiance et d'effroi. — « Parlez, parlez en liberté, lui dit Bigot ; mais, encore une fois, que pouvez-vous savoir ? »

Alors le vieillard raconta qu'il y avait huit ou neuf mois environ, partant d'Argenteuil pour aller en pèlerinage, il était sur les hauteurs qui dominent la paroisse, lorsque, averti par les aboiements de son chien, il prêta l'oreille et s'arrêta. Une voix d'homme, mais faible, plaintive, suppliante, se faisait entendre : « Monstre ! s'écriait cette voix, ton maître ! ton bien-« faiteur ! Grâce !.... Faut-il mourir si loin de ma patrie, de mon frère !.... » Puis avait retenti un dernier cri, affreux, déchirant, tel que celui d'un mortel qui expire ; et après cela, on n'avait plus entendu que les pas pesants d'un homme qui marchait péniblement, comme chargé d'un lourd fardeau. « Entraîné, dit Gervais, par un mouvement invincible, je m'étais avancé : « Qu'y a-t-il donc, m'écriai-je, et qui peut se « plaindre ainsi ? — Rien, avait répondu une voix « troublée, rien ; c'est un malade que l'on transporte, « et qui vient de s'évanouir. Bonhomme, allez à vos « affaires. » Et j'entendis que cette voix disait tout bas, en menaçant : « Loue Dieu de ce que tu es « aveugle ; car c'en était fait aussi de toi. » Je compris qu'un crime affreux venait d'être consommé ; et comment vous peindre l'effroi dont je fus saisi ? Tout contribuait à m'épouvanter, car, en ce moment, un violent orage éclatait sur nos têtes ; le tonnerre grondait à coups terribles et redoublés, et semblait poursuivre le meurtrier ; on eût dit que le monde allait finir. Tremblant et hors de moi, je continuai ma route, et j'avais juré alors de ne jamais révéler ce que je venais d'entendre, car le coupable est peut-être de ces contrées, et la vie d'un pauvre aveugle comme moi n'est-elle pas à la merci de qui la veut prendre ? Mais tout à l'heure, lorsque M. le bailli a parlé d'un cadavre trouvé à si peu de distance de l'endroit où j'avais entendu la voix, je n'ai pu retenir un cri. J'ai tout dit maintenant : puisse-t-il ne m'en point arriver de mal ! »

Pendant ce récit, Laurent Bigot avait paru comme absorbé dans un rêverie profonde, qui se prolongea encore longtemps après que l'aveugle eut cessé de parler. Puis tout-à-coup, s'adressant à Gervais : « Vieillard, dit-il, je vais vous faire une question ; réfléchissez bien avant d'y répondre : cette voix qui se fit entendre à vous sur la montagne, cette voix qui vous a répondu, qui vous a menacé, votre mémoire en a-t-elle conservé un exact souvenir ? Croyez-vous que vous pourriez la reconnaître si elle se faisait encore entendre à vous ; mais la reconnaître au point de ne pas la confondre avec une autre ? » — Oui, M. l'avocat du Roi, s'écria aussitôt Gervais, comme je reconnaîtrais la voix de ma mère si elle vivait encore, la pauvre femme ! » — « Mais, reprit Bigot, y avez-vous assez pensé ? Huit ou neuf mois se sont écoulés depuis ce jour-là. » — « Il me semble qu'il y a peu d'heures, répondit Gervais ; car ma frayeur fut si grande, alors, que je crois toujours entendre, et la voix qui se plaignait, et la voix qui m'a parlé, et le tonnerre qui, ce jour-là, grondait plus fort que d'ordinaire. » Et comme Laurent Bigot allait encore exprimer un doute, l'aveugle, levant les mains vers le Ciel qu'il ne voyait pas : « Dieu est bon, dit-il, et il n'abandonne pas les aveugles ; depuis que je n'y vois plus, j'entends mieux. Mais, ne m'en croyez pas ; tenez, tous les habitants d'Argenteuil sont là ou auprès de cette hôtellerie; avec moi, dans les jours de fête, ils se sont amusés à m'embarrasser, en contrefaisant leurs voix et en me demandant : « Qui t'a parlé ? » Qu'ils disent si je m'y suis jamais mépris. » Les habitants s'écrièrent tous ensemble que le vieillard disait vrai, et que, quand il était à Argenteuil, c'était un de leurs passe-temps le dimanche, et comme un jeu pour les jeunes gens du village. Quelques heures après, Laurent Bigot sortait d'Argenteuil, retournant à Rouen, où il emmenait avec lui Gervais l'aveugle. Dans le village, si ému tout à l'heure, tout maintenant semblait avoir repris son train accoutumé; les habitants avaient regagné leurs demeures; seulement, on se racontait, d'une chaumière à l'autre, ce qu'on avait pu voir ou entendre; et les habiles de l'endroit se livraient à des conjectures sur ce qu'allait devenir cette affaire.

Qu'elle était belle, au seizième siècle, la grande salle d'audience du Parlement de Normandie, avec son noir plafond d'ébène, semé de gracieuses arabesques et de mille pendentifs aux formes bizarres, où brillaient, d'un éclat tout récent alors, le vermillon, l'or et l'azur; avec ses tapisseries fleurdelisées; sa vaste cheminée qui semblait un monument, ses lambris dorés, ses porches ou lanternes où resplendissaient les armes des Rois et des Dauphins de France; le dais violet que l'on appendait lorsque le Roi était dans la province ; et, en tout temps, cet immense tableau, où l'on voyait Louis XII, le père du peuple, et son vertueux ministre, son fidèle ami, le bon cardinal d'Amboise, lui qui avait doté la province d'un échiquier permanent, de la justice tous les jours et à toute heure ! Lorsque, dans un grand jour de solennité judiciaire, cent magistrats étaient là assis en jugement, avec leurs longues barbes blanches et leurs robes d'écarlate, ayant à leur tête leurs présidents revêtus de manteaux fourrés d'hermine, et que, devant le premier président, assis dans l'angle, on voyait resplendir deux mains de justice croisées sous un mortier; saisis de respect, étonnés de tant de magificence et de majesté, les justiciables s'inclinaient devant ce sénat imposant. Mais qu'était-ce, lorsqu'en levant les yeux, on voyait, au-dessus de tous ces magistrats assemblés, ce beau tableau du Crucifix, où paraissait Moïse le législateur, les quatre Evangélistes, et au premier plan, le Christ entre sa mère et l'apôtre ? A cet aspect, on ne pouvait se défendre d'un mouvement de crainte, et tout-à-coup revenaient en mémoire ces beaux vers où le Psalmiste nous peint Dieu opinant et rendant la justice avec eux.

C'était dans ce sanctuaire auguste que, la veille de Noël, au matin, Messieurs de la grand'chambre et de la tournelle étaient réunis à l'extraordinaire. Mais, cette fois, ils avaient revêtu leurs robes noires; et, à leur attitude triste et pensive, on pouvait pressentir qu'ils allaient remplir un ministère de rigueur. Par toute la ville on s'interrogeait, avec curiosité, sur ce qui pouvait se passer au Parlement dans le secret du conseil. L'assassinat du marchand de Lucques, l'arrestation du coupable présumé, la découverte du cadavre de la victime, le témoignage inespéré rendu à Argenteuil par un aveugle, étaient un texte inépuisable d'entretiens et de conjectures pour une foule immense qui se pressait dans la cour et dans toutes les avenues du Palais; et chacun se disait que le jour était venu, sans doute, où enfin toutes les indécisions allaient cesser, le jour qui devait rendre à la liberté un innocent, ou envoyer un monstre à l'échafaud.

Au Parlement, après de long débats, on s'était décidé à entendre l'aveugle d'Argenteuil. Gervais avait paru devant les chambres assemblées. Sa déposition, naïve et circonstanciée, avait fait une impression profonde; mais des doutes préoccupaient encore les esprits. Quelle apparence d'aller mettre la vie d'un homme à la merci des réminiscences fugitives d'un mendiant aveugle, qui n'avait qu'entendu, qui n'avait pu qu'entendre? Était-il possible que cet homme fût assez sûr de son ouïe, de sa mémoire, pour reconnaître une

voix qui n'avait retenti qu'une seule fois à ses oreilles ?
Il fallait l'éprouver; il fallait faire monter successivement tous les prisonniers de la conciergerie du Palais,
et avec eux Martel; si, après les avoir entendus parler,
l'aveugle, spontanément et sans faillir, sans hésiter
une seule fois, distinguait toujours et reconnaissait
constamment la voix qui, naguère, l'avait tant frappé,
ce dernier indice, réuni à tous les autres, ne permettrait
plus d'incertitude, et enfin un grand exemple serait
donné. Ce n'était pas sans dessein que la veille de
Noël avait été choisie pour cette épreuve, inouïe
jusqu'alors dans les fastes judiciaires. Faire venir ainsi
tous les prisonniers un jour ordinaire, eût été éveiller
leurs soupçons, leur suggérer des ruses, et mettre à
l'aventure le succès de l'expérience toute nouvelle qui
allait être tentée. La veille de Noël, au contraire, il y
aurait eu grand étonnement à la conciergerie, si l'ordre
n'y fût pas arrivé de faire monter tous les détenus au
palais ; l'usage voulant que, la veille des grandes fêtes,
Messieurs de la grand'chambre mandassent succesive-
ment devant eux chacun des prisonniers. Quelquefois
même, ces magistrats souverains, à l'accasion et *pour
révérence de la feste* (comme on parlait alors), donnaient la liberté à des prisonniers détenus pour des
causes légères.

Avant tout, il fallait faire comprendre à l'aveugle

ce qu'il y avait de sacré dans le ministère dont le ciel
semblait l'avoir investi. A la tête du Parlement était
le président Feu, que sa sagesse et sa gravité avaient
fait nommer *Caton-le-Censeur*. « Gervais, dit-il à
l'aveugle d'un ton solennel et pénétré, là, au-dessus
de nous, est l'image de l'Homme-Dieu qui fut mis en
croix et mourut injustement sur de faux témoignages.
Jurez par cette image, jurez par Dieu lui-même, qui
est présent ici et nous entend, que vous n'affirmerez
rien dont vous ne soyez aussi sûr que vous l'êtes de
votre existence, que vous l'êtes du malheur qui vous
prive de voir le soleil. » Après ce serment, que le vieillard
prêta avec cet accent de l'âme qui ne permet point de
mettre en doute la sincérité d'un témoin, commença
l'épreuve qu'avaient imaginée les anciens du Parlement. Déjà dix-huit prisonniers avaient comparu et
répondu aux questions qu'on leur avait adressées :
l'aveugle, en les entendant, n'avait fait aucun mouvement; de leur côté, en apercevant cet homme qui
leur était inconnu, ils étaient restés indifférents et
paisibles. Ce fut alors qu'un dix-neuvième prisonnier
fut introduit à son tour; mais qui dira la stupéfaction
de celui-ci à la vue de Gervais? qui peindra le bouleversement soudain de tous ses traits : son visage qui
pâlit et se contracte, ses cheveux qui se dressent, la
sueur soudaine qui glace son front, et sa défaillance

8

subite, qui fut telle qu'il fallut le soutenir et le mener
jusqu'à la sellette, où, encore, il ne put s'asseoir
qu'aidé par les porte-clefs ! Et, atterré qu'il était, lorsqu'il revint un peu à lui, on voyait percer, dans ses
gestes involontaires, ou le poignant remords d'un âme
bourrelée qui se reproche un forfait, ou, peut-être,
l'horrible regret d'avoir commis un crime incomplet,
de n'avoir pas achevé son œuvre.

Les présidents et les juges se regardaient entre eux,
dans l'attente de ce qui allait suivre. Mais voilà que,
dès les premiers mots que répond Martel aux questions
du président Feu, l'aveugle, qui, depuis le commencement de cette scène, ignorée de lui, était demeuré
froid et impassible, s'émeut tout-à-coup et prête
l'oreille ; il écoute avidement, écoute encore, puis
recule brusquement, en faisant un geste énergique
d'horreur et d'effroi, comme pour repousser de ses
deux mains un objet qu'il sait près de lui et qui
l'épouvante, cherchant à s'enfuir, et s'écriant : « C'est
lui, ou, c'est bien la voix que j'entendis sur les hauteurs d'Argenteuil. » Le geôlier emmenait Martel
(car c'était lui) ; il l'emmenait plus mort que vif,
obéissant, en cela, au président, qui lui avait enjoint
de faire monter un autre prisonnier ; mais cet ordre, prononcé très haut, avait été accompagné d'un signe que
le geolier comprit ; et, quelques minutes après, ce fut

encore Martel qu'il amena, qu'il fit asseoir une seconde fois sur la sellette, et qui fut interrogé sous un faux nom. De nouvelles questions amenèrent d'autres réponses ; mais secouant la tête d'un air d'incrédulité : « Non, s'écria l'aveugle, c'est une feinte, je reconnais la voix qui s'entretint avec moi sur les hauteurs d'Argenteuil. » Six fois tous les prisonniers de la conciergerie furent ainsi mandés successivement, mais toujours dans un ordre nouveau, inopiné, de manière, enfin, à bouleverser tous les souvenirs, à rendre toute combinaison impossible ; et même, à quelques-uns des prisonniers étonnés, on adressait des questions qui se rapportaient à l'assassinat de Zambelli ; et, avertis par un signe du président, ils répondaient sur cette accusation, qui leur était étrangère. Mais l'aveugle n'hésita pas un instant ; toujours il reconnut, avec certitude, la voix qu'il avait entendue sur les montagnes d'Argenteuil.

Enfin l'horrible mystère était éclairci. Une voix sur-humaine semblait retentir dans la vaste grand'chambre d'audience, et dire avec l'aveugle : « C'est lui, c'est l'assassin de Zambelli ! » Ce tonnerre menaçant et vengeur qui, au jour du crime, avait grondé sur les hauteurs d'Argenteuil, venait d'atteindre le coupable ; et ce misérable, terrassé, frémissant, balbutia enfin un aveu tardif, devenu désormais presque inutile ! Car,

pour tous les magistrats qui étaient là, assis en jugement, l'effet de l'épreuve avait été tel, le cri naïf et
involontaire de la vérité les avait frappés si juste au
cœur, qu'il leur semblait que si eux-mêmes eussent vu
commettre cet assassinat, dont ils avaient devant eux
l'unique et miraculeux témoin, leur certitude n'aurait
pas été plus entière.

A peu d'instants de là, dans un noir cachot de la
conciergerie, retentissait un arrêt terrible, tandis que,
sur une place publique peu éloignée, il se faisait de
sinistres apprêts; car, à cette époque, pour l'homme
qui avait entendu une sentence de mort, il n'y avait
point de lendemain ; le soleil ne devait plus se lever
pour lui. Quelques heures après, les rues avoisinant
Saint-Michel, Saint-Sauveur, le Vieux-Palais et la
Collégiale de Saint-Georges, ne pouvaient suffire à tous
les habitants de la ville qui revenaient du Vieux-
Marché, où ils avaient été témoins d'un horrible
spectacle; et ces hommes, ces femmes, pâles, tremblants, terrifiés, se redisaient les uns aux autres, avec
effroi, des paroles bien solennelles apparemment, à voir
de quel air ils les répétaient. C'est qu'une voix s'était
fait entendre à eux du haut d'un théâtre de douleur; et,
toute faible qu'elle était alors, cette voix qui allait
s'éteindre, avec quelle autorité, avec quel empire, en ce
moment suprême, elle avait retenti tonnante et formi-

dable, planant, comme la voix de Dieu, au-dessus de
toute cette immense multitude qui n'était venue que
pour voir, et qui ne voyait plus, silencieuse alors,
écoutant avidement et n'ayant plus qu'un sens ! Et la
voix avait proféré des paroles qui ne devaient pas être
oubliées de longtemps. Car quel moraliste, quel philosophe trouvera jamais plus de créance et laissera des
impressions plus durables, qu'un condamné forcé et
aux abois, confessant, détestant son crime à la face de
la terre qui le repousse et du ciel qui le foudroie;
dénonçant la cupidité, la soif de l'or qui l'ont précipité
dans l'abîme; déclarant, lui qui le sait, que, dans
quelque désert éloigné que le crime puisse aller
accomplir son œuvre, Dieu s'y trouvera toujours avant
lui, et sera là à l'attendre, à l'épier, témoin inaperçu
de ce que le reste du monde ignore, voyant tout,
n'oubliant rien, plus tard dénonciateur inexorable, et
enfin juge terrible et sans merci.

Cinquante ans environ après cette scène, il y avait
longtemps que Laurent Bigot n'était plus; Émeric lui
avait succédé, puis était devenu président à mortier.
Son ami Étienne Pasquier était un noble et vénérable
vieillard, au grand savoir, aux cheveux blancs. Com-
posant alors ses curieuses *Recherches sur la France*,
et voulant montrer, disait-il, « comme Dieu, quelque
fois, permet que les crimes soient avérés, lorsque les

juges pensent estre les plus esloignez de la preuve »,
il n'avait garde d'oublier le fait presque miraculeux
dont il avait été témoin dans sa jeunesse; il le raconta,
et c'est d'après lui que nous avons écrit.

LE PROCÈS

ANECDOTE NORMANDE

Le Procès

ANECDOTE NORMANDE

—◦‖◦—

« Pro. uno ovo datur actio ».
ACCURSE

U'EST devenue l'humeur processive de
nos anciens Normands, telle que les
historiens et de malins poètes ont pris
plaisir à la peindre ; ce penchant inné
et violent à la chicane, si inhérent à leur nature, si
profondément imprégné en eux, qu'il était devenu,
à la longue, le fond de leur être, et frappait, tout
d'abord, l'étranger, le voyageur, le savant, comme le
trait le plus saillant de leur physionomie ? En sorte
que, dans les chroniques, dans les vieux itinéraires

où est décrite notre province, l'esprit chicaneur de ses habitants est toujours mentionné spécialement en termes honorables, et qu'après quelques mots sur le royaume d'Yvetot, sur le privilège de la *Fierte*, les palinods, la charte des Normands, leur échiquier, et leur cri de *haro*, arrive immédiatement l'inévitable tirade sur les procès, la plus douce, alors, la plus habituelle occupation de la vie de nos pères.

Ah ! qu'il connaissait bien les besoins de son pays et de son époque, ce bon curé d'Avranches, maître Jacques de Campront, qui, en 1597, mit en lumière et dédia au Parlement de Rouen le *Pseautier du bon plaideur*, contenant, pour chaque jour de la semaine, un cantique de sa façon, et quatre psaumes choisis par lui, que le bon plaideur devait réciter exactement pour gagner sa cause. Il ne manquait pas, dans ses prônes, d'en recommander la lecture à ses paroissiens ; et, vraiment, il prêchait d'exemple, car il plaidait sans cesse, le digne curé, et sans cesse il récitait son *Pseautier du bon plaideur*, ce qui (soit dit sans blasphème) ne l'empêchait point de perdre, çà et là, quelques procès sur la quantité.

C'était alors que Pipaut, ce paysan de Dozulé, se voyant taxé à un denier au-delà de son attente, prit à partie les collecteurs de la taille, se plaignant fort de leurs procédés *tortionnaires* et *vexatoires*. Et ce

marchand qui allait à la foire de Guibrai! Dans une
auberge, il prétendit avoir été surfait de deux sous
environ par écot; c'était la veille de la foire : en
payant vite et continuant sa route, il y avait pour lui
quatre-vingt pistoles, au moins, à gagner; mais, vraiment, ce n'était pas l'humeur du bonhomme; il resta
là, arrêté quinze grands jours à plaider contre son
hôte, sans plus songer qu'il y eût un Guibrai au
monde; et, après la foire, ses compagnons, qui
avaient bien fait leurs affaires, le trouvèrent plus
échauffé qu'ils ne l'avaient quitté; le digne normand
avait perdu son procès, et, maintenant, il plaidait
contre son procureur, qui lui avait demandé quelque
peu plus qu'il n'était porté par l'ordonnance. N'est-ce
pas faire comme ces femmes qui brûlent la moitié
d'une bougie pour chercher une épingle qui vaut bien
un denier? Mais quel remède, quand c'est dans le
sang? En ce temps-là, un bon et vrai normand ne
mourait point sans avoir eu, tout au moins, son petit
procès au Parlement; plus tôt, plus tard, il fallait, de
nécessité, en passer par là; c'était, voyez-vous, comme
le voyage de la Mecque, où tout musulman fidèle doit
aller une fois en sa vie. Qui aurait pu planer sur la Normandie, et l'embrasser d'un coup d'œil tout entière,
eût été émerveillé en voyant, sur toutes les routes en
sens divers qui conduisaient à Rouen, se hâter, se

presser, à pied, à cheval, en coche, en patache, des
gentilhommes, des marchands, des métayers, voire
même des abbés, des prieurs, des chanoines et des
curés, qui se rendaient en toute hâte, de l'extrémité
de la province à Rouen, droit au Palais, où ils avaient
affaire; aussi nombreux, aussi empressés que naguère
les Hébreux, lorsque, de tous les coins de la Judée,
ils venaient sacrifier à Jérusalem. Les sacs de procédure n'étaient pas oubliés, comme on le pense bien :
Que dis-je ? tel plaideur venait par eau, ne craignant
pas d'exposer sa personne, qui faisait apporter ses
sacs et ses paperasses par terre, de peur d'un naufrage
ou autre accident.

O le bon temps pour notre capitale normande, où
tout ce monde-là venait s'héberger, séjourner, dépen-
ser ! Aussi ne voyait-on, partout, dans Rouen, que
des hôtelleries, dont les mille et mille enseignes pen-
dantes bruissaient, la nuit, agitées par le vent; et
toutes étaient pleines de plaideurs fervents, venus de
bien loin, en pèlerinage, pour apporter dévotement
leur offrande à dame chicane, grande sainte spécialement honorée et révérée, alors, dans ces contrées. Et
il fallait voir, dès le petit matin, tous ces gens-là
accourir vite au Palais, se coudoyer, se heurter dans
la grande salle des Procureurs, devenu un désert
aujourd'hui, au prix de ce qu'elle était autrefois,

regardant de travers leurs parties adverses, se dispu-
tant avec les clercs de la basoche, au sujet des éperons ;
consultant, en grande perplexité, les avocats et procureurs, et Dieu sait pour quel sujet la plupart du
temps ! Car, dans cette belle et vaste grand'chambre
dorée du Parlement, dans ce sanctuaire auguste où
s'agitaient, pour l'ordinaire, de si grands intérêts,
d'où émanaient des décisions qui réglaient le sort de
la province ; parmi de grands procès où il s'agissait
d'immenses domaines en litige entre de nobles et
puissantes familles, se faufilaient, parfois, de tout
petits procès, pas plus gros que rien, sur le manche
d'un balai, sur un pied de mouche, sur la pointe
d'une aiguille, procès qui, parbleu ! n'étaient pas les
moins opiniâtrement soutenus. Dans les grandes
affaires, on voyait encore, de temps à autre, une
transaction ; mais il ne fallait pas espérer d'arranger
celles-là ; Bassompière se fut plutôt résigné à épouser
mademoiselle d'Entragues. Et c'était presque toujours
entre voisins que s'agitaient ces vétilles : le pommier
de Claude étendait-il ses branches sur le fond de
Gautier ? on se disputait les fruits. — Une poule
avait-elle franchi une haie, et causé, sur les terres
adjacentes, un notable dégât ? vite une action en
dommages-intérêts ; et cent autres semblables gros
points de droit. « N'êtes-vous pas honteux (disait

un jour le curé de Condé-sur-Noireau à un de ses paroissiens) de plaider ainsi, tous les jours, pour des choses de néant, contre vos plus proches voisins ! » — « Eh ! avec qui donc voulez-vous que je plaide, Monsieur le curé (lui répondit l'autre, péremptoirement) ; sera-ce avec Jean Leveau, de Falaise, qui ne me gêne point et ne me demande rien ? » La réponse était sans réplique, et force fut au curé de baisser la tête.

Les choses en vinrent au point, qu'enfin, un beau jour, la haute-cour fut saisie d'un grave différend entre deux voisins, au sujet d'un nid de pie qu'ils se disputaient avec acharnement; affaire de conséquence, comme on voit, et des plus sommaires, vu l'imminent péril de voir les locataires déménager sans payer leur terme.

Beaucoup ne voudront pas croire qu'on ait jamais pu plaider pour un nid de pie; mais les registres du Parlement en auraient donc menti, eux qui racontent le différend tout au long. Eh ! mon Dieu, en Bourgogne, ne plaidait-on pas et fort longtemps au sujet de l'étourneau du seigneur de Suilly, qui, s'enfuyant de chez son maître, était allé s'héberger chez un sieur de la Vipardière ? « L'oiseau est à moi », disait l'un. — « Il est devenu mien », répondait l'autre; et, là-dessus, un bon procès qui dura longues années. L'avocat Chasseneuz, l'oracle de la Bourgogne, écrivit deux grandes pages *in-folio*, d'une écriture très serrée, pour prouver, par le Digeste, que les oiseaux étaient à qui pouvait les prendre, et que le principal était de les bien garder : c'est un des endroits les plus approfondis de son commentaire sur la coutume de Bourgogne. Le procès fut plaidé avec la solennité requise, devant l'official d'Autun, puis devant l'archidiacre de Lyon, et enfin en Cour de Rome, où il est encore pendant, à l'heure où je vous parle. Mais ce n'est point notre affaire : revenons, maintenant, à notre pie.

Elle était allée établir son nid sur un grand arbre existant aux limites de deux héritages contigus ; et c'était précisément dans les branches qui s'étendaient sur le fond du voisin, qu'elle avait pondu sa couvée. Or, il existait de vieille date, entre les deux voisins, non pas une de ces haines violentes et profondes qui veulent du sang ; non ; mais une de ces sourdes antipathies, aigres et tracassières, une de ces rancunes normandes, qui font qu'on se la garde bonne, qu'on se souhaite volontiers *in petto* toutes les petites adversités imaginables, et qu'enfin, lorsque la grêle vient à tomber, comme par un fait exprès, sur les blés de Jean, sans endommager le moins du monde ceux de Pierre, ce dernier en ressent je ne sais quel indicible bien-être, et se promène fièrement dans son clos, sifflant sa chanson favorite, d'un air plus satisfait que de coutume.

Nos deux voisins n'avaient donc eu garde de laisser échapper un si beau sujet de querelle, et, par un beau jour de l'année 1629, il y avait presse à la grand'chambre, pour entendre leurs avocats plaider cette question toute neuve, dont les réformateurs de la Coutume ne s'étaient pas avisés; et il les faisait beau voir, rouges comme des coqs, aussi échauffés qu'Eschine et Démosthène lorsqu'ils se disputèrent à propos de la couronne. L'escarmouche fut longue et vive, et ce fut, comme on dit, à beau jeu beau retour. Jamais, surtout, on n'avait fait si grande dépense de lois romaines. « Qui a l'arbre a les fruits (disait l'un); or, les nids des oiseaux doivent être considérés comme fruits; c'est Barthole qui le dit, sur la loi : *cùm in plures* (Digestis) *locati*. Eh quoi! Si c'étaient des poires ou des pommes tombées sur les bords du voisin, j'aurais trois jours pour les aller recueillir; la loi *Julianus,* paragrapho « *glandes,* » au Digeste « *ad exhibendum* », le dit en termes exprès; et je n'aurai pas le même droit, lorsqu'il s'agit d'un nid, que je prise bien davantage! »

Halte-là ! (répondait l'autre) vos branches nous gênent et nous offusquent; aux termes de la loi 1re,

paragrapho 7 « *de arboribus cœdendis,* » vous deviez
les couper jusqu'à quinze pieds de hauteur; faute de
l'avoir fait, elles nous appartiennent avec leurs circonstances et dépendances. L'arbre n'est pas à nous,
soit; mais les fruits pendant aux branches qui nous
ombragent sont nôtres; dix arrêts l'ont ainsi jugé; et
même, selon les Institutes, un arbre qui s'étend sur
deux héritages contigus, et qui emprunte à tous deux
sa nourriture, est commun entre les deux voisins; lisez
plutôt le paragraphe « *ex diverso, de rerum divi-
sione.* »

Qui voudrait raconter toutes les règles de droit qui
furent alléguées, de part et d'autre, en cette mémorable rencontre, n'aurait pas fini de sitôt; et croyez
qu'au milieu d'une telle abondance de textes tout
contraires, un juge bien intentionné n'était pas aux
noces. Ce fut dans une rencontre semblable que le
bailli de Vittefleur imagina un expédient pour sortir
de peine. Tout ébaubi, un jour, d'une grêle de
menus brocards de droit, contradictoires (et qu'au
demeurant il n'entendait guère); ne voyant pas plus
de raisons pour une partie que pour l'autre, et ne
voulant faire tort à personne (car le bonhomme
était l'équité même), après avoir songé une pause, en
grande perplexité, il secoua bien fort un cornet où
il y avait deux dés tout neufs, qu'il jeta, tout à trac, à

la bonne foi, sur le beau milieu du bureau de justice;
et, ma foi, au petit bonheur ! *gaudeant bene nati,*
comme disait un ancien. On glosa beaucoup, dans le
temps, sur l'action de ce digne juge; mais ce fut faute
d'avoir assez connu ses bonnes intentions. — Encore
n'était-ce rien que tous ces *textes de loi,* auprès des
passages d'auteurs, qui furent allégués. Cujas tient
l'affirmative, et Barthole la négative. Accurse a dit ceci,
et Alciat a renchéri sur lui. Vinnius a soutenu telle
thèse, et Borcholten est de son avis. Jules Pacius *à
Berigâ* avance cette proposition; à la vérité, il est
contredit par Duaren; mais Pérèze a relevé le gant,
et, ma foi, Duaren en a eu une ratelée. Puis les anciens
et les pères de l'église, très spéciaux, on le croira sans
peine, sur la question. Saint Ambroise, dans ses
Offices; Aristote, dans sa *Politique;* Cicéron, *pro
domo suâ;* la Genèse, aux versets 26 et 28 du chapitre
1er; le Psaume 8, versets 8 et 9. Dans une affaire
semblable, un juge d'Athènes aurait dit aux parties :
« Citoyens! revenez tous deux en personne, dans
cent ans, à pareil jour; j'y serai sans faute, et justice
vous sera faite; mais, par Jupiter, il me faut bien ce
temps pour réfléchir sur votre différend. »

Que n'était-il permis à la grand'chambre de prononcer ainsi? Il y avait une heure que M. le premier
président De Faucon s'agitait sur son siége et s'im-

patientait de perdre le temps à entendre débattre de
telles questions de neige. A la fin, n'y pouvant plus
tenir, et interrompant brusquement les deux orateurs
haletants et essoufflés : « Pour Dieu, maîtres tel et tel,
« leur dit-il, c'en est beaucoup plus qu'assez; brisons
« là, s'il vous plaît, et qu'il n'en soit plus parlé. Le
« nid, avec son contenu, sera par moitié à vos clients,
« dépens compensés; et ce sont deux sots; la Cour
« le dit, jugeant en dernier ressort. Premier huissier,
« appelez la cause qui vient après sur le rôle. »

M. De Faucon ne croyait pas si bien dire. De
retour dans leur village, nos deux voisins vont vite
sur le lieu, en grand appareil, et avec nombreuse
assistance, pour procéder au partage. Force leur était
de se hâter, car les petits allaient être *drus* tout à
l'heure, au dire des écoliers de l'endroit, notables docteurs et fort à consulter sur cette question et autres
semblables problèmes de philosophie contemplative.
Mais la pie est un oiseau bien malin, je vous jure,
et qui aime fort à jouer pièces à l'homme, son éternel
ennemi; les vieux auteurs en racontent des merveilles; écoutez Pline, il vous dira bien sérieusement
que, lorsque la pie s'est aperçue que ses œufs sont
guettés, elle les attache, deux à deux, avec des brins
de paille, les charge sur son cou, en équilibre comme
un bissac, et les emporte à tire d'ailes. A la vérité, si

Pline venait me dire cela, à moi, je le prierais en grâce de se tenir aux écoutes, jusqu'à ce qu'il vît les préparatifs d'un déménagement de ce genre, et il faudrait qu'il me donnât sa parole d'honneur de venir me prendre pour l'aller voir avec lui.

Toujours est-il que les pies n'aiment point que l'on regarde leurs nids de trop près; or, la nôtre avait vu rôder, autour de l'arbre où reposaient ses petits, maintes gens qui se le montraient du doigt, ce qui ne lui plaisait guère; elle se promit d'y remédier, et tint parole, comme vous allez voir; car, lorsque nos deux voisins, accompagnés de tous les manants et habitants de l'endroit, arrivèrent au pied de l'arbre, les uns portant des cages, les autres des échelles, tout-à-coup on vit s'élever au plus haut des airs, la pie, son mâle, et, avec eux, les huit petits piards, volant, sifflant, comme père et mère, faisant avec eux assaut de prestesse, et, à vrai dire, semblant, dans leur petit ramage et gazouillement, se railler quelque peu de l'assistance. Tous les paroissiens étaient là, le nez au vent, les yeux en l'air, riant à s'en tenir les côtes; hormis, toutefois, deux d'entre eux qui gardèrent imperturbablement leur sérieux, selon ce que témoigne le procès-verbal, pièce authentique, laquelle fera foi jusqu'à inscription de faux; et ces deux hommes si graves, il n'est guère besoin qu'on les nomme.

Dire qu'on a négligé ses affaires, fait des voyages, supporté des fatigues, porté à Rouen chapons, lièvres et bécasses, pour les avocats et les procureurs, sans préjudice des mémoires de frais, où il y avait, dit-on, un peu plus que le compte; payé les épices des rapporteurs, et les droits du greffe, qui, ma foi, comme de juste, en avait aussi tiré pied ou aile; et, après tout cela, ne point trouver la pie au nid; l'huître avalée, et chacun une écaille! c'est aussi par trop jouer de malheur. A cette occasion, les anciens du lieu, tout bien vu et mûrement considéré, prononcèrent solennellement « qu'il ne faut point aller chercher la pie au son du tambourin. » Cela devint un proverbe en Normandie, et ce proverbe, nos deux plaideurs l'entendirent si souvent siffler à leurs oreilles, qu'ils n'eurent garde de l'oublier de leur vie.

Mais ils n'étaient pas au bout de leurs peines : c'était le temps de la *Muse normande*, malin recueil de chansons moqueuses, médisante chronique où tout passait impitoyablement en revue : les exactions des traitants, les émeutes, les disettes, les faits notables, les procès ridicules, les désappointements des sots. Le malheur ne voulut-il pas que le damné poète demeurât à quelques portées de fusil seulement de mes deux infortunés plaideurs ! A peine sut-il leur déconvenue, que vite il se mit à l'ouvrage, et com-

posa, en leur honneur et gloire, cinq mortels couplets
les plus piquants que le traître eût faits de sa vie.
Hélas ! elle fit fureur, la chanson maudite : les enfants
y apprenaient à lire ; il n'y eut fils ou fille de bonne
mère qui ne la sut comme ses prières. Au bourg voisin, point de boutique où elle ne fut affichée honora-
blement au milieu des complaintes les plus nouvelles.
Le pire fut que, les jours de marché, les cordonniers,
tailleurs, et autres gens de métier du bourg étaient
assis devant leurs portes, tout le long de la *Grand'rue,*
s'escrimant de leur mieux autour des pourpoints,
haut-de-chausses, bottes et houseaux de leurs pratiques. Or, du plus loin qu'ils voyaient venir nos
deux plaideurs malencontreux, où l'un deux seulement, *presto* ils entonnaient, à trois chœurs, en faux
bourdon, la chanson du « *grand procès meu pour
un nid de pie,* » et chantaient, à gorge déployée, les
cinq couplets, depuis *miserere* jusqu'à *vitulos ;* en
quoi faisant, les traîtres se démenaient si bien, les uns
allongeant le ligneul, les autres jouant des ciseaux ou de
l'aiguille, et tous l'air soucieux, refrogné et si empêché
autour de leur besogne, que vous eussiez juré que,
de leur vie, ils n'avaient songé à autre chose. C'était à
nos deux paysans de prendre patience, non, toutefois,
sans maugréer entre leurs dents, et se bien promettre
de ne plaider plus, à l'avenir, qu'à bonnes enseignes.

La leçon devait profiter à bien d'autres, et ce mémorable procès fut l'occasion d'une grande révolution dans les mœurs processives des Normands. On ne renonça pas, pour cela, bien entendu, à la sainte et vénérable coutume de plaider; on continua, au contraire, de plaider beaucoup et souvent; on plaida pour des raies de terre, pour des branches, pour des poires, pour des pommes, pour des poules ayant fait du dégât, et pour mille autres questions notables et gros points de jurisprudence; mais la vérité historique nous force de le dire, et les registres du Parlement en font foi, onques depuis on ne plaida pour des nids de pies.

LE PETIT-SAINT-ANDRÉ

ANECDOTE NORMANDE

Le Petit-Saint-André

ANECDOTE NORMANDE

N ne saurait lire les annales du règne d'Henri IV et des premières années de celui de Louis XIII, sans rougir du rôle obscur qu'avait alors notre marine. Partout ailleurs, à cette époque, sont tentées de hardies et brillantes aventures ; de tous les ports du monde sortent fièrement de formidables navires, sûrs d'inspirer au loin la crainte, ou de combattre toujours à forces égales. Au milieu de ce mouvement, seule, la France demeure inerte ; ses vaisseaux chétifs et rares osent à peine hasarder sur les mers un pavillon timide

et souvent insulté, proie facile aux pirates de l'Angleterre, de l'Espagne, de la Hollande, à ceux aussi de
Tunis et d'Alger. Quelle part, surtout, à notre Normandie dans ces humiliations et ces affronts! A
Dieppe, pendant quarante années, chaque jour, presque, a eu sa honte et sa douleur : ses vaisseaux emme-
nés en Barbarie, ses plus hardis marins captifs à
Maroc, à Tripoli, languissant, mourant à la chaîne.
Encore avait-on dû tout craindre de ces implacables
ennemis de la croix et de l'humanité ; mais qu'en
Europe, après de solennels traités avec des nations
chrétiennes, il ne se passe presque plus de semaine
sans que les vaisseaux partis de nos côtes soient en
proie aux vaisseaux des alliés, comme à ceux des ennemis, nos marchands attaqués et pillés, ah! Dieppe
s'en indigne profondément ; ce qui lui reste de navires
a semblé tressaillir dans ses bassins ; la province tout
entière, se levant, interpelle énergiquement Louis XIII
et demande, à grands cris, le signal de la vengeance.
« Sire, lui disent les *États de Normandie* assemblés à
Rouen, vous savez les insolences des Espagnols et des
Hollandais; ces deux nations se disent vos alliées;
toutefois, parce qu'elles sont en guerre, la Hollande
arrête, chaque jour, nos vaisseaux naviguant vers
l'Espagne ; l'Espagne, elle aussi, les saisit voguant
vers la Hollande. La France sera-t-elle donc toujours

le jouet des rivalités de ces peuples, de leurs fureurs ? »
Et nos maux, toutefois, allaient s'accroître encore ;
car, la guerre étant venue bientôt à éclater entre nous
et l'Angleterre, nos navires, alors, furent comme en
proie à ceux de ces trois grands royaumes. En France,
en Normandie, à Dieppe, surtout, l'indignation était
au comble. Patience ! cette colère portera ses fruits
tout à l'heure. Dans Dieppe, qui pleure ses enfants
morts ou captifs, qui compte avec angoisse ses navires
plus rares chaque jour, une jeunesse ardente, intrépide, a surgi, avide de hasards et de gloire, impa-
tiente de venger tant d'affronts et de revers. Lorsqu'à
nos *États* éplorés, Louis XIII a répondu, enfin, par la
promesse solennelle d'armer des vaisseaux en guerre
pour *courir sus* aux ennemis et aux écumeurs de mer,
d'unanimes transports éclatent parmi tous ces jeunes
hommes ; un cri de joie retentit le long de nos côtes.
Qu'est-ce donc, quand, dans son port rendu tout-à-
coup à la vie, Dieppe voit armer, avec un grand appareil, ceux de ces vaisseaux qu'elle a pu sauver, tandis
qu'on en construit d'autres, en toute hâte, dans ses
chantiers si longtemps solitaires !

Le jour où les premiers prêts de ces navires, quittant nos rivages, ont tourné la proue vers l'immensité,
semblant n'aspirer plus que périls et gloire, quels
vœux ardents, que de vives prières pour ces enfants de

la cité, qui vont au loin la venger, combattre pour elle ?
Que d'*ex-voto* suspendus, par les épouses et les mères,
aux voûtes antiques de Saint-Jacques et de Saint-
Remi ! Car il s'agit, enfin, de courir sus aux ennemis
de la France, aux barbares, aux brigands de la mer ;
et toujours la foi est énergique et profonde chez ceux
qui tentent de hardies aventures et que menacent de
grands périls. Ces vœux, ces prières ne seront point
déçus ; Dieu n'a point abandonné la France. Voilà qu'à
six semaines de là, dans les rues de Dieppe, on porte
bruyamment en triomphe un jeune marin, un Dieppois, âgé de dix-sept ans, revenu, le premier, de ces
expéditions hasardeuses. Tout à l'heure, monté sur le
Petit-Saint-André, patache d'assez modeste apparence,
il vient d'entrer au port en vainqueur, traînant à la
remorque un énorme navire tout honteux, ce semble,
de le suivre. En un instant, le nom d'*Abraham*
Duquesne a volé de bouche en bouche ; non pas
d'Abraham Duquesne le père, un brave capitaine dès
longtemps cher à la cité : c'est son fils, un adolescent,
enfant hier encore, désormais un héros ! On se redit
alors l'enfance toute virile de ce jeune normand : toujours il a été en mer depuis l'âge de douze ans ; ou, de
retour à terre, on le voyait lire avidement, dans Brantôme, les merveilles des Dragut, des Strozzi, des
Doria, les lire chaque jour, sans se lasser jamais ; et

voilà que son coup d'essai rappelle les faits les plus aventureux de ces héros de la mer! Car on apprend bientôt, par l'équipage, comment les choses se sont passées : une maladie cruelle survenue en mer, à Duquesne le père, et qui l'a enchaîné au lit de douleur ; puis, dans cette conjoncture si critique, l'apparition subite de trois vaisseaux maraudeurs, voguant à quelque distance les uns des autres ; l'attaque téméraire et subite, par le jeune Duquesne et les siens, du plus rapproché de ses vaisseaux, tandis que les deux autres, sans s'inquiéter de leur compagnon de route, cinglaient, à toutes voiles, vers les côtes d'Angleterre ; la prise, enfin, la prise inespérée du troisième, le plus beau des trois, qui vient d'entrer au port tout chargé de riches marchandises, prémices, pour Dieppe, de fortune et d'honneur.

Ce coup d'essai d'un enfant de la ville, cette capture la première depuis si longtemps, c'était pour tourner toutes les têtes ; et ce peuple, hors de lui, n'avait garde, en ce moment, de songer à autre chose. Toutefois, en regardant de plus près ce beau navire amarré au port, il eût reconnu les formes de la construction hollandaise ; et c'était bien, en effet, un navire hollandais que le jeune Duquesne avait pris. Mais l'avait-il pu faire ? La France, pour l'heure, n'était-elle pas en paix avec la Hollande ? N'avait-on pas vu, tout récemment

encore, les flottes combinées des deux nations, reprendre les îles de Ré et d'Oléron sur les religionnaires
français révoltés? Que devenait donc le droit des
nations?

Au Parlement de Rouen, quand on sut, en gros,
cette prise d'un vaisseau sur une nation notre alliée,
le mécontentement y fut aussi grand qu'avaient été
vifs, à Dieppe, la joie du peuple, son enthousiasme et
son délire. C'était chose sur laquelle les Parlements ne
s'étaient jamais montrés traitables, le Parlement de
Normandie moins que les autres; combien d'exemples
en offriraient les annales du Palais! A nous, disaient
ces cours souveraines, à nous la mission de publier la
paix; mais à nous aussi le soin de la maintenir. Une
fois, donc, que le premier huissier du Parlement,
revêtu de sa robe rouge au chaperon noir, ayant en
tête son bonnet de drap d'or enrichi de perles, escorté
par la cinquantaine, les sergents et les trompettes, avait
solennellement proclamé, par les rues et les carrefours
de Rouen, une paix conclue entre la France et un
autre royaume, alors plus de pardon pour le Français
téméraire qui oserait y attenter; ces hommes de robe
sévissaient contre lui de toute leur ardeur pour la
paix, sans mesure, sans merci, s'agît-il même des
nations les plus infidèles aux traités. Cent fois
Henri IV avait gourmandé notre Parlement à ce sujet,

sans le pouvoir corriger : c'était la loyauté française, mais une loyauté poussée à un étrange excès, et les maraudeurs étrangers n'y avaient que trop souvent trouvé leur compte.

La belle et commode jurisprudence pour le capitaine hollandais qu'avait vaincu Duquesne! C'était Jacob Masecostre, un vieux rôdeur, connaissant de longue main toutes les mers, mais connaissant, sur toutes choses, nos scrupules de France en matière de prises, s'en raillant sous barbe tout son soûl, et se promettant bien d'en tirer parti. A peine descendu à terre, il était allé porter plainte à l'Amirauté de Dieppe, et il fallait l'entendre crier à la violation des traités, invoquer le droit des gens, dire que c'était une horreur, que le monde était corrompu, que les hommes de bien se faisaient, chaque jour, plus rares; mais qu'heureusement, il y avait à Dieppe une Amirauté et des juges.

C'était, toutefois, mal s'adresser pour un marin si avisé; et qui aurait laissé faire l'Amirauté, Jacob Masecostre eût pu jouer gros jeu contre les Duquesne; car, à Dieppe, peuple, juges, grands, petits, tout était pour eux dans cette affaire. Mais le Parlement l'avait évoquée en hâte, voulant seule en connaître. Tout, donc, était maintenant perdu pour le jeune Dieppois, à moins d'un miracle.

Au Parlement, on ne se doutait pas encore qu'un enfant eût été le héros de l'aventure, et Duquesne père avait, seul, été mis en cause. Mais vint l'audience de la grand'chambre, et, quand ce capitaine eut raconté les faits de point en point; que tout l'équipage du *Petit-Saint-André* les eut attestés; quand, enfin, le jeune coupable, amené à son tour, eut dit, tout naturellement et avec modestie, ce qu'il savait mieux que les autres, il parut bien, à l'air dont tous ces vieux juges le regardaient, qu'un grand changement s'était opéré déjà dans les esprits, et qu'il n'y en avait pas un d'eux, à vrai dire, qui, dans son cœur, n'eût voulu voir son fils en peine pour semblable équipée. Que fut-ce donc, quand le jeune marin se mit à plaider lui-même résolûment sa cause, alléguant en foule des faits à sa décharge, les prouvant sans réplique par nombre de pièces qu'il avait cotées, classées, étiquetées dans un ordre parfait, et qu'il feuilletait d'un air dégagé, faisant sa glose sur chacune d'elles, comme un vieux praticien ! C'est qu'en mer, après sa prise, le jeune Duquesne ne s'était pas laissé enivrer par la victoire, et la tête ne lui avait point tourné. Prévoyant bien qu'à terre, il pourrait avoir maille à partir avec les juges, l'avisé jeune homme avait songé aux moyens de contenter la justice et de garder sa prise. Tout en emmenant vers Dieppe ce beau navire hollandais qu'il

venait de capturer, il s'était mis à fouiller à fond, avec
ardeur, le portefeuille du capitaine Masecostre, sans en
oublier le moindre recoin. Qu'y avait-il trouvé, grand
Dieu! et eût-il jamais osé en espérer tant? D'abord,
mille indices de connivence avec l'Angleterre, notre
ennemie; puis toute une correspondance avec Tunis,
Alger, et autres semblables lieux d'honneur; puis
encore, des *passeports du Grand-Turc*, flatteurs pour
ce capitaine Masecostre, au-delà de ce qu'on saurait
dire, et qui montraient bien quelle grande estime on
faisait de lui dans ces parages; à la vérité, il avait
porté en abondance à ces hommes de bien de la
poudre, du plomb et des armes; la cargaison du navire disait le reste : ce n'étaient que laines de Sallé,
avec d'autres produits du pays reçus par lui en
échange; et enfin, par-dessus tout cela, force marchandises pillées par le traître, chemin faisant, sur des
navires de France; c'était, en abrégé, l'histoire du
capitaine Masecostre et de son navire.

Bref, pour son coup d'essai, le jeune Duquesne se
trouvait avoir fait main basse sur la perle des écumeurs de mers! Avait-on jamais vu un plus beau cas
de représailles?

L'affaire, maintenant, avait bien changé de face;
mais ce fut bien autre chose quand le jeune Duquesne, pour conclure, exhiba deux pièces, les meil-

leures du procès sans contredit, et qui venaient de lui
arriver tout à l'heure, pendant l'audience : un don à
lui fait par le cardinal de Richelieu, surintendant-général de la navigation et du commerce, de toutes les
marchandises du navire hollandais; puis un brevet de
capitaine, en bonne forme, à lui adressé encore par le
cardinal surintendant, impatient de relever l'honneur
du pavillon français. Ce cardinal se connaissait en
beaux traits, et on voit qu'il n'avait pas voulu laisser
Duquesne en peine.

Ce merveilleux fait d'armes d'un adolescent; sa
défense, la plus concluante qu'on ait jamais ouïe de
mémoire de juge ; ce don, ce brevet de capitaine, dans
un âge si tendre ; le cardinal de Richelieu, enfin,
venant tout couvrir de sa grande robe de pourpre, de
sa puissance de surintendant-général des mers : c'était
à ne plus s'y reconnaître ; et, si fortes que fussent ces
vieilles têtes blanchies de la grand'chambre, vous
eussiez vu présidents et conseillers bien empêchés à
réprimer les émotions qu'avaient excitées en eux un
procès si nouveau dans les fastes du Palais. De bonne
heure, le capitaine Jacob Masecostre avait vu distinctement de quoi, désormais, il retournait pour lui
dans cette affaire. Venu là triomphant, la tête haute,
prêt, ce semble, à tout emporter, quand, ensuite, on
le chercha des yeux pour lui dire son fait et l'envoyer

à la Conciergerie correspondre à loisir avec ses bons
amis de Tunis et d'Alger, il se trouva que le vieux
loup de mer était sorti à bas bruit sans demander
son congé. Pour notre jeune Duquesne, il était toujours là, lui, attendant son arrêt, aussi ferme et résolu,
sur ce parquet de la *grand'chambre dorée*, qu'il aura
pu l'être en mer sur son *Petit-Saint-André*. Il venait
d'enlever sa cause d'assaut, comme naguère il avait
pris le navire hollandais à l'abordage. « Abraham
Duquesne (lui dit le premier président De Faucon, en
le regardant avec l'expression d'une bonté infinie),
vous avez là un commencement aussi beau que je vis
jamais à jeune homme ; continuez et vous serez quelque jour un grand personnage ; mais, croyez-m'en,
quand vous retournerez en mer, regardez plus atten-
tivement les pavillons ; car, une autre fois, vous
pourriez ne pas si bien rencontrer. » Puis le Parlement leva l'audience. Vous eussiez entendu alors les
cris joyeux, les bruyants hourras de l'équipage du
Petit-Saint-André retentir dans le Palais ; vous eussiez
vu les braves gens, fous de joie, emmener en triomphe
ce nouveau capitaine dont ils étaient si fiers ; dont,
eux aussi, qui l'avaient vu au feu, ils prédisaient
énergiquement les brillantes destinées. Ce fut grande
fête pour eux tout le reste du jour, et les tavernes de
Rouen auraient bien su qu'en dire.

Vingt ans après, à Dieppe, Louis XIV, âgé de neuf ans, Anne d'Autriche, le cardinal Mazarin, les princes, les seigneurs, avec des députés du Parlement de Normandie, venus là, de Rouen, pour saluer le monarque, s'entretenaint tristement, sur la plage, d'un événement qui, ce jour même, était venu affecter douloureusement la ville et la cour, et interrompre toutes les fêtes. Le premier président du Parlement, le vénérable Faucon de Ris, celui-là même qui, naguère, avait prophétisé la destinée de Duquesne, venait de tomber sans vie aux pieds du roi, après la plus éloquente harangue qui fût jamais sortie de sa bouche. La mort d'un tel personnage, une mort si inopinée, arrivée dans de semblables conjonctures, avait saisi vivement tout les esprits, refoulé la joie dans les cœurs; et la cour ne songeait déjà plus qu'au départ, lorsque soudain des saluts retentissent en mer, coup sur coup, bruyants comme le tonnerre. Au même instant, deux vaisseaux armés en guerre, s'approchent, sont reconnus, entrent à pleines voiles dans le port; le chef qui les commandait, mettant pied à terre, va s'agenouiller, sur la grève, aux pieds de Louis XIV étonné, lui présente des lettres de la reine de Suède, Christine, lui montre deux magnifiques vaisseaux dont cette reine fait don à la France. Tous, cependant, ont reconnu Duquesne; et le respect dû à la majesté royale peut seule retenir les Dieppois, impatients de le presser dans leurs bras. Il y avait quelques années, la France étant en paix, le jeune Duquesne, s'ennuyant de n'y avoir plus rien à faire, était parti pour la Suède; il en revenait aujourd'hui couvert de gloire : les lettres de Christine étaient remplies des louanges de l'intrépide normand, longtemps major de son armée navale, et qu'elle n'avait laissé partir qu'avec un indicible regret. Louis XIV, après qu'il se les eût fait lire, regarde avec complaisance les deux magnifiques vaisseaux suédois, et surtout le brave qui vient de les amener; puis, avec une grâce enfantine, à laquelle se mêle déjà la majesté : « Monsieur Duquesne, lui dit-il, désormais vous ne conduirez plus que des vaisseaux français. Avec la permission de Sa Majesté la reine régente ma mère, je vous fais chef d'escadre. » Alors, les cris de : *Vive le Roi!* éclatent, retentissent le long du rivage; les deux vaisseaux suédois font entendre leurs derniers saluts; en même temps, les fêtes interrompues recommencent plus animées que jamais; de toutes parts, on s'empresse tumultueusement auprès de Duquesne. Dieppe, cette ville naguère humiliée, aujourd'hui ne se peut plus tenir de joie : tout lui dit qu'elle a enfanté un héros, et que la marine française va, elle aussi, avoir enfin ses jours de gloire.

LA BOISE DE SAINT-NICAISE

ANECDOTE NORMANDE

La Boise de Saint-Nicaise

ANECDOTE NORMANDE

—×—

 EN conscience, n'a-t-on point assez
raconté les guerres des Perses, des
Egyptiens, des Grecs et des Romains?
N'entendrons-nous jamais parler
d'autre chose que de Salamine et de Marathon,
d'Athènes et de Sparte, de Rome et de Carthage,
de Scipion et de Jugurtha? N'y a-t-il donc rien
à dire sur ces guerres de villages à villages, de
paroisses à paroisses, de clochers à clochers, naguère
si fréquentes en France, alors qu'elle était partagée en

provinces étrangères les unes aux autres par les lois
et les mœurs; ces provinces en une multitude de com-
munes, ayant la plupart leurs usages propres, leurs
prétentions opposées, leurs privilèges; et que, dans le
même village, existaient parfois des paroisses ennemies, des confréries rivales, souvent aux prises entre
elles? De tout cela, je vous le jure, il y aurait de beaux
livres à faire.

Viendra-t-on me dire qu'elle serait bien frivole,
cette histoire de petits débats? Eh! mon Dieu, la mission de l'histoire étant, après tout, de peindre les
hommes, qu'il s'agisse d'un empire ou d'un village,
de la belle Hélène ou du seau enlevé, de la ville de
Troie ou du lutrin de la sainte chapelle, ne serait-ce
pas toujours le cœur humain qui, dans ces récits, se
révélerait à nos yeux! Dégagés du faste des grands
noms et des grands mots, tant de mouvements pour de
si minces sujets, ne nous en montreraient que plus à
nu les hommes et les petites passions qui sont le fond
de leur être; et puis, dans ces guerres, on verrait bien
les combattants échanger, çà et là, des injures et des
horions; aucuns même recevraient parfois des plaies
et des bosses; mais rarement il y aurait mort d'homme :
et, ma foi! c'est bien quelque chose.

Si j'apprenais jamais que quelqu'un entreprît ce
livre, je lui demanderais une place d'honneur pour la

guerre mémorable si bien racontée par Cervantes,
entre ces deux villages de la Manche, dont les consuls
savaient si bien braire. Au frontispice, on verrait, sur
l'une des bannières, la portraiture de l'âne auquel ne
manquerait que la parole ; et, au-dessous, on lirait,
en lettres d'or :

> « Non, ce n'est pas sans mystère,
> Qu'on a vu nos Consuls braire. »

L'auteur n'aurait garde d'oublier l'honnête Sancho,
haranguant éloquemment les populations rivales,
puis, à la fin, dûment frotté par les deux armées,
dont le paillard avait voulu se railler.

Mais, sans aller se plonger dans le moyen-âge, si
fécond, comme chacun sait, en guerres de ce genre,
croyez-vous que les temps modernes ne lui fourniraient
point de sujets ? N'ai-je pas vu, moi, dans mes voyages,
— et parbleu ! je ne suis pas allé bien loin, — n'ai-je
pas vu une ville, je dis une ville de Normandie, dont
les deux paroisses, dédiées, l'une à saint Pierre, l'autre
à saint Paul, étaient incessamment en guerre, en dépit
de leurs saints patrons, si bons amis de leur vivant ?
Mais, voyez-vous, Saint-Pierre était l'église paroissiale, et Saint-Paul la succursale ; de là des rivalités,
de là des scènes sans nombre. Et, pour ne parler que

d'une seule, dont je fus témoin, le curé de Saint-
Pierre voulait à toute force que, le 15 août, le clergé
de Saint-Paul vînt, tous les ans à l'église paroissiale,
pour l'entendre parler d'or pour la plus grande gloire
de Napoléon, qui régnait alors : ce dont le desservant
n'avait garde, pour ne point déroger ; « car, disait-il,
saint Paul vaut bien saint Pierre. » — « Ah ! vénérable
desservant, vous ne lisiez pas les Actes des Apôtres,
ou, tout au moins, n'en faisiez-vous guère votre profit.
Saint Paul, dites-moi, le patron de votre église,
n'était-il pas allé autrefois de Damas à Jérusalem,
tout exprès pour voir saint Pierre, et pour lui faire
hommage ? Certes, vous aviez moins de route à faire,
et c'était un bel exemple à suivre. » Mais, bah ! le brave
desservant eût plutôt déchiré de ses propres mains la
plus belle de ses soutanes. Donc, tous les ans, le jour
de l'Assomption, le plus alerte de ses enfants de
chœur se tenait aux écoutes au bas de l'église de
Saint-Pierre, pendant que l'on prêchait. L'orateur
s'acheminait-il insensiblement vers la péroraison, le
jeune clerc s'en apercevait tout d'abord, tant il avait
l'habitude de ces choses-là ; et, vite, il courait à toutes
jambes à Saint-Paul, annoncer, hors d'haleine, qu'il
était temps de partir.

A l'heure même, Saint-Paul se mettait en marche,
et presque toujours on se rencontrait à un certain

carrefour que je nommerais bien. Qui endèvait tout
son saoûl et maugréait dans ses dents ? C'était le curé
de Saint-Pierre ; jusqu'à ce qu'un beau jour, au
moment où s'opérait la jonction des deux paroisses,
j'ai presque dit des deux armées, comme on en était
aux litanies, le curé de Saint-Pierre chanta vite :
Sancte Romane ; puis, s'approchant du desservant de
Saint-Paul : « Vous viendrez donc toujours ainsi
troubler ma procession ? » lui dit-il, paroles qu'il
accompagna d'un geste qui, vu son énergie, avait peu
besoin d'interprétation. Je vous vois tous en peine de
ce qui va se passer entre ces deux bons prêtres, qui ne
s'aiment point ; mais rassurez-vous, âmes pieuses :
le desservant de Saint-Paul, sans s'émouvoir, riposta
par un *ora pro nobis*, chanté de toute la force d'une
des plus redoutables basse-tailles que vous ayez
entendues jamais ; des deux côtés de la rue, les vitres
en retentirent ; un instant, le curé de Saint-Pierre fut
en grande angoisse, se croyant devenu sourd et sans
remède ; mais ce ne fut qu'un éclair ; bientôt, revenu
de sa frayeur, il reprit la litanie où il l'avait laissée,
et la chanta désormais sans gloses et autres paraphrases
qui auraient pu altérer la pureté du texte.

Hélas ! notre bonne ville de Rouen eut aussi jadis
ses guerres de paroisses ! Aurait-on jamais fini, par

exemple, si l'on voulait raconter les longs démêlés qui eurent lieu, au xviie siècle, entre la paroisse de Saint-Nicaise et celle de Saint-Godard ?

Elle tenait à bien des causes, l'antipathie qui divisait les habitants de ces deux quartiers. A Saint-Godard étaient les praticiens, les riches, les heureux du siècle, les somptueux hôtels qui étalaient à leurs frontispices les armoiries des nobles familles. Dans ces demeures, peu éloignées du palais, ce n'étaient que magistrats du Parlement, de la Chambre des Comptes, de la Cour des Aides et du Bailliage.

Combien, à Saint-Nicaise, on était éloigné de cette élégance ! Là, point d'hôtels, point d'armoiries, de grands personnages, ni de grands noms ; point de doux loisirs non plus ; mais, dans d'étroits et pauvres réduits, souvent dans des caves humides et malsaines, le travail, un travail continuel, pénible et toutefois peu rétribué : c'étaient les ouvriers de la draperie, les tisserands, les laneurs, les éplucheurs, les tondeurs ; sauf dans les rues les plus hautes, qu'habitaient des jardiniers, des marchands de fleurs, de fruits et de légumes. Là, en un mot, s'accomplissait à la lettre, et sans cesse, cet arrêt prononcé naguère à l'homme : *Tu mangeras ton pain à la sueur de ton front.*

Et si ces deux quartiers différaient tant par la fortune, ils ne se ressemblaient guère plus par les habitudes et le langage.

A Saint-Godard, on se ressentait quelque peu de ce mouvement des esprits, si marqué dès lors, et qui annonçait le grand siècle. On savait Malherbe par cœur ; on s'arrachait les premiers essais d'un jeune homme de la ville, nommé Pierre Corneille, fils du maître particulier des Eaux-et-Forêts. Quelques connaisseurs juraient bien leurs grands dieux que ce poète n'irait pas loin ; mais, au dire du plus grand nombre, ce jeune écrivain ne manquait pas d'un certain mérite : à la vérité, il ne vaudrait jamais M. de Mont-Chrestien ; mais, quoi ! est-il donné à tous d'aller à Corinthe ? Et puis il ne faut pas décourager les commençants. Imaginez, je vous prie, les dédains de ce monde délicat et poli pour le dialecte de Saint-Nicaise. A ne point mentir, c'était une langue étrange que celle qui se parlait sur Saint-Nicaise, Saint-Vivien et autres provinces adjacentes : une langue, mélange de celtique, de français, de roman, de termes et métaphores de métier, dont l'ensemble formait quelque chose de bizarre ; patois intelligible seulement pour quiconque habitait entre la rue *Poitron* et le *Pont-de-l'Arquet ;* patois bien digne, après tout, de cette Béotie qui, pour toute littérature, vivait de Noëls et de complaintes. — Et puis, main-

tenant, qu'entre un monde si riche et un monde si
pauvre, il n'y eût point un peu de mépris d'un côté,
de l'autre un peu d'envie ; que deux peuples voisins,
dans des conditions si diverses, parlant deux idiomes
si différents, ne se regardassent point comme étrangers
et ennemis au besoin, c'eût été merveille. A Saint-
Godard, on ne tarissait point en plaisanteries sur le
dialecte étrange des Nicaisiens et sur leur argot *purin;*
car c'était ainsi que l'ironie avait qualifié la langue en
usage entre la rue de la *Pomme-d'Or* et celle des
Deux-Anges.

Les habitants de Saint-Nicaise n'enduraient point
patiemment ces dédains, ces railleries, ces grands
airs ; et de cette mutuelle antipathie étaient nées
deux locutions proverbiales particulières à notre ville.
L'église de Saint-Nicaise, bâtie à mi-côte, se voyait
d'assez loin ; et, en apercevant le comble passablement
élevé du chœur de la modeste église, un bel-esprit de
Saint-Godard s'était avisé de dire que les habitants
de Saint-Nicaise avaient le *cœur* (chœur) *haut et la
fortune basse.*

Ce mauvais brocard avait fait fortune et était par-
venu aux habitants de Saint-Nicaise ; mais ils avaient
vivement riposté, en disant qu'*aux enfants de Saint-
Godard l'esprit ne venait qu'à trente ans.* C'est que,
sur la paroisse de Saint-Nicaise, rendus, de bonne

heure, industrieux par le besoin, les enfants s'éver-
tuaient presque au sortir du berceau, et, bien jeunes
encore, secondaient leurs pères et leurs mères. A Saint-
Godard, au contraire, dans ces grands hôtels, au
milieu du luxe, de l'abondance et des plaisirs, pourquoi ces enfants de bonne maison se seraient-ils
inquiétés sitôt d'une fortune toute faite et d'un avenir
assuré? Le mot frappait juste, il faut en convenir; et,
cette fois, Saint-Nicaise avait parlé français.

Et puis, comme s'il n'eût point existé, entre les
deux paroisses, un éloignement assez prononcé, la
Ligue était venue anciennement aigrir encore les
esprits. Au milieu de tous ces troubles, les quartiers
populeux, qui avaient tout à gagner, rien à perdre,
avaient cru fermement à Mayenne et à Villars, qui,
comme on dit, leur promettaient plus de beurre que
de pain. Ces bonnes gens avaient failli élever une
chapelle au bienheureux saint Jacques Clément,
jacobin et martyr. Les gros bonnets de Saint-Godard,
au contraire, plus fidèles ou plus avisés, avaient tenu
bon pour les vieux rois et les vieux saints. Bien leur
en avait pris, et, longtemps après la réduction de la
province, le désappointement de leurs pauvres con-
citoyens était encore pour eux l'inépuisable texte de
railleries qui ne pouvaient finir.

Il aurait fallu que les curés des deux paroisses tentassent quelque effort pour rapprocher les deux peuples ennemis. Dans ce temps-là, les troupeaux obéissaient assez volontiers aux pasteurs ; quelques petits coups de houlette, donnés doucement et à propos, eussent pu empêcher leurs ouailles de se heurter au front ; mais, hommes de bien tous les deux, et bons ecclésiastiques au fond, encore nos deux curés n'étaient-ils pas des anges. Né d'une famille noble et riche, le curé de Saint-Godard, bien venu, désiré chez les grands, regardait quelque peu en pitié son confrère de Saint-Nicaise, pauvre, simple comme ses paroissiens, et ne parlant guère mieux. Ce dernier s'en apercevait de reste, et en tenait bon compte à son confrère. Bref ils étaient froids, et alors on regardait de trop près ses curés pour ne pas apercevoir ces petits nuages.

Deux peuples ainsi disposés l'un envers l'autre, et abandonnés à leur humeur, eussent-ils été séparés par un bras de mer, encore n'eût-ce pas été chose facile que de les maintenir en paix. Mais, par dessus tout cela, le malheur voulut qu'il n'y eût entre eux qu'un tout petit ruisseau, un filet d'eau, limite des deux républiques ennemies. La brillante Athènes d'un côté ; de l'autre, l'austère, laborieuse et pauvre Lacédémone.

Deux fois par an, le même jour, à la même heure,

dans une occasion solennelle, on voyait deux cortéges descendre lentement la rue limitrophe, non sans se coudoyer un peu, soit à cause de la presse, soit autrement. Et qu'ils étaient différents, ces deux cortéges ! D'un côté, des croix d'or, de brillantes étoles, des ornements splendides où l'or se relevait en bosse ; puis, derrière toutes ces pompes, de grandes dames richement parées, des magistrats en robe rouge, et des laquais en livrée qui leur portaient la queue. A gauche, au contraire, à la suite d'un clergé simple et modeste, un peuple en veste, en sabots ou en galoches.

Avec des éléments si combustibles, il ne fallait qu'une étincelle pour allumer un grand incendie.

En 1632, le clergé de Saint-Godard défilait, précédé cette fois d'une magnifique bannière, donnée, la veille, par la présidente de Grémonville. Sur le plus beau velours cramoisi, au milieu de larges galons et de crépines d'or, paraissait, dans sa gloire, saint Godard, la mitre en tête, avec sa croix patriarcale aux deux croisillons transversaux. Aussi, paroissiens et clergé, comme tout ce monde-là se rengorgeait ! Comme ils regardaient en pitié la pauvre bannière de Saint-Nicaise, en simple taffetas, dont encore la couleur rose-pêche était un peu passée ! Mais, ô vanité ! ne voilà-t-il pas qu'au plus beau de leur triomphe,

soudain un coup de vent, de guet-à-pens, avec pré-
méditation, et sans aucune sommation préalable,
s'attaque avec furie à la bannière de Saint-Godard,
l'enlève violemment, et va la jeter dans le ruisseau,
où elle fut souillée de manière à n'oser plus se montrer
jamais. Cependant, le vexillaire était resté debout,
ferme comme un roc, et n'en était que plus plaisant
à voir, sérieux, résolu, l'air intrépide et héroïque,
tenant fermement le bâton nu de sa bannière, fier,
ma foi! comme un capitaine qui aurait sauvé son
drapeau.

La solennité de l'action put-elle empêcher que l'on
entendît, dans le camp ennemi, je ne sais quels petits
bruits confus, extrêmement semblables à des rires
étouffés? Je ne l'oserais dire, les mémoires d'après
lesquels j'écris me donneraient un démenti. Même le
soir, au presbytère de Saint-Godard, trois marguilliers
se plaignirent fort du curé de Saint-Nicaise et jurèrent
leurs grands dieux qu'ils l'avaient vu rire.

Mais il avait fallu prendre patience, et rentrer à
Saint-Godard, sinon sans croix, du moins sans bannière, et la tête plus basse, de moitié, que l'on n'en
était sorti. A Saint-Nicaise, au contraire, après vêpres
et salut, il y eut grande liesse par les rues ; et, comme
il n'est joie telle que de pauvres gens, il y fut ri à gogo,
il y fut ri à fer émoulu ; il y fut sauté, ballé et dansé

en rond, comme à la Saint-Jean. Hélas! tous ces transports devaient être cher payés; et comment ces bonnes gens étaient-ils assez aveugles pour ne point apercevoir les apprêts de la noire vengeance que se promettait la jeunesse de Saint-Godard. Comme Troie, Saint-Nicaise avait son *palladium*, auquel semblaient attachées ses destinées : il était menacé, ce *palladium*, et les Troyens, trop confiants, ne s'en doutaient pas le moins du monde. Imaginez une poutre immense, aux proportions atlantiques, une maîtresse poutre, dont Gargantua eût voulu faire le sommier de la plus grande salle de son palais; c'est ce que l'on appelait la *boise de Saint-Nicaise*. Elle leur était bien chère apparemment, cette boise immense, car ils l'avaient scellée avec des barres de fer dans le cimetière, près de l'église. A la vérité, cette boise était vieille comme le temps, et c'était à travers bien des hasards qu'elle était parvenue jusqu'à eux. Trois fois, depuis deux cent vingt ans, Rouen avait été assiégé, la première fois par des Anglais, puis, chose lamentable! deux fois par des Français; et toujours la boise de Saint-Nicaise avait été respectée. Même deux vieux savetiers, docteurs de la rue des *Maîtresses*, voulaient qu'elle remontât au déluge; mais comme ils étaient seuls de leur bord, cette opinion n'était que *probable*. Chère par son antiquité, combien plus elle l'était par sa destination!

C'était là que, de temps immémorial, les anciens du métier siégeaient magistralement, le bonnet de laine . en tête, graves et refrognés comme des sénateurs ; et, de toutes parts, c'était à qui viendrait soumettre à ces *prud'hommes* les différends de la draperie, soit entre maîtres et ouvriers, soit entre les ouvriers eux-mêmes. Les vieux patriarches qui avaient vu bien des mauvais jours, bien des guerres, bien des pestes, bien des famines, arbitres équitables et infaillibles, délibéraient avec maturité, prononçaient souverainement sur ces bisbilles sans cesse renaissantes ; et, ma foi ! leurs sentences étaient autant et plus respectées que si le Parlement tout entier y eût passé en robes rouges.

Bref, c'était leur tribunal que cette boise, leur *forum,* leur conclave, leur grand'chambre, où ils tenaient conseil, en plein air, sur les affaires épineuses de la république. Et puis elle était aussi le bureau des nouvelles : les dimanches et fêtes, après les offices, dans les soirées d'été, c'était plaisir que de voir ces anciens, assis gravement sur la boise, non plus pour juger, mais pour deviser entre eux, endoctriner les jeunes gens qui les écoutaient bouche béante, et leur donner, à leur manière, quelques notions élémentaires d'histoire, de législation criminelle et de droit public. Quels doctes entretiens ! quelles théories ! Dieu le sait. Après le procès de tous les pendus, la prise d'Amiens, le siége de Casal par les Espagnols, la belle défense de Rouen par M. de Villars, étaient le thême le plus ordinaire de ces doctes leçons. Il y avait là tel vieux cordonnier inébranlable dans ses convictions, qui soupirait encore tout bas au nom de feu MM. de Guise et de Mayenne, encore bien que tout cela fût déjà presque de l'histoire ancienne. La gaudriole y était aussi de mise, et, quand on en était sur Saint-Godard, sur ses pompes, *bobans* et vanités, les six canons du Vieux-Palais auraient tonné tous ensemble, et Georges d'Amboise sonné en volée, que, ma foi ! ils s'en seraient souciés comme de la mouche qui vole. Combien il y avait été ri lors de la déconvenue de la magnifique bannière, vous l'avez vu tout à l'heure. Finalement, c'était sur cette boise qu'il avait été résolu, chambres assemblées, et par forme de règlement, qu'aux jeunes gens de Saint-Godard, l'esprit ne venait qu'à trente ans.

Et puis, étonnez-vous que les jeunes gens de Saint-Godard détestassent cette boise comme la peste. Oh ! se disaient-ils entre eux, si nous pouvions l'avoir, cette boise maudite, quel coup de partie ! Ce serait enlever aux Troyens leur *palladium ;* ce serait ravir à Samson sa chevelure et sa vertu.

Mais le moyen, je vous prie, d'aller engager une lutte, à force ouverte, contre des milliers d'ouvriers

robustes, aguerris par un travail de chaque jour ?
Certes, le jeu n'eût pas été sûr. C'est qu'ils
devenaient, parfois, passablement redoutables, ces
purins, si bonnes gens pour l'ordinaire. Quelle indignation et quelle énergie on les avait vus montrer,
un jour qu'il venait d'entrer au port un gros navire
rempli de draps anglais que l'on apportait à Rouen
pour les vendre ! « On veut donc, s'étaient-ils écriés,
nous ravir le pain ! Allons, en route ! » Et, en un
instant, ouvriers, femmes, enfants, l'œil enflammé,
se levant comme un seul homme, descendant par
milliers, fondant sur les quais, avaient brûlé des
ballots qui venaient d'être débarqués ; puis, se jetant
dans des chaloupes, avaient gagné le navire : et vous
eussiez vu ce peuple furieux, mettant en pièces des
marchandises abhorrées, jetant à l'eau les lambeaux
des étoffes déchirées ; puis, lorsque tout avait été
anéanti, ils s'étaient retirés calmes, sans commettre
aucun autre désordre ; et, depuis lors, vous pouvez
m'en croire, notre quai n'avait plus revu de navire
chargé de marchandises du dehors. Cette action avait
fait du bruit : les mémoires du temps l'appellent la
descente des Reîtres.

Tels étaient les bons habitants de Saint-Nicaise : en
temps de paix, doux comme des agneaux ; mais, en
guerre, fiers comme des lions, terribles comme des

léopards. Avec de telles gens, aller faire du scrupuleux, comme voulait je ne sais quel rêveur romain ;
leur envoyer des hérauts ou féciaux, pour dénoncer
solennellement, en cérémonie, que tel jour, à telle
heure et tant de minutes, sans faute, on leur courrait
sus, qu'ainsi ils se tînssent prêts et fissent bon dos :
assurément on n'en aurait pas été bon marchand.
Donc, ce que l'on n'osait faire à force ouverte, il fallait
l'essayer par la ruse.

Un soir que le tour du quartier de Saint-Godard était
venu d'aller monter la garde à la porte de Saint-Hilaire,
on vit la jeunesse de cette paroisse, tambour battant,
trompette sonnante, enseigne déployée, s'y rendre
plus nombreuse et plus fière que de coutume ; pas un
n'avait manqué à l'appel ; sur la figure de tous, vous
eussiez vu cet air inspiré, triomphant, qui promet la
victoire. La nuit, soixante des plus jeunes et des plus
forts se détachèrent comme pour aller en patrouille ; le
plus âgé d'entre eux n'avait pas vingt-cinq ans.

Où allaient ces jeunes gens ? Que firent-ils, favorisés
par la nuit la plus obscure que l'on eût vue de long
temps ? Nul autre qu'eux ne le sut pour l'heure ; seulement, quelques voisins du cimetière de Saint-Nicaise
confessèrent, depuis, qu'un assez grand bruit s'était
fait entendre vers minuit ; mais s'imaginant, dirent-ils,
que c'était une rixe entre gens ivres, ils étaient restés

cois, de peur du serein, des coups, ou autre accident ;
sécurité funeste, et qu'ils devaient déplorer longtemps.
Le lendemain, quelle fut la stupéfaction des habitants
de Saint-Nicaise, lorsque, le matin, ils ne retrouvè-
rent plus à sa place cette boise qui leur était si chère !
Alors on s'avisa, mais trop tard, du bruit de la nuit ;
il se trouva que ce bruit s'était fait entendre partout
depuis le cimetière jusqu'à la porte de *Saint-Hilaire*,
en passant par la *Croix-de-Pierre*. On le suivit à la
trace ; et, à Saint-Hilaire, quel spectacle s'offrit aux
yeux des pauvres diables ! Les restes fumants de leur
boise, et les enfants de Saint-Godard dansant, ballant
à l'entour, se chauffant à l'envi, se gaudissant et riant
à gorge déployée, à l'aspect de la mine piteuse et pétri-
fiée des habitants de Saint-Nicaise. — « Par Dieu !
mes anciens, leur dit le plus fanfaron de la bande, il
n'y en a pas un de nous qui ait vu vingt-cinq hivers,
et puis dites maintenant que l'esprit ne nous vient
qu'à trente ans. Or sus, allez à vos métiers, mes
maîtres, et, puisque vous faisiez tant de cas de votre
boise défunte, allez baiser la place où nous l'avons
prise ; mais, sur toutes choses, priez pour les tré-
passés. »

La stupeur et l'indignation des purins, pendant
cette fatale journée, ne sauraient se peindre. Dans
tous les ateliers, dans toutes les caves où il y avait des

métiers, il ne fut question que de la boise si traîtreu-
sement enlevée. De quelle autre chose ces pauvres
diables auraient-ils pu parler ? On ne tarissait point
sur les éloges de la défunte, sur son antiquité immé-
moriale, reconnue désormais, sans contredit, contem-
poraine du déluge ; sur ses miracles, car elle avait fait
des miracles : surtout, son horreur pour la dissimu-
lation était telle, que si quelqu'un, assis sur elle, venait
à hasarder un mensonge, n'y pouvant plus tenir, elle
s'entr'ouvrait aussitôt, pour ne se refermer qu'après
le départ du menteur, ou lorsque la vérité était
vengée.

N'en va-t-il pas ainsi des hommes de tous les
temps ? Naguère, après la ruine d'Ilion, les Troyens
éperdus, pleurant leur merveilleuse statue de Pallas,
ne juraient-ils pas l'avoir vue cent fois, aux beaux
jours de Troie, rouler les yeux et brandir sa lance ?

Cependant, au milieu de tous ces récits enthou-
siastes, les têtes s'étaient échauffées ; il se formait mille
projets de vengeance ; même les plus pressés voulaient,
sur l'heure, se mettre à l'œuvre. Le soir donc, vers
huit heures, au moment où la garde allait être relevée,
avertis que les Nicaisiens étaient postés à tous les
coins pour leur souhaiter la bienvenue, les braves de
Saint-Godard prirent le parti de revenir sans bruit
par la rue *Saint-Vivien*. Mais, au premier vent qu'en

avaient eu ceux de Saint-Nicaise, ils s'étaient précipités au bas de la rue de l'*Epée* ; et, au moment du passage, il y eut une escarmouche assez vive. Force horions furent distribués de part et d'autre ; et, pour ne point mentir, ceux de Saint-Godard en eurent si clairement la meilleure part, qu'en bonne justice, et selon la loi des partages, c'était le cas de rapporter à la masse. C'est qu'après la ruse, la force avait son tour. Toutefois, le carnage n'avait pas été si grand qu'on aurait pu le croire ; et, après un dénombrement scrupuleux des tués et des blessés, il ne se trouva personne de mort, ni même en danger. Seulement, les enfants de Saint-Godard revinrent à la place d'armes un peu moins droits, un peu moins fiers qu'ils n'en étaient partis. La nuit, disaient-ils, avait été si froide! Ce n'étaient que rhumatismes à gagner! Mais quel remède ! Il fallait bien veiller au salut de la ville.

Ce n'étaient là, au surplus, que des préliminaires ; les gens de Saint-Nicaise n'avaient fait que peloter en attendant partie. Ils en promettaient bien d'autres à leurs ennemis ; et, gens de parole, comme on les connaissait, il n'était guère possible qu'il ne se jouât, à la fin, quelque tragédie. Force fut donc au Parlement de s'en mêler et de rendre arrêts sur arrêts. De son côté, le duc de Longueville, gouverneur de la province, s'était empressé de faire placer dans le cime-

tière de Saint-Nicaise une belle boise toute neuve,
plus gigantesque encore que l'ancienne. A la vérité,
elle ne faisait point de miracles ; elle était aussi plus
endurante pour le mensonge, et le *Menteur*, en personne, aurait pu y raconter ses hauts faits et ses
prouesses, que, ma foi ! elle ne se serait pas entr'ouverte d'un travers de doigt. Mais quoi ! le neuf vaut-il
jamais le vieux ? Toutefois, cette attention délicate
avait un peu modéré le courroux des Nicaisiens ; ce
fut aux deux curés de se charger du reste. Ils n'avaient
guère songé jusqu'alors à jeter de l'eau sur le feu, les
dignes gens ; mais, dès le dimanche qui suivit la
bataille, il fit beau les entendre prêcher, à qui mieux
mieux, la paix, l'union, la concorde ; c'était à fendre
le cœur des plus endurcis.

« Mes petits-fils, disaient-ils, *filioli*, aimez-vous les
uns les autres, et, sur toutes choses, évitez les jeux de
main. A votre échauffourée dernière, qu'y avez-vous
profité ? Les uns y ont perdu leur boise, les autres y
ont gagné force bourrades. Ainsi en va-t-il de toutes
les guerres. » Bref, ce furent de petits chefs-d'œuvre
que ces prônes, des projets de paix perpétuelle, à
l'usage des paroisses. O vénérable abbé de Saint-Pierre !
homme de bien, qui sus si bien rêver, que n'étais-tu
de ce monde alors, et que n'entendais-tu ces harangues ? Comme tu aurais bien su t'en aider pour bâtir

ton système de paix éternelle, à l'usage des nations !
— C'est qu'à le bien prendre, voyez-vous, paroisse ou
royaume, en somme, ce sont toujours des hommes ; et,
toutes proportions gardées, ce qui est bon pour les unes,
peut, en beaucoup de points, être bon pour les autres.

Le principal était de savoir comment l'archevêque
de Rouen, messire François de Harlai, prendrait
l'affaire, d'autant que ce prélat ne riait pas tous
les jours. Le soir même du dimanche où ils
avaient si bien prêché, les deux curés étaient à l'archevêché, appréhendant grandement quelque verte
semonce, qu'en conscience ils avaient un peu méritée,
mais que, toutefois, ils aimaient mieux aller chercher
que de l'attendre. Par fortune, M. de Harlai était dans
ses bonnes humeurs ; et, avisant les deux pauvres curés
dans un coin de la salle des États, bien empêchés à
admirer d'anciens portraits et peu empressés de se
produire au grand jour, il s'approcha d'eux, en présence de tous, et les regardant, non sans rire sous
barbe : « M. de Saint-Godard, et vous, M. de
Saint-Nicaise, leur dit-il, j'ai de vos nouvelles, et sais
pour certain que, ce matin, vous avez parlé d'or,
tous les deux, à vos paroissiens, et fait merveille, au
jugement de tous ; mais, puisque vous aviez de si
bonnes paroles à dire, par saint Romain ! que ne les
disiez-vous plus tôt ? »

LE CARROSSE DE ROUEN

ANECDOTE NORMANDE

Le Carrosse de Rouen

ANECDOTE NORMANDE [1]

—|—

ous ne vous doutez guère, apparemment, mes chers lecteurs, de ce que c'était que le *Carrosse de Rouen ;* vous, surtout, jeunes hommes, que nous voyons tous les jours, partis le matin de la capitale, arriver le soir à Rouen, de bonne heure, frais

[1] Nous devons la donnée de cette anecdote à M. Descamps, peintre, conservateur honoraire du Musée de Rouen, qui, l'ayant entendu raconter plusieurs fois par son maître Restout, neveu et élève de Jouvenet, rédigea, d'après ce récit, une note qu'il a bien voulu nous communiquer, grâce à la bienveillante médiation de M. Duputel, membre de l'Académie royale de Rouen.

et dispos, comme si vous sortiez de votre chambre.
Mais, interrogez les anciens de notre ville : ils
vous le diront, et grande, je crois, sera votre surprise !
Nos pères, en vérité, n'allaient pas si vite que nous ;
il s'en fallait de quelque chose. Lorsque, un beau soir
de l'année 1617, Bassompierre, descendant de voiture
à Rouen, dit qu'il était parti de Paris le jour même,
à trois heures du matin, vous eussiez entendu un
beau bruit dans l'hôtel de l'*Épée-Royale*. « A d'autres ! s'écria-t-on de toutes parts ; à d'autres, Monseigneur ! Allez faire ce conte à vos suisses et à vos
grisons ; mais, nous, croire cela, nous qui connaissons
si bien la route ! Sauf votre respect, c'est une chose
impossible ; et puis, aujourd'hui 22 décembre, nous
célébrons la fête de saint Thomas l'apôtre, qui,
comme vous le savez, ne croyait les choses qu'à bonnes
enseignes. « Bassompierre eut beau jurer tous ses
dieux ; il y fit comme le coq sur les œufs : il ne se
trouva pas là, par fortune, une seule âme charitable
qui voulût en croire ses serments.

C'est qu'aussi, il faut bien en convenir, depuis la
fondation de la ville de Rouen, pareille chose n'avait
été ni vue, ni ouïe, ni même imaginée comme possible, et que, comme vous allez l'entendre tout à
l'heure, le *Carrosse de Rouen* avait une toute autre
allure.

Donc, au bon vieux temps, deux fois chaque semaine, à quatre heures du matin, partait, de la rue du *Bec*, une voiture publique aux formes gothiques, aux parois épaisses, aux lourdes allures, à la marche grave, digne, posée et solennelle, qui, dans la belle saison, arrivait à Paris juste le soir du troisième jour après son départ, sauf les cas d'accident qui, à la vérité, n'étaient pas rares ; et cette voiture, on l'appelait magnifiquement le *carrosse*, parce qu'elle était surtout à l'usage des privilégiés. Aux pauvres diables, l'humble *galiote* et les chevaux étiques si bien nommés *mazettes* du port Saint-Ouen ; mais le *carrosse*, voyez-vous, c'était pour les heureux du siècle : pour le gros négociant qu'attendait à Paris son correspondant de Hambourg ; pour le gentilhomme qui allait à Versailles gronder, pour quelque frasque, son fils, le plus espiègle des pages de la grande écurie ; pour le chanoine qui avait quelque chose de pressé à dire au ministre tenant la feuille des bénéfices ; pour la plaideuse un peu sur l'âge, qui allait recommander aux juges son dix-neuvième et avant-dernier procès.

En bonne conscience, elle n'avait que huit places, la noble voiture, et combien de fois le Parlement avait défendu au cocher d'y admettre plus de huit personnes ! combien de fois il avait défendu aux voya-

geurs d'emporter chacun plus de dix livres de bagages !
A cet effet, avaient été rendus des arrêts sans nombre ;
les registres en sont pleins : mais quoi ! alors comme
aujourd'hui, on était désobéissant ; croiriez-vous qu'en
de certains jours, il monta dans le *carrosse*, dix voire
même jusqu'à douze personnes ? Il fallait bien, alors,
de toute nécessité, qu'il demeurât par les chemins ; et
force était aux voyageurs de descendre, en maugréant,
pour faire quatre ou cinq grandes lieues à pied, chose
désagréable, surtout dans le mauvais temps. Aussi le
procureur-général, M. Le Jumel de Lisores, s'en
plaignit-il un jour amèrement à la grand'chambre
extraordinairement rassemblée, et il parla avec un tel
accent de conviction, qu'il y en eut qui soupçonnèrent
qu'il y avait été pris ; du moins, arrivait-il à coup
sûr de Paris. Et maintenant que vous savez ce que
c'était que le *Carrosse de Rouen*, il faut que je vous
raconte, à ce propos, une anecdote qui me revient en
mémoire.

Le 3 mai 1716, à quelque distance du Port-
Saint-Ouen, le *carrosse*, venant de Paris à Rouen,
cheminait cahin-caha, traîné par quatre gros et lourds
chevaux normands, aux jarrets vigoureux, au large
poitrail, mais dont l'ardeur paraissait quelque peu
problématique. Encore, ces pacifiques animaux
n'étaient-ils guère stimulés par leur guide, digne et

sage normand doué d'un flegme imperturbable, et qui, pourvu qu'il arrivât, par la suite, à Rouen, terme du voyage, était visiblement assez peu en peine du jour et de l'heure.

Cocher, chevaux, voiture, semblaient plongés dans une molle léthargie, dans cet état qui tient le milieu entre le sommeil et la veille, état qui, dit-on, n'est pas sans douceur. Le passant curieux aurait donc pu examiner à l'aise les trois voyageurs longanimes, résignés, et à peu près endormis aussi, que la lente machine conduisait, le plus tranquillement du monde, vers la capitale des Normands. Trois voyageurs seulement, c'était cargaison bien chétive pour un cabas qui en pouvait contenir huit, et qui, dans son immense charité, en avait admis, parfois, jusqu'à douze! Mais, aussi, n'était-il pas juste qu'il expiât ses petites transgressions passées ? Au reste, si peu chargée que fût, ce jour-là, l'impassible voiture, elle n'en traînait pas plus vite ses trois voyageurs, dont il est temps enfin de parler. Un vieillard, une femme du costume le plus simple, de l'extérieur le plus vulgaire, occupaient le banc du fond ; le vieillard avait la main droite en écharpe, mais s'aidait fort bien de la gauche, accoutumée, on le voyait, à exécuter docilement toutes les volontés de son maître.

Pour l'ordinaire le *carrosse* voiturait des personnages

de brillante apparence. Aussi, un petit-maître frisé, poudré, musqué, assis en face de nos deux modestes voyageurs, paraissait-il rempli pour eux d'un inexprimable dédain. Aux hôtelleries, sur la route, il avait affecté de se faire servir dans une chambre à part; mais, dans la voiture, il lui fallait bien être là avec eux face à face; et c'était plaisir que de le voir prendre ses aises avec l'abandon le plus familier, nonchalamment couché sur son banc, les jambes étendues, les pieds posés sur celui qu'occupaient, en partie, ses deux compagnons de voyage, et paraissant se demander toujours comment de pareilles gens pouvaient avoir pris la liberté grande de monter dans le *carrosse*.

Pour les deux obscurs voyageurs, ils prenaient le tout en gré ou en patience; seulement le vieillard échangeait de temps à autre, avec sa compagne, un doux et imperceptible sourire.

Depuis bientôt trois jours que le *carrosse* avait quitté Paris, notre élégant n'avait pas encore adressé un mot à ses deux compagnons d'infortune, lorsqu'enfin, las de ne point parler, et peut-être aussi de ne penser guère, il laissa s'échapper cette question, comme par grâce : « Mon cher, qu'allez-vous donc, ainsi, faire à Rouen? » — « J'y vais, répondit humblement le voyageur, exercer ma profession. » — « Ah ! et vous êtes?... » — « Je suis peintre, répondit le

vieillard. » — « Peintre! reprit le petit-maître, en
regardant avec étonnement le vieillard et sa main
droite en écharpe; au moins, vous n'en devez pas
faire par jour un grand nombre de toises? » — « Ah!
l'habitude! lui répondit le vieillard. » — « L'habitude?... oui, je conçois, répliqua le jeune homme;
eh bien! mais j'ai à Rouen des amis, des connaissances:
il n'est pas que, chez tout ce monde-là, il n'y ait des
salons à peindre, des plafonds à remettre en blanc; on
pourrait parler de vous; mais encore faudrait-il savoir
comment vous travaillez. Par qui avez-vous été employé? Votre nom! »

Le vieillard n'eut pas le temps de répondre; peut-
être même n'avait-il pas bien entendu ces questions;
car en ce moment, un brillant équipage, accourant de
Rouen, au galop et à grand bruit, venait de faire
halte, subitement, au regret visible de six chevaux
noirs bien fringants, qui, de leurs pieds, frappaient
impatiemment la terre. Plusieurs laquais, revêtus
d'une riche livrée, parurent à la portière de la lourde
voiture publique : « M. Jouvenet et madame sa sœur
ne sont-ils pas dans le carrosse? » dit l'un deux. —
« Oui nous voilà ! » répondit le vieillard à la main en
écharpe. » — « Monsieur et Madame, reprit le laquais,
veuillez descendre : monseigneur le président est là,
dans son équipage, avec monsieur son fils et deux de

messieurs du Parlement; on vous attendait aujour-
d'hui, et ils ont voulu venir au-devant de vous. » Au
même instant, M. Camus de Pont-Carré, revêtu d'une
simarre de soie noire, qu'à cette époque un premier
président ne quittait jamais, descendit de l'équipage
doré, et, s'approchant de la portière du coche :
« M. Jouvenet, dit-il en souriant de l'air le plus affable,
c'est votre ville natale qui vient vous recevoir, dans la
personne de son premier magistrat. Soyez les bien-
venus, vous, votre sœur, et votre nouveau tableau,
dont tout Paris nous écrit des merveilles. Le Parlement est impatient de le voir; il lui tarde, surtout,
d'admirer son illustre auteur. Nous qui avons des
palmes pour les lauréats des écoles, comment ne
serions-nous pas empressés de reconnaître et d'honorer
le génie ? »

Il fallut que les deux humbles voyageurs montas-
sent dans le somptueux équipage, où brillaient de toutes
parts, sur un champ d'azur, l'*étoile* et les *trois crois-*
sants d'argent des Pont-Carré. Le premier magistrat
de la province s'assit dans le fond entre le frère et la
sœur; sur le devant étaient les présidents d'Esneval et
de la Ferté, avec un fils de M. de Pont-Carré. Tout
cela avait été si prompt, si rapide, que Jouvenet et sa
sœur n'avaient plus songé à leur impertinent compagnon de voyage, et ne l'avaient pas vu se blottir dans

un coin de la voiture publique, comme pour éviter
les regards du premier président, dont il paraissait
être connu. De très arrogant, notre petit-maître était
devenu bien humble, je vous jure; et, vous pouvez
m'en croire, il n'avait plus les jambes sur la banquette
de vis-à-vis. La brillante voiture partit comme un
trait, précédée de deux valets à cheval. Pour le
carrosse public, il reprit tranquillement son allure
somnolente; et, quoique allégé des deux tiers de sa
charge, il est à peu près avéré que ce jour-là il n'arriva
point de bonne heure.

Ne demandez pas si nos deux humbles voyageurs
avaient le cœur comblé; de douces larmes roulaient
dans les yeux de la sœur de Jouvenet; compagne
dévouée de son frère, combien elle jouissait de ses
succès! Souvent il l'avait consultée sur ses tableaux,
et toujours les jugements du public étaient venus con-
firmer les timides avis de la modeste femme. Mais qui
pourrait dire ce qui se passait dans le cœur de l'illustre
peintre? Lorsque, après une longue absence, nous
apercevons notre ville natale, nous revoyons ces vieilles
tours qui s'élancent vers les cieux, ces riants coteaux
qui la bornent de toutes parts, notre âme s'émeut, nos
yeux se mouillent; mais qu'est-ce, lorsque l'on revient
grand homme, lorsque l'on revient triomphant, dans
cette ville qui naguère vous vit naître avec tant d'in-

différence, que vous quittâtes si obscur, loin de laquelle
vous vécûtes quelque temps ignoré, Jouvenet aurait
pu dire : calomnié! Dans sa jeunesse, lorsque sans
maître, sans guide, n'ayant point vu l'inspirante
Italie, abandonné, enfin, à lui-même, il étudiait avec
ardeur et succès un art qui devait l'honorer un jour,
n'avait-on pas dit à sa famille qu'il perdait le temps
dans les plaisirs de la capitale; et des parents, trop
crédules, ne voulaient-ils pas confiner à Rouen ce
génie qui s'y fût éteint? Le jeune peintre n'avait
répondu à son père alarmé que par l'envoi de son
premier chef-d'œuvre; et, depuis ce temps, combien
il s'était acquis de nouveaux titres de gloire! la *Résur-*
rection de Lazare, la *Pêche miraculeuse*, la *Descente*
de Croix, les *Vendeurs chassés du Temple*, les
Douze Apôtres du dôme des Invalides, le *Nunc*
dimittis des Jésuites de Rouen, étaient des créations
sublimes, que Le Brun avait louées avec enthousiasme,
et dont Louis-le-Grand avait noblement récompensé
l'auteur. Paris, Versailles, Rennes, Bordeaux, Rouen,
Toulouse, s'étaient disputé les merveilles du pinceau
de l'illustre normand, jusqu'à l'époque où un événement affreux était venu arrêter cet homme étonnant
au milieu de sa glorieuse carrière. La main droite de
Jouvenet, cette main qui avait su, avec un succès égal,
traiter, tour à tour, l'allégorie, le portrait, la fable et

l'histoire, cette main, hélas! un jour, s'était engourdie, elle était morte, pour ne jamais renaître. Avec quelle compassion douloureuse on avait vu, pendant plusieurs années, Jouvenet, tourmenté sans cesse par de grandes conceptions, par de gracieuses images qui s'offraient en foule à son esprit, mais qu'il ne pouvait reproduire, demander en pleurant à cette main, naguère si puissante, des merveilles qu'elle devait lui refuser à jamais! Un jour, enfin, qu'avec cette main frappée d'une incurable inertie, il venait de gâter, en voulant la retoucher, une figure peinte par Restout son neveu, éperdu, hors de lui, le voilà qui saisit le pinceau de sa main gauche. Un malheureux naufragé que l'Océan va engloutir, ne se prend-il pas, dans son désespoir, à une faible branche, à un brin de paille qui va s'abîmer avec lui? Mais, ô prodige! aux yeux des spectateurs stupéfaits, aux yeux du célèbre Sébastien Ricci, qui le voyait et ne pouvait croire, aux yeux de Jouvenet, plus étonné lui-même que tous les autres, venait de naître un nouveau chef-d'œuvre, une tête plus suave, plus belle, peut-être, qu'aucune de celles qu'avait naguère animées sa main droite; puis, bientôt, de nombreux tableaux, toujours de sa main gauche, mais que sa main droite eût enviés (1), étaient

(1) La *Mort de saint François* est le premier tableau que Jouvenet ait peint de la main gauche. M. Garneray signale ce

venus émerveiller le monde. Et comment un tel phé-
nomène n'aurait-il pas saisi tous les esprits? Notre
ville, surtout, comme elle avait tressailli de surprise
et de joie, en apprenant cette résurection d'un génie
qui lui était si cher! Le Parlement de Rouen, qui
venait de faire construire l'aile orientale du Palais de
Justice, avait voulu qu'elle fût ornée de quelque
ouvrage de l'illustre enfant de la ville. Deux magistrats
avaient été députés vers Jouvenet; le grand artiste
s'était mis aussitôt à l'œuvre avec amour; et aujour-
d'hui, il venait, à Rouen, présider au placement d'un
vaste tableau, l'un des derniers qu'il dût produire.
Nous avons vu quel accueil avait voulu lui faire le
chef de la première cour souveraine de la province.
Le brillant équipage conduisit nos voyageurs à l'hôtel
abbatial de Saint-Ouen, demeure de M. de Pont-Carré.
Là ils furent l'objet des soins empressés de leurs
nobles hôtes, et de tout ce que notre cité renfermait
alors d'amis des arts et du génie.

A peu de jours de là, il y avait vacance à la
grand'chambre, aux requêtes, à la tournelle, aux

tableau comme le plus haut type du talent particulier de son
auteur, comme le plus beau qu'ait jamais exécuté Jouvenet; et,
selon lui, Jouvenet est justement placé parmi les plus fameux
peintres du monde. (*Catalogue du Musée de Rouen*, 1834, n° 150,
pages 72 et suivantes.)

enquêtes. Toutefois, on n'en remarquait pas moins, dans le Palais de Justice, plus de mouvement et d'agitation encore qu'à l'ordinaire. Vous eussiez vu tous les membres du Parlement, dispersés dans les vastes salles, dans les longs corridors, partagés en groupes, s'entretenant avec feu, s'abandonnant à des conjectures, et semblant attendre impatiemment quel-' que signal; des dames, en grand nombre, étaient venues trouver leurs maris, leurs fils, leurs frères ; la présence inaccoutumée de toutes ces femmes richement parées donnait au Palais un air de fête. Et n'était-ce pas aussi une fête bien solennelle et bien touchante que l'inauguration d'un tableau peint pour sa ville natale, par Jouvenet septuagénaire, peint de la main gauche de ce grand homme, vivement admiré par la capitale, qui s'était portée, en foule, pour le voir, au collège des *Quatre-Nations*, où était l'atelier de l'illustre peintre? Enfin, les portes de la nouvelle chambre des Enquêtes roulèrent sur leurs gonds : en un instant, la salle fut envahie par les magistrats, par les dames, dont les yeux se fixèrent avidement sur un vaste plafond qui venait d'être placé, il y avait peu d'instants, et que l'éclat d'un beau jour de mai permettait de voir dans tous ses détails. Il y eut un moment de profond silence; puis, soudain, un seul cri, un cri unanime, explosion bruyante, involontaire,

de toutes les voix réunies, témoigna de la vive impression que ressentait cette assemblée d'élite. Aussi
était-ce un spectacle à se croire dans les cieux ! Loin
au-dessus de la terre, la Justice, appuyée sur la Religion, rendait ses oracles, que la Renommée se hâtait
de répandre dans l'univers. Auprès d'elles, paraissaient
la Vérité, la Sagesse et la Force; à leurs pieds, l'Innocence suppliante poussait un cri de détresse; et ses
plaintes avaient été entendues ; car des messagers
célestes, se précipitant le glaive en main, menaçaient,
frappaient tous les vices, tous les crimes terrassés,
frémissants : la Discorde avec ses torches; l'Hypo-
crisie démasquée; l'Ignorance, source de tant de fautes,
de tant de crimes; la Cupidité, chargée de trésors mal
acquis; enfin, toutes les passions désordonnées et
furieuses qui troublent et ensanglantent le monde. Et
puis, quel contraste, et, à la fois, quelle harmonie
entre deux groupes si différents, entre deux actions si
contraires ! En haut, dans une sphère de lumière, le
calme, la majesté, la sérénité, une paix ineffable,
telle qu'on l'imagine entre des êtres célestes; la Religion, surtout, et la Justice... on ne pouvait les contempler assez; car le peintre avait su donner à leurs
traits une beauté sévère et sublime dont le type n'est
point sur la terre; tandis qu'en bas, dans les ténèbres,
s'agitaient, se tordaient la terreur, la rage, le désespoir,

et apparaissaient, çà et là, dans l'ombre, de ces pâles et sinistres figures que l'échafaud semble attendre.

Spectacle merveilleux sans doute, et bien propre à redoubler la majesté du sanctuaire des lois, à accroître la vénération des peuples! Mais n'était-ce pas un autre spectacle non moins frappant, que de voir de graves sénateurs, de vieux magistrats glacés par l'âge, glacés plus encore par une longue et douloureuse expérience des hommes, de les voir ravis en extase, à l'aspect d'une image qui relevait si fort, qui plaçait dans une région si haute leur auguste ministère! Notre Jouvenet était là, ému, radieux de bonheur, pressé, chéri, admiré de tous ces hommes éminents, de toutes ces femmes distinguées. Au milieu de sa gloire, il songeait à son père, dès longtemps descendu dans la tombe, à son père qui fût mort de joie à l'aspect d'un tel triomphe! Toujours simple, toujours modeste, il s'humiliait devant ses admirateurs, et pressait contre son cœur toutes ces mains amies qui cherchaient la sienne. Un seul des spectateurs, le plus jeune d'entre eux, n'osait s'approcher, et jetait à la dérobée, sur l'illustre peintre, des regards timides et repentants : c'était un jeune conseiller aux Requêtes. Jouvenet reconnut bien vite en lui son compagnon de voyage ; il alla lui prendre la main, et le regarda avec la plus touchante expression de bonté, de clémence et de douceur ! Combien, alors, étaient vifs les regrets du coupable! comme sa conscience lui criait haut, en ce moment, que le plus sûr est d'être bienveillant et bon envers tous, et que chez tel homme qui paraît vulgaire, aux yeux d'un monde attentif, seulement, aux dehors, se cache peut-être une grande âme ou un génie hors de pair!

Après quelques jours de triomphe et de bonheur, Jouvenet dut quitter sa ville natale, pour ne jamais la revoir. Il fallait qu'il allât achever un vaste tableau qu'attendait Notre-Dame de Paris, et qui, aujourd'hui, sous le nom du *Magnificat*, est l'un des plus beaux ornements de cette imposante basilique.

Dans la rue du *Bec*, au moment du départ, se trouvèrent, outre MM. de Pont-Carré, des magistrats et des habitants, en grand nombre, qui avaient voulu l'honorer jusqu'au dernier instant. Ces hommages, prodigués à son génie et à ses cheveux blancs, le touchèrent jusqu'aux larmes. Le vieillard attendri bénit une ville, un sénat qui savaient si bien encourager les arts.

Enfin, le pesant *carrosse* s'ébranla, et partit lentement comme il était venu; mais, il est permis de le croire, l'humble artiste n'eut point, cette fois, à essuyer les dédains de ses compagnons de voyage.

Hélas! de nos jours, et presque sous nos yeux, il a

péri (1), ce tableau qu'avaient tant admiré nos pères, ce chef-d'œuvre dont la beauté, dont l'éclat semblaient s'accroître encore après un siècle de durée. Mais l'illustre peintre en avait fait une esquisse admirable, qui survit, religieusement conservée (2). Partout, d'ailleurs, s'offrent aux yeux étonnés d'autres merveilles du pinceau de l'illustre normand. Proclamons-le donc avec confiance et bonheur, proclamons-le dans la cité qui le vit naître, le nom de Jouvenet ne périra pas !

(1) Dans la nuit du 1er au 2 avril 1812, le plafond de la 2e chambre des Enquêtes s'étant écroulé, le vaste tableau de Jouvenet s'est trouvé déchiré, et il ne paraît pas qu'on en ait recueilli les fragments.

(2) Une grande esquisse, bien terminée, du magnifique tableau de Jouvenet, peinte par Jouvenet lui-même, et dans le plus bel état de conservation, existe dans le cabinet de l'auteur de cette anecdote. M. Le Carpentier, qui dans sa *Galerie des Peintres célèbres* (tome 2, p. 138), signale l'existence de cette admirable esquisse, se félicite de ce que, grâce à elle, « la belle pensée de « Jouvenet n'est pas perdue pour les gens de goût. »

LA BASOCHE DE ROUEN

La Basoche de Rouen

 E toute antiquité, les clercs du Parle-
ment de Rouen s'étaient signalés par
mille gentillesses, par mille tours plus
ingénieux, mieux imaginés les uns
que les autres ; et, de mémoire d'homme, il ne s'était
pas écoulé d'année où ils n'eussent mis la ville en
peine par leurs faits, gestes et prouesses, et causé aux
gens de bien quelque trouble ou notable dommage.
Mais, en 1774 et dans les années qui suivirent, il
devint clair que cette jeunesse généreuse allait laisser
bien loin derrière elle tous les exploits de ses devanciers ; tant il est vrai que l'espèce humaine va toujours
s'amendant et s'améliorant, jusqu'à ce qu'il n'y ait

pas moyen de pousser la perfection plus loin ; parce qu'enfin tout ce qui est mortel a des bornes.

1774 ! l'époque est notable ; le *Conseil supérieur* venait d'être supprimé, expulsé ; car pourquoi ne pas dire le mot ? Rien n'y avait manqué, pas même le pamphlet, pas même la caricature ; le *Coup-d'œil purin*, l'estampe des *Vendeurs chassés du temple*, sont encore là pour le dire. Avec quel enthousiasme, au contraire, avait été fêté le Parlement rendu aux vœux de notre ville, de la province tout entière ! Un mois durant, ce n'avaient été, dans Rouen, que députations, harangues françaises et latines, pièces de vers, banquets, feux d'artifices, fêtes de toutes sortes. Les graves magistrats s'étaient laissé faire de bonne grâce ; au Palais, toutes les têtes avaient tourné, je dis les plus vieilles, celles que couvraient les plus blancs cheveux, que chargeaient les plus lourdes perruques ; comment donc celles des clercs auraient-elles pu y tenir ? Ne s'avisèrent-ils pas, un jour, de traîner dans les rues, un mannequin d'osier revêtu d'une robe de palais, coiffé d'un bonnet carré, et ressemblant à M. de Crosne, le premier président du défunt Conseil, mais lui ressemblant si bien que Mme de Crosne, je crois, s'y fût méprise. Quel bruit cela fit dans la ville, vous pouvez le penser, surtout lorsqu'on sut la réponse des clercs aux officiers de police qui les vou-

laient gourmander et citer en justice ! — « Voilà bien
du bruit pour un feu de joie (avaient-ils dit) ; vous
nous demandez qui nous avons voulu brûler ainsi ;
eh ! mon Dieu, un *corps sans âme*, et voilà tout. »
Nouvel outrage pour messieurs du défunt Conseil
supérieur, qui déjà n'en pouvaient mais. Le Parlement, si grave qu'il fût, ne se possédait pas de joie ;
et il fit dire, sous barbe, aux officiers de justice, qu'ils
eussent à laisser ces jeunes gens en repos ; leur réponse avait fait fortune, et il fut clair qu'on allait
leur passer bien des choses. Les bons personnages
l'avaient vu de reste, et songeaient déjà, en grande
perplexité, quelle chose dommageable ils pourraient
bien faire.

Dans ce moment d'ivresse, d'effusion générale, où
tout le monde s'embrassait, fraternisait et s'aimait
d'enthousiasme, fut renouvelée l'antique alliance entre
les clercs et les écoliers, alliance offensive et défensive
contre tout ce qui, dans Rouen, était soupçonné
d'avoir un faible pour le calme, la tranquillité, et
répugnait, si peu que ce fût, au bruit, au tintamarre,
choses, en tout temps, fort prisées de la jeunesse.
Quatre ou cinq cents clercs, tant du Parlement que
du Bailliage, de la Cour des Aides, des notaires, des
huissiers, et à peu près autant d'écoliers, plus grands
que vous ne les voyez aujourd'hui (car les fruits

hâtifs étaient alors fort rares au marché); c'était là, assurément, une armée formidable, faite pour inspirer au loin un effroi salutaire. Ce fut aux bourgeois de Rouen à prendre patience et à demander au ciel l'esprit de force et de résignation. Donc, par les rues de Rouen, ce n'étaient plus, chaque soir, que sonnettes agitées, marteaux ébranlés, lumières éteintes, puis un *sauve qui peut* général à grandes enjambées, et des tapageurs point de nouvelles; car le moyen de les atteindre? Dans la cour du Palais, surtout, et dans les régions circonvoisines, les infortunés habitants, sans cesse en alarmes et sur le qui-vive, ne connaissaient plus la paix que de nom, et pour en avoir entendu parler jadis à leurs grand'mères. Mais, plus qu'eux tous, le concierge-buvetier du Parlement en était aux abois : c'était Chouquet; les anciens de Rouen l'ont connu; important, bavard comme tous ces heureux serviteurs de grandes maisons, qui ont l'air d'avoir cent maîtres, et au fond n'en ont pas un; se regardant comme du corps du Parlement, et non pas des moindres assurément; jugeant, tranchant, disant sans cesse : « Nous avons décidé ceci et cela; rendu tel arrêt de règlement; mis *en veniat* le lieutenant-général du Bailliage de tel endroit; enregistré tel édit, modifié tel autre; je crois bien que nous refuserons le dernier, mais chut, et bon bec, ou je ne vous

dirais plus rien une autre fois. » Empressé, obsé-
quieux et rampant devant *messieurs* de la Cour; mais,
avec tous autres, rogue, hautain, absolu ; par-dessus
tout cela, ennemi né et irréconciliable de tout ce qui
aimait à sauter, à jouer, à folàtrer et à rire, de tout ce
qui ne lui prodiguait point les grands respects, et
l'appelait Chouquet tout court; ayant d'ailleurs ses
courtisans, ses flatteurs parmi tous ces oisifs qui envi-
ronnaient le Parlement, et suivaient ses audiences.
C'est qu'aussi un concierge de Parlement avait tant
d'autorité! Vouliez-vous bien voir la *messe-rouge* de
la Saint-Martin ? Vouliez-vous, le jour de l'Ascension,
assister au jugement du prisonnier ? Étiez-vous avide
d'entendre Lally-Tollendal, Duval d'Eprémesnil,
Thouret, Tronson-Ducoudray ? Vouliez-vous, même,
quelquefois, vous passer la fantaisie de voir un grand
criminel à la question ? Chouquet était tout puissant
dans ces rencontres. Aussi, alors, était-ce : « Monsieur
Chouquet, comment vous va-t-il ? comment se porte
madame ? Que pensez-vous du dernier édit? » Et les
grands saluts et les poignées de main; Monsieur
Chouquet, enfin, gros comme le bras. Le croiriez-
vous toutefois? c'était à un homme de cette importance
que des étourdis de clercs osaient bien s'en prendre,
lui faisant des mines, lui tirant la langue, lui adressant de terribles et profondes révérences, dont, à toute

force, le bon homme ne pouvait pas être fier, si bien intentionné qu'il fût d'ailleurs. Aussi le rancuneux buvetier les haïssait-il tous du plus profond de son cœur ; et à peine avaient-ils fait quelque frasque nouvelle, qu'incontinent il allait en édifier chacun de Messieurs, au moment de leur déjeûner entre deux audiences ; et Dieu sait s'il en avait à dire ? Sans compter, le soir, dans la ville, dix sonnettes cassées, dans le Marché-Neuf autant de chandelles soufflées, ce monde de plaideurs et de curieux dont regorgeait, alors, la salle des Procureurs, était incessamment en butte à la malice de tous ces vauriens, qui, çà et là, attachaient des queues ou des écriteaux, tiraient les capes par derrière, puis faisaient les gens affairés, bien empêchés à minuter des reliefs d'appel et écrits de griefs, ou regardaient vers l'horloge de la chapelle quelle heure il pouvait bien être.

Un jour, à propos de je ne sais quel officier de justice qui, à l'audience de la veille, n'avait jamais pu lire une pièce de procédure, fort lisiblement écrite d'ailleurs, et était demeuré court tout à trac, ne firent-ils pas monter, à grande peine, dans la salle des Procureurs, un âne en robe et bonnet carré, les uns le tirant par le licou, les autres lui aidant un peu par derrière ; lorsque le président d'Esneval étant survenu à l'improviste, les drôles, changeant aussitôt d'allure,

firent mine de chasser la pauvre bête, jurant et protestant que, méchamment et à dessein de nuire, elle
avait monté l'escalier, quoiqu'on le lui eût défendu
en termes exprès. « Je le crois fermement, leur dit ce
président, et je pense, de plus, que cet âne se sera
ainsi accoutré lui-même ; mais il venait pour vous voir
et vous faire honneur ; on dira, non sans cause, qu'il
est venu chez les siens et que les siens ne l'ont point
voulu recevoir. » Cette fois, du moins, il y eut une
bonne amende de cinquante francs contre celui qui
avait imaginé le tour ; mais c'était chaque jour à
recommencer. Dans la grand'chambre d'hiver, au
temps des grands froids, un paysan entrait-il tout
transi, regardant d'un œil d'envie l'immense cheminée
monumentale où brûlaient des arbres entiers ? aussitôt
ce monde de clercs s'entr'ouvrait, par grand respect,
pour lui laisser une plus libre entrée ; mon rustre,
touché jusqu'au cœur d'un accueil si obligeant, s'a-
vançait, en toute joie, gagnant la cheminée à grandes
enjambées, et remerciant, à part soi, tout ce petit
peuple, qui, à grand tort et fort injustement, lui avait
été dénoncé comme inhumain et inhospitalier ; il y a
des langues si mauvaises ! Mais il n'y était pas resté
quelques secondes, que, suffoqué, grillé dans cette
zône torride, le pauvre diable reculait vivement,
faisant mine de vouloir sortir, haletant, pantelant, et

cherchant par où il était venu ; mais ce n'étaient que grimaces perdues : hélas ! un mur infranchissable s'était élevé derrière lui comme par enchantement; et, de quelque côté qu'il tournât ses regards effarés, ce n'étaient plus que gens méditatifs absorbés dans le notable point de droit en discussion, ou relisant des *qualités*, ne voyant plus rien autour d'eux, et, pour tout dire, n'étant plus de ce monde, tant une attention profonde peut enlever l'homme aux choses de la terre; jusque-là qu'un jour le premier président Camus de Pont-Carré voyant un malheureux en danger d'être réduit en cendres pour peu que cela durât encore un peu, leur cria, de sa forte voix, et de son ton railleur qui les faisait tous trembler : « Sauf votre meilleur avis, mes petits maîtres, c'en est assez, comme je crois ; laissez tôt passer cet homme, et, sur vos yeux, n'y revenez pas. »

Ennuyé, à la fin, de tous ces tours, qui semblaient ne devoir plus jamais finir, le Parlement assemblé se demandait, un jour, comment on s'y pourrait bien prendre pour mettre à la raison un monde si remuant, lorsqu'un ancien de la grand'chambre alla s'aviser d'un moyen auquel personne n'avait songé encore : « La Basoche ! s'écria-t-il ; rétablissons la Basoche ! Cette jeunesse trouble incessamment le Palais et la ville, y mettant tout en rumeur ; qu'il y ait parmi

elle, à l'avenir, comme autrefois, une hiérarchie
avouée, des supérieurs et des inférieurs, des dignitaires et du peuple, des justiciables et des juges; les
perturbateurs seront morigénés par leurs pairs, qui,
parbleu! ne leur feront pas de grâce. Les instituer, en
titre d'office, répresseurs des désordres, c'est les empêcher d'en commettre désormais. Avez-vous dans
votre logis un commensal suspect et que vous ne
puissiez chasser? donnez-lui votre bourse à garder ;
ce sera, croyez-moi, le mettre bien en peine. La
Basoche rétablie, voyez-vous, c'est la division chez
l'ennemi, c'est l'ordre dans le palais. Qu'en pensez-
vous? ce Machiavel avait du bon. » L'expédient
avait souri au plus grand nombre, et, malgré quelques
opposants, un arrêt intervint qui rétablissait la Basoche.

Voilà, donc, ce grave et prudent sénat en exercice ;
un président, douze conseillers, un procureur-général,
deux huissiers, un contrôleur, un trésorier, et jusqu'à
des avocats, pris, tous, parmi les premiers clercs; rien
n'y manquait plus, et il les faisait beau voir regardant
de haut tout ce menu peuple de clercs qui les avait
élus ; tenant, sur toutes choses, à honnête distance,
les clercs d'huissiers, qui avaient voulu se faire admettre dans le corps de la Basoche ; mais il y avait eu
grand procès à ce sujet : la cause, vivement plaidée à

la grand'chambre par les meilleurs avocats du temps, les Thouret, les Ducastel, avait, elle seule, pris toute une longue audience du mardi-gras, et fini à la grande confusion des malheureux clercs d'huissiers, qui avaient été déboutés avec dépens. Glorieux triomphe pour nos seigneurs de la Basoche ! Aussi les fallait-il voir, marchant droit en leur pontificat, avec l'habit noir français, le petit manteau, le rabat noir, les cheveux longs, la toque en tête, plus fiers que des pairs de France en un lit de justice.

Que fut-ce donc, lorsqu'un beau jour, dans les combles du Palais, furetant partout, et ouvrant un vieux bahut, ils y eurent trouvé les titres antiques de la Basoche, cette « cour plénière, authentique, haute, « magnifique, préexcellente à toutes autres Cours, en honneur et sublimité » ; car il n'y avait pas une pièce, pas une charte dans ce vieux coffre, où ne lui fussent prodigués tous ces titres d'honneur. Mais qu'était-ce au prix de ce qu'ils allaient trouver encore ? Pour le coup, ils se frottaient les yeux, et ne le pouvaient croire : Louis XII, le père du peuple, instituant la Basoche de Rouen, de sa pleine puissance et autorité royale, et, pour cela, parlant en vers ; en vers, entendez-vous ? au lieu que, pour créer le Parlement qui s'en faisait tant accroire, le sage monarque, tout bien considéré, avait jugé que c'était

assez que de la prose. Les vers, surtout, qui termi-
naient cette charte, leur semblaient si beaux, qu'ils les
redisaient toujours, et ne s'en pouvaient lasser :

« De plus, faisons commandement
A tous faisant esbatement,
Que, combïen qu'ils se tiennent chers,
Comme Cosnardz, Coqueluchers,
Et autres, qu'ils fassent hommage
A la Basoche, en tout passage,
Et sans user de voie de faict;
Car ainsy voulons estre faict. »

Fallait-il s'étonner que la Basoche, inspirée par une
origine si poétique, eût rimé, versifié, pendant plus de
deux siècles, au grand chagrin d'Apollon, qui ne s'en
pouvait consoler; qu'elle adressât des requêtes en *vers*
au Parlement, qui les transcrivait gravement tout
entières dans ses arrêts, toujours favorables aux désirs
de la Basoche! Et ces vers valaient bien. ceux de la
charte royale; témoins ceux-ci :

« A ces causes, nos sieurs, il vous plaise permettre
Aux susdictz supplians la *Régence* remettre,
En les laissant joïr de tout le contenu
Au Patent et arrest qu'avez lu et tenu,
Vous asseurant, nos sieurs, de ne rien entreprendre,
Que, premier, à la Court il ne soit faict entendre;

14

Puis, ensemble, d'un cœur noble, gentil et gay,
Planterons ung sapin le premier jour de may. » [1]

Mais, parmi tous ces vieux papiers, la Basoche
avait trouvé bien autre chose, en vérité, que des vers.
Quels privilèges, quels droits, quelle compétence ! La
police du Palais, par exemple, à l'exclusion de messieurs des Requêtes, sauf les affaires où elle se serait
laissée devancer par eux ; et y avait-il beaucoup d'apparence ? juridiction civile, juridiction criminelle,
carcan, pilori pour les voleurs de mouchoirs et de
tabatières ; mais, bien mieux que cela encore, haute
potence dans la cour du Palais, où, au bon temps,
avaient été pendus force coupeurs de bourse. C'étaient
là de beaux exemples à suivre ; et messieurs nos
maîtres les conseillers de la Basoche moderne gril-
laient de se mettre à l'œuvre, se promettant bien, dans
leurs dents, de ne point dégénérer de leurs devanciers.
En attendant les grandes affaires, et pour peloter
(comme on dit) avant la partie, les voilà qui déclarent
une guerre à mort aux éperons appelants et intimés
qui osaient s'aventurer dans les salles et galeries du
Palais. Malheur, alors, au plaideur housé et botté qui
entreprenait d'entrer dans la grande salle, sans mettre
bas cet accessoire proscrit sans pitié dans tous les pré-

[1] Reg. de février 1570.

toires de France et dans toutes les *cohues !* Vite, il lui
fallait, bon gré, mal gré, payer l'amende ; auquel cas,
en recevant ses vingt sous, les drôles le saluaient d'un
grand merci, lui promettant bien de ne le point
oublier dans leurs prières. Ou bien, faisiez-vous mine
de résister ? vous vous voyiez appréhendé au corps et
contraint de passer le guichet ; comme il advint un
jour à un fermier qui avait voulu contester, et à son
maître qui, se mêlant, mal à propos, de l'affaire, s'était
laissé aller, dans sa colère, à parler trop peu circons-
pectement de la Basoche.

Malheur, surtout, aux *solliciteurs de procès,* ce
fléau des parlements, gens audacieux, fripons insignes,
infestant, alors, partout, en France, les abords de
tous les prétoires, y tendant leurs toiles où venaient
se prendre tous les niais, vendant, au poids de l'or, à
des rustres, leur protection auprès de tel de messieurs
du Parlement dont ils se disaient les amis particuliers,
et qu'ils n'auraient osé saluer. Cent fois l'antique
Basoche les avait flétris par ses sentences ; mais à la
Basoche moderne était réservé l'honneur d'en purger
le Palais à toujours.

Un autre objet la regardait encore ; on avait pu,
dans ces derniers temps, se faire admettre abusivement
dans des charges de procureurs, sans bien justifier des
cinq années de cléricature exigées par les ordonnances ;

mais le moyen de tromper des Argus intéressés à ne
point souffrir d'intrus dans des offices auxquels, plus
tard, eux-mêmes allaient prétendre ! Aussi était-ce
plaisir de voir comme ils tenaient ferme, et faisaient
refuser, à vol de bonnet, par le Parlement, tel praticien qu'avait bien voulu admettre la communauté des
procureurs, plus facile. De jeunes juges n'attendez
point de doux arrêt ; à une juridiction subalterne ne
confiez point de trop grands pouvoirs, ou tenez pour
certain qu'elle les fera valoir aux dépens de qui de
droit. Les juifs du Puy-en-Vélay auraient bien su
qu'en dire, qui leur en eût demandé leur avis ;
c'étaient, qui le croirait ? les enfants de chœur de la
Cathédrale qui, en cette ville, avaient sur eux haute,
moyenne et basse justice. Pauvres enfants d'Israël ! à
la male heure s'était-on avisé de leur donner de tels
juges ! Il n'y avait semaine où ces révérends pères en
Dieu d'enfants de chœur, sans cesse aux aguets, aux
écoutes, et en perpétuel soupçon, ne trouvassent en
faute irrémissible les arrière-petits-fils d'Abraham,
d'Isaac et de Jacob, et ne les mulctâssent, sans merci,
de grosses amendes au profit du trésor de l'église
cathédrale, qui s'en trouvait bien, et onques n'avait
été si rond.

Notre Basoche ne se piquait guère plus de clémence;
et Chouquet, le concierge buvetier, l'apprit, hélas !

bientôt à ses dépens. Tout d'abord, le rétablissement
de cette juridiction l'avait pénétré d'une indicible douleur. Se séparant, alors, pour la première fois, du
Parlement, avec qui, il avait, généralement, jugé
d'accord jusqu'à cette heure : « Ils ont rétabli la Basoche
(avait-il dit à ses affidés, avec l'accent d'un profond
désespoir), mais souvenez-vous qu'ils s'en repen-
tiront, et que c'est moi qui l'ai dit. » Toutefois, cette
première douleur un peu calmée, le digne buvetier
s'était mis à prendre en pitié ces petits juges de fraîche
création, se promettant bien de n'en tenir compte, et
se sachant même mauvais gré de s'être ainsi ému de
si peu de chose. Lorsqu'il fallut ouvrir aux nouveaux
juges la salle de la première chambre des Enquêtes,
qui leur avait été assignée pour tenir leurs séances,
s'y refusant net, quoiqu'on lui alléguât les ordres
exprès du président De Bailleul, il voulait les con-
duire ailleurs, dans quelque obscur recoin du Palais ;
mais c'était avoir compté sans les huissiers de la
Basoche, deux vigoureux jeunes hommes, qui, le saisissant sous les aisselles, sans d'ailleurs lui faire mal,
allèrent, en grand respect et cérémonie, le déposer
tout ébahi à la Conciergerie, où peine lui fut de passer
douze mortelles heures d'horloge, de soixante minutes
chacune, comme on comptait dans ce temps-là ; et le
pire fut que, lorsqu'il accourut, tout essoufflé, le len-

demain matin, à la Buvette, conter le cas au Parlement, qui le savait déjà, de reste, messieurs de la
grand'chambre se prirent à lui rire au nez, tout
d'une voix, et sans qu'il fût besoin d'aller emprunter des membres aux autres chambres pour vider le
partage.

C'était, de la part de nos seigneurs de la Basoche,
débuter avec éclat, et prendre bravement et magistralement possession de leur prétoire. Mais écoutez quel
autre justiciable, bien autrement important, vint,
bientôt, paraître à leur barre. Rien moins, en vérité,
que monsieur le lieutenant-général d'un bailliage du
ressort. Un homme de cette qualité, et si haut placé,
ne s'était-il pas avisé de prendre, maintes fois, pour
une seule journée, plusieurs actes de comparution,
qu'il s'était fait payer rubis sur l'ongle, lorsque, en
bonne règle, il ne lui en était dû qu'un seul ? Mais il
n'avait pas tant gagné à ce jeu, qu'il ne perdît, à la
fin, vingt fois davantage, grâce à la Basoche, qui,
l'interrogeant serré, lui prouva son fait, à ne pouvoir
sourciller ni dire « : je n'y étais pas » ; et, par honneur
et considération particulière pour sa dignité, lui
appliqua, en grand respect, le *maximum* de l'a-
mende ; et puis imaginez le bruit que cela fit en tous
lieux !

Vint, bientôt, un procès criminel que jugeaient

solennellement la grand'chambre et la tournelle assemblées. C'était la fille Clérot, condamnée à mort par le Bailliage de Rouen, pour prétendu vol domestique, et dont le Parlement allait proclamer l'innocence ; il n'était, alors, question d'autre chose : chaque jour pleuvaient *mémoires*, *factums*, plaidoyers, estampes, portraits qu'on s'arrachait par la ville ; les curieux les conservent encore.

Ce fut l'affaire de plus d'une audience ; on s'y portait en foule, de tous les coins de la ville : le Palais de Justice semblait une place prise d'assaut ; enfin, il y eut des curieux qui, faute de meilleures places, allèrent bravement s'asseoir jusque sur les bancs de messieurs du Parlement, pour voir les choses de plus près, et juger le cas avec plus de sûreté de conscience. Quelle fortune pour la Basoche, et la belle occasion pour elle d'instrumenter et de se faire de fête ! En hâte donc, un bon procès-verbal fut dressé contre quatre des délinquants les plus notables, contre le peintre Descamps, entre autres, le directeur de notre école de peinture, artiste distingué, et qui faisait honneur à notre ville. Mais un conseiller de Tournelle, M. Boullenger du Bosc-Gouët, avait trouvé fort mauvais qu'on s'en fût pris ainsi à un de ses amis, et les officiers de la Basoche furent mandés en son hôtel : « Çà, mes maîtres, leur dit-il, maintenez, si vous le

voulez, en votre procès-verbal, MM. tel et tel, pour
l'exemple, mais ayez à rayer, tout à cette heure,
M. Descamps, qui est fort de mes amis. » — « Monsieur, le procès-verbal est indivisible (lui répondit fièrement un de ces austères magistrats, jeune homme
incorruptible qui, en un besoin, aurait, je crois, jugé
son père); tous quatre ont failli, tous quatre seront
punis, sauf le respect qui vous est dû. » — « Mais,
reprit le conseiller, tout surpris et déjà fâché, la Cour,
par mon organe, vous ordonne de biffer ce nom sans
tarder davantage. » — « La Cour? qu'on nous montre
donc son arrêt », répondit fièrement notre Brutus. » —
« Eh quoi! s'écria le conseiller passé de colère, il vous
faut montrer des arrêts? vous êtes de plaisantes gens,
Messieurs de la Basoche! allez, allez! faites ce qu'il
vous plaira ; mais tenez pour certain que vous enten-
drez parler de moi avant peu. » — « Monsieur, dirent-
ils en se retirant, peut-être parlera-t-on de nous auparavant. » Ce qui ne manqua pas d'arriver, en effet, èt
sans qu'il tardât guère ; car, à quelques minutes de
là, on lisait, placardée dans toutes les rues, à tous les
carrefours, et jusque dans la cour du Palais, une
sentence de la Basoche, imprimée en gros caractères,
qui, sans faveur, sans acception de personnes, con-
damnait les quatre délinquants au *maximum* de
l'amende, le peintre Descamps comme les autres.

M. Boullenger de Bosc-Gouët ne se possédait pas; mais le meilleur fut que messieurs de la Basoche, mandés devant la Tournelle, pour y rendre compte de leur conduite, après qu'ils eurent, franchement et au long, raconté toute l'affaire, reçurent mille louanges sur leur équité, au lieu de la verte semonce qu'avait voulu leur attirer le conseiller de Tournelle; encore fut-ce lui, comme l'ancien de la chambre, qui se vit forcé de complimenter les drôles; à quoi, de vérité, il n'y mit guère de bonne grâce, car à peine le pouvait-on entendre, tant il parlait entre ses dents.

Pour Chouquet, combien il était exaspéré, on ne le saurait croire : « Ne vous l'avais-je pas bien dit, criait-il à tous venants; les voilà qui tiennent tête à un de messieurs de Tournelle; qu'on les laisse faire, et ils s'en prendront bientôt à une chambre tout entière. » Chouquet n'avait pas cru si bien dire; la chose devait arriver comme il l'avait prédite, et le plus beau du jeu fut que le paillard ne put s'en prendre qu'à lui-même; car, un jour, comme il rôdait dans les couloirs, le nez au vent comme à son ordinaire, voilà qu'un voleur sortait d'une salle du Palais, tout chargé de franges d'or arrachées aux bancs et aux fauteuils, et dont le pauvre hère avait cru faire son profit. Arrêté sur l'heure, et conduit à la Conciergerie, son affaire ne devait pas traîner en longueur : mais deux

juridictions pouvaient en connaître : la Basoche d'a-
bord, dont pas un membre ne se trouvait là, pour
l'instant ; puis la chambre des requêtes, qui n'avait
jamais renoncé à punir les délits commis dans l'en-
clos du Palais ; or, par fortune, elle se trouvait être
en séance ce jour-là, et au premier saisi devait demeurer l'affaire. Voilà Chouquet bien affairé dans le
Palais, montant, descendant les escaliers, faisant le
bon valet, et enfin contant le cas à messieurs des
requêtes, qui envoient aussitôt un des leurs à la Conciergerie pour verbaliser vite et assurer leur compétence. Mais, ô coup de foudre pour Chouquet, qui
l'avait suivi, voulant être de la fête ! comme ils entraient
dans la prison, un clerc malencontreux, conseiller de
la Basoche, en sortait, quittant le prisonnier qu'il
venait d'interroger en bonne forme ; bref, la Basoche
était saisie, et il n'y avait plus de remède ; car
la chambre des requêtes voulut bien d'abord inci-
denter ; mais que faire contre un procès-verbal et un
interrogatoire irréprochables de tout point ? Ce fut à
Chouquet à se mordre les doigts et à battre sa coulpe ;
car, tout en courant, à perdre haleine, avertir messieurs des requêtes, le bavard, rencontrant quelqu'un
des siens dans les corridors, s'était vanté du bon tour
qu'il allait jouer, disait-il, à la Basoche. Or, ayant
l'oreille dure au possible, il avait, en bon chrétien,

crié à tue-tête, comme s'il eût eu affaire à un autre
lui-même ; ce fut le salut de la Basoche ; car, par fortune, un membre de ce prudent collège, dont les cinq
sens étaient merveilleusement dispos, l'ouïe principalement, avait saisi au vol la confidence ; ingambe et
alerte plus que tous les buvetiers et que toutes les
chambres des requêtes du royaume, ce maître conseiller avait couru, en hâte, à la prison, instrumenter
sans remise, et s'en allait comme les autres arrivaient.
Puis allez vous commettre avec des clercs et leur disputer la compétence à la course ! Au demeurant,
l'affaire en valait la peine ; un instant, il avait été
parlé de la potence ; il fallut, toutefois, se contenter
du carcan ; de quoi ce fut bien dommage, assurément ; mais encore était-ce déjà quelque chose. La
grand'chambre confirma la sentence, et notre voleur
de franges fut exposé dans la cour du Palais. Au train
dont y allaient messieurs de la Basoche, ils n'en
devaient plus guère à leurs devanciers. Pas un solli-
citeur de procès n'eût osé se montrer maintenant dans
la grande salle ; pas un procureur n'eût été admis,
qui ne justifiât péremptoirement de cinq bonnes
années de cléricature, de douze mois chacune, sans
qu'il s'en manquât d'une seconde ; on parlait de
planter un *Mai*, comme avaient fait les anciens, d'allumer un grand feu dans la cour du Palais, et ma foi,

par la même occasion, de faire confectionner une
potence toute simple, mais bien conditionnée, à tout
évènement, et pour ne pas être surpris.

Tous ces bons personnages n'entendant point raillerie sur les incartades des clercs leurs confrères ; étant
prêts, jour et nuit, à procéder, à instrumenter contre
eux, à les juger sans leur passer la moindre pecca-
dille, et les tenant, pour ainsi dire, serrés de si près
que pas un n'eût osé broncher si peu que ce fût, il
n'y avait sorte de bontés que le Parlement n'eût pour
eux, afin de les maintenir en ferveur, et de conserver
dans le Palais la paix, qui, de vrai, était leur ouvrage.
Lors des visites du 1er janvier, les salons de la première présidence s'ouvraient à deux battants pour
messieurs les officiers de la Basoche ; les honneurs,
les exemptions, leur étaient prodigués. Le gouverneur
de la province avait voulu enrôler les maîtres clercs dans
la garde bourgeoise ; le Parlement, intervenant aussitôt,
les en fit dispenser pour toujours. Après l'affaire du
peintre Descamps, la direction du théâtre, voyant
quelles gens c'étaient que ces seigneurs de la Basoche,
et comptant bien qu'ils pourraient faire taire nombre
de petits clercs et praticiens qui, chaque jour, au par-
terre, lui donnaient de la tablature, s'était empressé
d'abandonner régents, conseillers, tous les officiers,
enfin, moyennant la modique somme d'un louis par —

tête, au lieu de cent cinquante francs que payaient tous les autres habitants de la ville. Mais la direction les eût-elle reçus *gratis*, encore y aurait-elle trouvé son compte ; car ils firent si bien taire tout ce petit monde bruyant de clercs, que tout, bientôt, fut en paix, au théâtre comme au Palais, et qu'on y vit revenir en foule la bonne compagnie, que le tapage en avait chassée. C'était, désormais, un corps imposant que la Basoche. L'avocat-général Grente de Grécourt, homme d'esprit et aimant à rire, un jour, au sujet d'un procureur du roi d'Argentan, qui, dans une lettre, le traitait de *cher collègue,* s'écria, en pleine conférence, oyants tous les procureurs et clercs du Palais, que de collègue, il n'en avait point dans le ressort, sauf, toutefois, le procureur-général de la Basoche.

Tout, donc, paraissant sourire à ce sénat naissant, il frappait dur et souvent sur les délinquants ; bref, on y jouissait de la vie, on se promettait de belles années, des jours de puissance, de gloire et de triomphe. Mais c'étaient là de ces illusions, de ces rêves décevants d'une jeunesse aveugle et confiante. Tandis que ce lierre si verdoyant s'élançait autour du chêne antique, s'identifiant avec lui, le vieux arbre lui-même, sapé par la hache, penchait vers la terre, et tomba enfin lourdement, faisant tout retentir du bruit de sa chute.

Un jour, en octobre 1790, dans la cour du Palais
de Justice, des carrosses en grand nombre attendaient
leurs maîtres occupés dans la grande chambre dorée ;
les chevaux, l'œil morne et la tête baissée, semblaient
prendre leur part des humiliations infligées à leurs
maîtres, et attendaient humblement le signal du départ. Enfin, descendirent, par le grand escalier, tous
les membres du ci-devant Parlement de Normandie,
revêtus de la toge qu'ils allaient déposer pour ne la
plus revêtir jamais. C'en était fait de cette cour
souveraine ; après trois siècles de durée, à son tour, il
lui avait fallu entendre son arrêt de mort. Tous les
carrosses partirent l'un après l'autre, et la cour du
Palais demeura silencieuse et déserte. Chouquet avait
tout vu, suivant d'un œil triste ces carrosses dorés, ces
riches livrées qu'il ne devait plus revoir jamais. Vous
pouvez penser si sa consternation était grande ; car,
plus de Parlement, plus de déjeûners, plus de buvetiers, plus de messes-rouges, plus de courtisans, plus
de puissance ; que faire donc, désormais, dans ce bas
monde ? Admirez, toutefois, comme une rancune un
peu vigoureuse est un sentiment vivace qui absorbe
tous les autres ! Au plus fort de ses douleurs, de ses
amertumes, de ses dernières salutations à messieurs
du Parlement, un tout petit incident avait paru soutenir Chouquet défaillant et éperdu ; un rayon de

lumière était venu percer ce nuage si sombre : c'est qu'au moment même où les présidents, conseillers, et gens du roi au Parlement descendaient tristement le grand escalier, nos seigneurs de la Basoche descendaient, eux, à petit bruit, par le degré des buvettes, fermement résolus, comme il semblait, à s'en aller, à pied, pour peu que leurs carrosses se fissent plus long-temps attendre. Car c'en était fait d'eux aussi ; et leur charte en vers ne les en avait pu défendre. Chose admirable ! ce spectacle adoucit un peu les angoisses de Chouquet ; on crut voir errer dans ses yeux, sur ses lèvres, un léger sourire ; le buvetier du Parlement, navré de douleur et à demi-mort tout à l'heure, renaissait à la vie en ce moment ; il se consolait un peu, parce que la Basoche n'était plus.

DROIT DE GRACE

DES

ARCHEVÊQUES DE ROUEN

(Document historique inédit)

15

Droit de Grâce

E moyen-âge, qui éleva à Dieu tant de vastes temples, de magnifiques cathédrales, savait aussi honorer les pontifes et les signaler au respect des peuples. Comblés de biens, environnés de tous les prestiges de la richesse et de la puissance, en état d'exercer sans cesse et largement la charité qu'ils avaient reçu mission de prêcher aux hommes, les évêques apparaissent au monde comme de dignes représentants d'un Dieu fort et d'une Providence bienfaisante.

Les voyant si haut placés, le peuple qui, peut-être,
les eût dédaignés faibles et pauvres, les écoutait riches
et puissants, et, à leur parole, s'humiliait devant
le monarque invisible, dont la majesté semblait
se refléter sur ses envoyés. — On voit partout,
dans nos histoires, combien fut grand, naguère, en
France, le pouvoir des évêques. Il y en avait quelques-uns que nos rois avaient admis au partage du
droit de grâce, ce droit si véritablement royal, cette
prérogative la plus *incommunicable* de toutes celles
de leur couronne. Longtemps, on le sait, et jusqu'aux
dernières années, presque, du règne de Louis XV, les
évêques d'Orléans furent en possession de délivrer, au
jour de leur *joyeuse entrée* dans leur ville épiscopale,
tous les criminels qui se trouvaient, ce jour-là, dans
les prisons d'Orléans ; et les coupables s'y trouvaient
toujours en grand nombre, avertis qu'ils avaient été
longtemps à l'avance, du jour et de l'heure de l'entrée
du prélat. C'était là une large prérogative, sans doute,
et à peine nos rois en pouvaient-ils tant faire. Toutefois, Louis XIV lui-même, ce *roi si roi*, ne s'en était
point montré jaloux. Au milieu de son règne, au plus
fort de ses succès et de sa gloire, lorsque la terre, pour
ainsi dire, se taisait en sa présence, on vit l'évêque Du
Cambout de Coislin exercer le droit de grâce de son
siège dans toute son étendue, et avec plus d'éclat,

peut-être, qu'aucun de ceux qui s'étaient assis avant lui dans la chaire épiscopale d'Orléans. Jamais, à aucune époque, tant de prisonniers n'avaient été graciés en un jour; jamais foule plus innombrable n'était accourue à Orléans pour repaître ses yeux de ces pompes qui l'enivraient. Santeuil, lui aussi, était là dans le cortège du prélat, son ami; il vit tous ces fers qui tombaient à la voix d'un évêque; émerveillé d'un si grand pouvoir, inspiré par ce spectacle imposant et nouveau pour lui, il saisit sa lyre; ses yeux lançaient des éclairs; on fit silence, et le *Vates*, le barde sacré de nos vieilles métropoles, fit entendre des vers dignes de lui, dignes d'une solennité si touchante, des vers de triomphe, tels qu'ils convenaient à cette joyeuse entrée épiscopale, qui, elle aussi, semblait un triomphe.

Jamais les archevêques de Rouen ne jouirent d'une si haute prérogative; et on ne voit pas, dans nos histoires, qu'ils aient exercé, autrefois, quelque privilège qui en approchât, même de loin. Membre né du chapitre de sa métropole, l'archevêque de Rouen, au grand jour de l'Ascension, venait y prendre séance, comme président, si l'on veut, et dans une haute chaire richement drapée; mais toujours n'était-il là qu'un chanoine comme les autres. C'était bien à lui de proclamer le nom du meurtrier qui (l'Echiquier y con-

sentant) allait, ce jour-là, lever la Fierte révérée de
saint Romain, et recouvrer, par sa vertu puissante,
la vie, ses biens et sa liberté ; mais, dans ce grand
acte de grâce, le prélat n'avait eu que sa voix comme
tous les autres chanoines ses collègues ; cette voix n'a-
vait compté que comme celle du moindre d'entre eux ;
et je n'avais jamais vu que nos archevêques eussent pu,
naguère, exercer autrement le droit de grâce. Mon
étonnement a donc été grand, lorsqu'il y a quelque
temps, compulsant, aux Archives du royaume, un registre du trésor des vieilles chartes de France (1), tout
à coup se sont offertes à mes yeux des lettres de rémission données par un archevêque de Rouen, et des
lettres-patentes du Roi de France, qui, confirmant
celles du prélat, proclament hautement le droit qu'a-
vaient les archevêques de Rouen de faire grâce, en
certains jours et dans de certaines limites. Cet archevêque était Guillaume de Vienne ; ses lettres de grâce
sont du premier dimanche de septembre 1393, jour
où le prélat fit à Rouen sa *joyeuse entrée :* il importe d'en parler avec quelque détail.

Invoquant d'abord les droits, prérogatives et antiques libertés de l'église cathédrale de Rouen et de
son siége métropolitain, Guillaume de Vienne prend
son diocèse à témoin que, de tout temps, et aussi loin

(1) Reg. 145, Chartoph. rég., chart. 162, fol. 29 et 30.

que la mémoire des hommes puisse remonter, ses
prédécesseurs, au jour de leur première et solennelle
entrée à Rouen, comme archevêques, ont joui du
droit d'octroyer des grâces générales ou spéciales à
tels prêtres, clercs et personnes ecclésiastiques déte-
nues dans les prisons de l'archevêché, auxquels ils ont
trouvé bon d'en accorder; du droit de leur pardonner
plénièrement leurs crimes, quels qu'ils fussent, et de
leur remettre les peines qu'auraient méritées ces
crimes, ou qui déjà, même, auraient été prononcées
contre eux en jugement.

Son droit ainsi bien exposé, le prélat raconte que,
le matin même, faisant sa première entrée dans
l'église cathédrale de Rouen, et en visitant toutes les
dépendances, il a trouvé détenu, dans les prisons de
son officialité, un clerc qui s'est jeté à ses pieds en
fondant en larmes, et dont la supplique l'a vivement
touché. Nicolas Gueroud (ainsi se nomme ce clerc)
s'est confessé coupable de meurtre; mais les circonstances du crime semblent en atténuer l'énormité.
Dans une rixe violente entre deux bandes d'hommes
turbulents et échauffés, qui, quelques mois auparavant, avait troublé la ville, le fils d'un bourgeois
ayant été blessé, Nicolas Gueroud, accompagné de ses
camarades, reconduisait ce jeune homme chez son
père pour l'y faire panser de ses blessures, lorsqu'au

détour d'une rue s'était offerte à leur rencontre la bande dont faisait partie celui qui avait blessé ce jeune homme. Aussitôt la querelle avait recommencé, plus vive, plus acharnée que la première fois ; des injures on en était venu aux voies de fait, et, dans cette mêlée, Nicolas Gueroud avait eu le malheur de tuer Pierre Leveneur d'un coup à la tête. Le fait était d'autant plus grave, que ce n'était point Pierre Leveneur qui avait blessé le jeune camarade que l'on voulait venger. Mais le repentir profond du coupable, cinq mois d'une détention rigoureuse endurée avec patience et résignation, avaient touché le pontife, qui, rentré dans son *manoir épiscopal*, après les pompes de la journée, octroie aussitôt, et fait sceller, en sa présence, des lettres de grâce en faveur du malheureux clerc dont les larmes l'ont attendri. Par ces lettres, Guillaume de Vienne déclare, qu'usant de son droit, et par grâce spéciale, il pardonne à Gueroud son crime, lui fait remise pleine et entière des peines qu'il a encourues, le déclare absous, et entièrement réhabilité en son honneur.

Au mois d'octobre suivant, le roi Charles VI, confirmant pleinement ces lettres de grâce, et reconnaissant le droit de nos archevêques, ordonne, par des lettres-patentes, à son bailli de Rouen, et à tous ses justiciers de la ville et du royaume, de laisser

Nicolas Gueroud jouir paisiblement de la grâce que lui a accordée l'archevêque Guillaume de Vienne, et leur défend expressément de rien attenter au préjudice des lettres de rémission du prélat.

Il y a loin, sans doute, de ce droit de grâce limité à la prérogative exorbitante et plus que royale des évêques d'Orléans. C'était là, toutefois, un beau droit qu'avaient nos archevêques, et on peut s'étonner qu'aucun historien n'en ait parlé jusqu'à ce jour. Car si les doctes auteurs du *Gallia Christiana* semblent en avoir eu un soupçon, à peine l'expriment-ils, malgré l'importance qu'avait pour eux la matière; et les quatre mots qui semblent y faire allusion nous offrent à peine un sens clair, à nous qui voyons bien ce qu'ils ont voulu, et sans doute cru dire [1].

Pour bien apprécier, au reste, l'importance de ce droit de nos archevêques, il faut se souvenir de ce qu'étaient alors les prisons des officialités. On a beaucoup parlé des *vade in pace* des abbayes, geôles souterraines, noires comme la nuit, inventées par un prieur de Saint-Martin-des-Champs, à Paris, et où les religieux coupables de grandes fautes, privés de

---

[1] En parlant de l'archevêque Guillaume de Vienne, ils disent: « Rotomagum primo solemniterque intravit die dominicâ antè « nativitatem B. Mariæ 1393, *quâ litteras remissionis obtinuit.* » *Gallia christiana*, tom XI, col. 85.

tout commerce avec leurs semblables, ne vivaient plus
que de pain, d'eau et de ténèbres. Les prisons des
officialités ne le cédaient en rien aux *vade in pace*.
Des lettres-patentes du roi Charles V parlent des
oubliettes de l'évêque de Bayeux; elles font mention
de malfaiteurs « dont aucuns (disait le monarque)
« furent pris et pendus à Baïeux, et les autres mis en
« oubliète en la court de l'évesque dudict lieu de
« Baïeux, là où ils moururent pour leurs démé-
« rites [1]. » On voit assez que c'était quelque souter-
rain ténébreux où ces scélérats avaient été jetés pour
y attendre le supplice, ou même pour y mourir sans
qu'on s'occupât d'eux davantage. A deux cent dix ans
de là, elles existaient encore, ces terribles *oubliettes*,
et le temps ne les avait pas amendés. Le 2 mai 1590,
au plus fort des troubles de la Ligue, on voit se
présenter aux magistrats fidèles du Parlement de
Normandie, réfugiés à Caen, un avocat de Bayeux,
qui raconte qu'après s'être rendus maîtres de cette
ville, « les ligueurs, en indignacion de son attache-
« ment à ses roys, l'ont mys dans les prisons, cachots
« et oubliettes du sieur évesque de Bayeulx, qui
« (dit-il), sont prisons horribles à veoyr seullement,
« ausquelles on ne peult veoyr, dedans lesquelles il

[1] Litter. remiss., ann. 1380, ex Reg. 117, 141, Chartophil. reg.

« y a plusieurs crappeaulx et austres bêtes véné-
« neuses [1]. » Il est pâle encore et terrifié, rien qu'en y
songeant ; et on voit, à la contenance des magistrats
qui l'écoutent, que son récit les a glacés d'effroi.

Avranches, aussi, avait ses oubliettes épiscopales.
En 1509, un chanoine vient se plaindre à l'Échiquier
de Normandie, des gens de l'évêque, qui « l'ont mis
« dans la prison de l'évesché, *orde et vile prison,*
« PROFONDE D'UNE LANCE ET DEMYE DEDANS TERRE, et
« illec misérablement traicté [2]. »

Hélas ! à Rouen, les prisons de l'officialité n'étaient
pas un moins horrible séjour. Le nom que leur
donnaient les juges même qui y envoyaient jeter les
condamnés, fait frémir en le lisant. Ils l'appellent *la
fosse, le lac de misère,* à la lettre, « *fovea, lacus
miseriæ.* » Par ces mots énergiques, on voit assez ce
que pouvait être la chose. Les condamnations de ce
genre sont en grand nombre dans les vieux registres
de la Cathédrale ; il nous suffira d'en choisir une entre
mille. En 1400, Pierre de Bellefosse, chapelain d'un
chanoine de la Cathédrale, comparaît devant le
chapitre, accusé de plusieurs vols et d'une tentative
d'assassinat sur le Chanoine Carrel, celui-là même

---

[1] Regist. du Parlement de Normandie (séant alors), à Caen ;
Tournelle, 2 mai 1590.

[2] Reg.; Echiq. 27, 13 juillet 1509.

dont il était le chapelain. Accablé par l'évidence, il confesse tous ses crimes, commis, dit-il, à l'instigation du démon : « *diabolo ipsum instigante*. » Tous les chanoines de la métropole sont assis en jugement dans la salle capitulaire, hormis celui d'entre eux que l'accusé a voulu tuer, et qui n'a pas voulu, qui n'a pas dû siéger parmi les juges : « *Christi nomine* « *primitùs invocato* (dit la sentence), *sedentes pro* « *tribunali, et solum Deum præ oculis habentes.* » — Voilà une grave et redoutable assemblée ! que va-t-elle décider ?

Avant tout, le coupable doit être excommunié, pour avoir osé mettre la main sur un prêtre. Donc, tandis que les toutes cloches de Notre-Dame s'agitent dans les tours, le doyen, éclairé par douze cierges, que tiennent douze prêtres rangés en cercle autour de lui, lit à Bellefosse la sentence qui le déclare anathème, puis les douze cierges sont jetés à terre et foulés aux pieds ; car il ne faut plus que, désormais, ils éclairent aucune œuvre humaine. Après quoi, les chanoines condamnent le coupable à faire pénitence, sa vie durant, dans le *lac de misère* destiné au châtiment des grands criminels, « *in nostro carcere, scilicet in lacu mi-* « *seriæ ad pœnam specialiter deputato ;* » à y vivre du *pain de douleur*, de *l'eau d'angoisse et de tristesse* : « *ad panem doloris et aquam angustiæ et*

« *tristitiæ*. » Le haut-doyen a été chargé de prononcer au condamné sa sentence, en plein chapitre; le coupable est là, agenouillé et tremblant : « Pierre, « mon amy (lui dit le juge), nous avons ouy ta confes-« sion ; et pour ce que tu as commis, nous te con-« dampnons à estre mis en la fosse, au pain et à « l'eaue, en retenant nostre miséricorde, sur ce, et de « nos successeurs. » Tout le clergé de Notre-Dame, les chapelains, et jusqu'aux enfants de chœur, ont assisté au jugement; tous vont être témoins de l'exécution, qui suit immédiatement cette sentence sans appel. Pierre, entraîné hors de la salle capitulaire, est descendu dans la fosse ou lac, n'ayant que sa chemise et ses braies pour tout vêtement, la tête à peine couverte : « *Fuit positus in foveâ, seu lacu, nudus; exceptis camisiâ et bracchis, et uno modico capello ;* » et notez que l'on célébrera, le lendemain, la Toussaint. A la vérité, à trois jours de là, « pour l'amour de Dieu et par grâce spéciale, » messieurs du chapitre font jeter à ce malheureux un manteau, un chaperon et d'autres vêtements pour couvrir ses membres engourdis. Mais qu'est-ce que cela contre une atmosphère humide, glaciale, sans air et sans lumière? Il en sera sans doute de ce condamné comme de celui qui l'a précédé dans cet abîme : un jour qu'on lui apportait sa ration d'eau et de pain

noir, on eut beau l'appeler, le silence seul répondit :
il était mort !

C'est avoir arrêté nos regards sur de tristes objets,
mais mon sujet m'y contraignait ; le droit de grâce
octroyé aux archevêques de Rouen, dans ces temps
éloignés, et circonscrit dans les prisons de leur officialité, ne peut être bien apprécié, ce semble, qu'autant
que l'on voit, comme nous venons de le faire, à
quelles peines, plus cruelles que la mort, ces prélats
pouvaient, au jour de leur prise de possession, arracher des malheureux enterrés vivants ; leur faire
grâce, c'était, en vérité, plus que délivrer des prisonniers, c'était ressusciter des morts ; certes, pour ces
infortunés, la prise de possession d'un archevêque
était bien véritablement une *joyeuse entrée :* « *jocun-
dus adventus.* » A son approche, une vive lueur,
perçant ces voûtes épaisses, allait réveiller et réjouir ces
malheureux ensevelis dans l'ombre ; et, si dures que
fussent ces prisons, toujours n'était-il pas donné au
juge le plus implacable d'en sceller irrévocablement
les portes et d'en interdire l'entrée à l'espérance.

Sans doute, rien ne fut plus ordinaire que le crime
au moyen-âge ; pour peu qu'on écarte le voile qui
nous cache ces temps reculés, on ne voit que meurtres
sur les chemins, dans les villes, dans les châteaux des
barons, dans les demeures royales, et jusque sur les

degrés du sanctuaire. Partout les geôles sont encombrées ; sans cesse la torture interroge, la douleur répond, et souvent la conscience avec elle : les prisons s'ouvrent sans cesse pour des condamnés qui, chargés sur des tombereaux, sont traînés au supplice. Chaque jour, le glaive de la justice étincelle ; la potence vacille, ébranlée par les derniers et vains efforts d'un malheureux qui expire ; partout le sang coule pour racheter le sang, et les bourreaux ne se reposent ni jour ni nuit. Mais, dans cet âge de fer, apparaissent aussi des évêques, des chapitres, de puissants suzerains qui font grâce ; des cardinaux vêtus de pourpre, dont le passage fortuit dans une ville, dans une rue, rend à la vie, comme par miracle, des condamnés que l'on traînait à l'échafaud ; des rois, qui, au jour du Vendredi-Saint, pardonnent à quelques coupables, en mémoire de l'Homme-Dieu, qui, à pareil jour, pardonna au monde. Le cœur, qui s'était serré à la vue de tant de crimes, se dilate à l'aspect de tous ces actes de clémence et de merci. Alors, on plaint des siècles où beaucoup, peut-être, furent criminels par ignorance et par l'effet de la barbarie des mœurs de leur âge ; et on se félicite en voyant que là où abondait le crime, là semblaient surabonder aussi la miséricorde et la grâce [1], plus

1 Epist. ad Rom., cap. 5, vers. 20.

efficaces, assurément, à adoucir les mœurs, que d'atroces et fréquents supplices offerts en spectacle à la foule, qu'ils endurcissaient, à la longue, bien loin de la rendre meilleure.

L'ARRÊT DU SANG DAMNÉ

ANECDOTE DU XVIe SIÈCLE

L'Arrêt du Sang damné

ANECDOTE DU XVI° SIÈCLE

A journée du 26 août 1558 devait être
longtemps mémorable, à Rouen, dans
les fastes du palais. A ce jour-là avait
été renvoyée la décision d'une des affaires les plus graves que le Parlement de Normandie
eût jamais vu porter à sa barre. Cause importante
sans doute, puisque la grand'chambre, compétente
pour la juger seule souverainement, avait voulu, toutefois, que les Enquêtes, la Tournelle et les Requêtes
lui vinssent en aide; en sorte (chose presque sans

exemple alors) qu'un procès allait, ce jour-là, se débattre devant toutes les chambres du Parlement, qui, d'ordinaire, ne s'assemblaient que pour les affaires de discipline intérieure ou de *grande police,* et pour accepter ou rejeter les édits de nos rois.

C'est qu'au lieu qu'il ne s'agissait, la plupart du temps, aux audiences de cette cour souveraine, que d'éclaircir des faits obscurs, et de déterminer la disposition législative qui devait les régir, la loi, à cette fois, la loi elle-même était en cause, loi claire, s'il en fut jamais, loi précise, écrite, que dis-je? reproduite plusieurs fois en divers titres du même code. Le *grand Coutumier de Normandie,* en un mot, allait être attaqué en ce chef, où, non content d'adjuger au fisc tous les biens d'un criminel exécuté à mort, il voulait encore que les enfants du condamné fussent privés des héritages qu'eût recueillis leur père vivant, et ne pussent même (ce père étant mort), succéder à leur aïeul venant à mourir après lui. Dure et inhumaine coutume, apportée en Neustrie par les Normands, il y avait plus de six siècles, et que le bailliage de Rouen venait d'appliquer tout récemment encore dans un procès qui faisait bruit dans la province.

C'était au sujet d'un bourgeois de Rouen, Guillaume Laurent, qui, condamné pour meurtre, à la Tournelle, avait eu le poing coupé devant le grand

portail de Notre-Dame, et la tête tranchée au Vieux-
Marché. Puis, quoiqu'il laissât trois enfants en bas
âge, ses biens avaient été dévolus au fisc ; et jusque là
nul n'eût osé rien dire ni penser même, la confiscation des biens d'un supplicié étant alors, presque
partout en France, un dogme fondamental et révéré
de tous. Mais, peu de temps après l'ignominieux et
sanglant supplice de Guillaume Laurent, le vieux père
du condamné étant mort de honte et de douleur, alors
avait été donné à la ville de Rouen un hideux spectacle. Chose horrible, on avait vu aussitôt, non plus
cette fois les agents du fisc, mais la fille de ce vieillard
mort tout-à-l'heure, la sœur germaine de Guillaume
Laurent le décapité, la tante des trois orphelins, venir
dire à ces innocents, qu'avait recueillis leur aïeul,
après le supplice ignominieux de leur père : « Or sus,
sortez d'ici tous trois, rien de ce qui fut à votre grand-
père ne peut vous appartenir ; ces biens de mon père,
dont le vôtre eût hérité sans son crime, me doivent
revenir sans partage. » Elle l'avait dit, et elle l'avait
pu dire, car (prononçait le grand *Coutumier de Normandie*), l'enfant d'un supplicié ne peut hériter de
personne[1]. Et comme le tuteur des trois enfants avait

1 « Aulcun qui soit engendré de sang damné ne peut avoir,
comme hoir, aulcune succession d'héritage. » *Le grand Coustu-
mier du pays et duché de Normendie*, titre XXIV : DE ASSISE.

dénoncé au bailliage de Rouen une inhumanité si criante, les juges, émus de la détresse de ces infortunés, indignés de la dureté de cette tante, n'en avaient pas moins prononcé tout d'une voix contre les trois pauvres orphelins. Car « nul homme engendré de *sang damné* ne pouvoit avoir, comme hoir, aulcune succession d'héritage ; » et, la loi étant si claire, quel moyen de s'en défendre ? Avocats, légistes, praticiens, présents alors en foule au bailliage, avaient, la plupart, hélas, approuvé la sentence. Quelques-uns, toutefois, en petit nombre, avaient osé se récrier ; mais plus haut, plus énergiquement que les autres, l'avocat Brétignières, qui, indigné contre cette famille dénaturée, révolté d'une loi si barbare, profondément touché de la détresse de ces trois orphelins, qu'il voyait sortir courbés sous la dure sentence qui venait de les vouer à la misère, s'élançant vers eux, comme leur tuteur les emmenait, s'était écrié, en les étreignant dans ses bras, qu'il fallait en appeler en hâte au Parlement, et qu'il ferait réformer la sentence, ou y laisserait son chaperon et ses lettres de licence.

Le jour était venu, pour Brétignières, de tenir cette promesse, que lui-même, peut-être, jugeait maintenant téméraire ; et, le 26 août 1558, le peuple, qui naguère avait vu mutiler et décapiter Guillaume Laurent, aujourd'hui encore courait, de toutes parts, en foule, au palais, pour voir les trois jeunes enfants du condamné disputer à des parents avides et dénaturés leur dernier morceau de pain qu'on leur voulait ravir. De longtemps on n'avait vu pareille affluence dans la grand'chambre du plaidoyer; avocats, légistes, praticiens s'y étaient rendus, dès le matin, avant l'audience; et là, groupés autour de l'avocat Brétignières, beaucoup lui reprochaient sa témérité d'oser ainsi s'attaquer à la Coutume, à des textes si clairs, et lui prédisaient un inévitable échec. Mais Brétignières n'était pas un homme que l'on pût si aisément décourager. Enfant du seizième siècle, de ce siècle inquiet, hardi, réformateur, il avait remarqué, dès longtemps, dans les vieilles lois de Normandie, des dispositions qu'il lui tardait de voir abolir; aujourd'hui qu'il allait en attaquer une, la plus inhumaine de toutes sans contredit, il attendait la lutte avec assurance; et, à son gré, présidents, conseillers et gens du roi tardaient bien à venir.

Ils parurent enfin, le premier président Saint-Anthot à leur tête, homme ferme, sage, éclairé, supérieur à tous les préjugés de son temps, un de ces juges, enfin, tels que les devait désirer Brétignières, pour une cause où la raison et l'humanité osaient, de concert, traduire à la barre de la cour ce vieux Coutumier que tous avaient respecté jusque-là, en Normandie, à l'égal presque de la loi de Dieu. Cependant MM. du Parle-

ment étant assis en jugement, attentifs à ce qui s'allait
dire, et la cause appelée enfin, la conduite de Brétignières parut étrange à tous. Avocat des trois orphelins (*appelants* devant la cour), c'était à lui de parler
le premier, et d'engager le combat qu'il avait si hardiment provoqué ; tous attendaient, fort en peine de ce
qu'il pourrait proposer contre une loi si claire ; le
doute, l'incrédulité étaient peints sur les visages.
Quand donc on le vit se contenter de conclure à l'an-
nulation de la sentence, puis s'asseoir aussitôt, et
l'avocat des *intimés* se lever confiant, et entrer résolument en matière, vous eussiez entendu alors s'élever,
dans la grand'chambre, un sourd bruissement, un
murmure confus et réprobateur. Avocats, praticiens,
secouant la tête, regardaient sévérement Brétignières;
et, plus que jamais, de toutes les bouches, presque,
sortaient ces mots : *Outrecuidance, cause perdue.*

Que fut-ce donc en entendant l'avocat des intimés
alléguer les lois, invoquer le Coutumier, y montrer,
non pas dans une disposition isolée, mais dans plusieurs, mais partout, dans le texte de ce vieux code,
et plus encore dans son esprit, le rigoureux anathème
lancé naguère aux enfants des condamnés ? Car, avait
dit le dur législateur normand, les enfants du condamné ne pourront jamais rien prétendre, non seulement aux biens que possédait leur père au jour de son

crime, mais aux héritages même qu'il eût recueillis
vivant, et qui viendront à s'ouvrir après son supplice.
Ces biens iront aux autres plus prochains du lignage;
en telle sorte que les enfants du condamné n'y auront
rien. « Aulcun qui soit engendré de *sang damné* ne
peult avoir, comme hoir, aulcune succession d'héritage. » — « Et (avait-il dit plus explicitement encore
ailleurs) les enfants à ceulx qui sont damnéz ne
peuvent riens réclamer des biens de leur aïeul. » —
Quels textes avaient jamais été plus clairs ? Et, puis-
qu'il la fallait défendre, cette coutume attaquée, et
réhabiliter ce législateur si longtemps révéré, aujour-
d'hui traduit à la barre de la cour, l'orateur, évoquant
les temps passés, faisant revivre les anciens Normands,
les durs compagnons d'Ogeric, de Ragener et de
Rollon, montrait aux juges ces grossiers et farouches
aventuriers, non moins âpres, alors, à la rapine et au
meurtre, qu'invinciblement enclins aux courses hasardeuses, aux périlleuses aventures, à l'invasion et à la
conquête; puis, au milieu de ces hommes féroces,
qu'aucun châtiment ne pouvait retenir, leurs chefs,
leurs juges, s'avisant d'une salutaire pensée. Car, au
fond de ces cœurs si durs, le législateur ayant rencontré des entrailles de père, le seul endroit chez ces
pirates qui pût s'émouvoir et craindre, alors, dans un
dessein profond, il avait fait cette loi qu'on attaquait

si mal à propos aujourd'hui. Un jour, dans les rangs
de ces hordes sauvages, avait couru le bruit, de proche
en proche, que, désormais, pour l'expiation d'un
crime, il ne suffirait plus du supplice de son auteur,
que le châtiment survivrait au condamné, que les
enfants, en un mot, seraient à jamais punis du crime
de leur père. En entendant promulguer cette loi nouvelle, les barbares avaient frémi ; puis, comme elle
avait été appliquée bientôt, sans merci, aux premiers
d'entr'eux qui avaient volé, qui avaient tué, qui
avaient brûlé, voyant ensuite les enfants de ces condamnés, errer nus et pauvres, les fiers Normands,
pris enfin de peur, avaient regardé leurs enfants et
tremblé pour ces innocentes créatures ; puis, d'année
en année, on avait vu moins de vols, d'incendies,
d'assassinats ; ils s'étaient détournés de mal faire,
voyant leurs enfants en porter infailliblement la peine ;
tant il est vrai que le père souffre plus au mal de ses
enfants qu'au sien propre ! Ainsi, continuait-il, ainsi
sans doute l'avaient pensé les Romains. Car, dans
une de leurs lois, parlant de ces violences insurmon-
tables qui vicient et rendent nulle l'obligation qu'elles
ont extorquée, ils mettaient au premier rang celles
exercées sur un enfant pour contraindre ses parents
et leur arracher une promesse ; *un père* (disaient-ils),
un père craignant toujours plus pour ses enfants
que pour lui-même.

Mais, arrêtant ici l'avocat des intimés, Brétignières s'était levé brusquement, rompant enfin un silence qu'il voyait si mal compris. « Eh! pourquoi donc, s'écriait-il d'une voix tonnante, pourquoi ces Romains dont vous parlez avaient-ils exclu de leurs codes la loi cruelle que vous n'avez pas honte de nous vanter ici comme *bonne, saincte, et faicte à bonne cause* ? Car nous venons de vous entendre tous la qualifier ainsi. Pourquoi leurs sages, leurs empereurs, Callistrate, Arcadius, Honorius, ont-ils, au contraire, proclamé si haut que le crime du père et son supplice ne peuvent ni entacher ses enfants, ni influer en rien sur leur destinée; que la peine est pour le coupable, ne regarde que lui seul, et qu'on doit laisser en paix ses proches, ses amis, ses gens, qui, pour avoir appartenu de si près au condamné, n'en sont pas moins sans doute étrangers à sa faute? Pourquoi (les Normands seuls exceptés) ne la trouve-t-on, cette dure coutume, chez aucun peuple du monde? Ah! c'est qu'elle est inique, contraire au droit divin, contraire au droit naturel, qui ne saurait permettre que le fils porte l'iniquité du père, et que la peine survive au coupable. Elle détourne du crime, dites-vous? Dites plutôt, dites qu'elle y pousse violemment, irrésistiblement, les enfants qu'elle déshérite; dites qu'elle les précipite dans l'abîme. Car, que deviendront, je vous prie, ces

enfants errants et nus, sans parents, sans pain, sans
abri sur la terre? Que deviendront-ils, en guerre
désormais avec le monde qui les repousse, avec les
lois qui les flétrissent et les ruinent, avec des proches,
heureux de leur infortune, riches de leur désastre? Il
verra, l'enfant du condamné, il verra le frère, les
neveux de son père, il les verra riches de ses dépouilles,
jouir, prospérer, s'enorgueillir, bien venus du monde
dont, pour lui, il sera le rebut. A eux l'opulence,
pour lui la nudité, les dédains et la faim ! Un grand
crime, cependant, entre tous ces proches, mais crime
·sans suites fâcheuses pour les collatéraux innocents,
que dis-je? source, pour eux, de richesses, de crédit
et d'honneurs; tandis qu'il a voué à la honte, à l'indi-
gence, au désespoir, l'enfant, le malheureux enfant
qui, ce semble, n'y avait pas plus de part ; et toujours,
apparemment, ce fils prendra patience; toujours il
sourira au monde qui l'aura maudit, aux lois qui l'auront ruiné, à des proches engraissés de sa substance.
Il sourira ! croyez-le, vous, et adorez une loi si
humaine et si sage, qui assure la paix du monde et
l'indissoluble union des familles. Vous parlez de respect pour les coutumes; mais où donc croyez-vous
être ? Regardez le monde rouler dans l'espace, changeant sans cesse d'aspect et de figure. Voyez, les
siècles se succèdent, inégaux, dissemblables; les

nations vont changeant, se renouvelant sans cesse ; et leurs institutions ne changeront point, ne se renouvelleront point comme elles! Quoi, chez les peuples les plus éclairés de la terre, des lois mûrement délibérées par des rois et des sages, bonnes peut-être pour le temps qui les vit faire, tomberont, toutefois, à la fin, vieilles, surannées et sans vertu; elles ont fait leur temps. Et l'éternité serait assurée aux dures et cruelles inventions de peuplades errantes, pillardes, dévastatrices; et des coutumes, des usages, expression grossière d'un instinct brutal et sauvage, devront à jamais régir le monde, à l'égal des lois éternelles! Ces coutumes, ces usages dont s'éprirent des peuples naissants, il leur sera rigoureusement, et à toujours, défendu de s'en déprendre! — Un législateur pourra biffer dans les codes la loi qu'y écrivirent ses sages devanciers; et chez nous seuls (*peuples de coutume*, comme on nous appelle), tout retour à l'humanité, au vrai, à la justice, au bon sens, serait à jamais interdit! Et les stupides cruautés dont s'avisèrent des hordes de maraudeurs et de pirates, il faudra qu'un peuple civilisé, régénéré, éclairé par les leçons des siècles, les subisse à jamais en silence, lorsqu'il les abhorre au fond de son cœur! Ah! si du peuple grossier qui fit la dure loi que vous osez invoquer encore, j'osais, moi, en appeler au peuple humain qui vit aujourd'hui, à ce peuple venu en foule à une si solennelle audience, qui nous écoute avide et silencieux, et dont la conscience, croyez-le, réprouve énergiquement une iniquité si criante, ce que firent ses pères en des temps d'ignorance et de barbarie, croyez-vous, dites, qu'il hésiterait à l'anéantir aujourd'hui ? — Mais qui pourrait lui en disputer le droit; et les lois des hommes, ainsi que leurs conventions, ne prennent-elles pas fin par les mêmes moyens qui leur ont donné l'être ? Vous tous, leur dirais-je, bourgeois, peuple, qui *naguère* vîtes tomber au Vieux-Marché la tête de Guillaume Laurent le meurtrier, écoutez : cet homme possédait de grands biens, qui, lui mort, allèrent au fisc ; trois petits enfants lui survivaient toutefois ; leur aïeul les recueillit, leur voulant servir de père, puis mourut bientôt, les laissant orphelins une seconde fois ; et, le cadavre gisant là encore, survint la fille du vieillard, la sœur du décapité, la tante des trois innocents, dont, alors, le dernier n'avait pas trois ans ; elle survint, les yeux secs, le cœur sans douleur et sans merci. Dès longtemps elle avait été richement dotée par ce vieux père ; n'importe, maintenant il lui fallait tout, à l'exclusion de ses trois neveux. A elle d'hériter, à eux d'aller nus, errants par le monde ; elle le disait ; elle le dit encore aujourd'hui; et tenez, voyez-la, honteuse et pâle à cette audience, elle et le digne époux qui l'a si bien conseillée. Puis, regardez maintenant ces trois pauvres orphelins, ces enfants innocents de l'homme coupable que *naguère* vous voyiez mourir. Parce que leur père fut homicide, on veut, entendez-vous ? qu'ils soient mendiants, vagabonds, désespérés, meurtriers aussi peut-être ; et, pour toute raison, on nous allègue des usages, des coutumes... Ah ! je loue Dieu : vous m'avez compris, et j'entends vos murmures unanimes l'abroger, enfin, cette dure coutume que vous léguèrent vos aïeux.

« Que la cour me pardonne, c'est à elle seule que je devais parler ; mais, aussi, qu'elle daigne le dire, je l'en adjure. Dans ce vieux *Coutumier* dont elle est imbue, les siècles ont-ils donc tout respecté ? Où est le combat judiciaire dont ce code barbare prescrivait la forme ; étrange audience où les points du droit se discutaient naguère à coups de lance et d'épée entre les gentilshommes, et, le *baston cornu* à la main, entre gens de roture ! Où est ce fer brûlant, gage infaillible d'absolution pour celui dont les mains endurcies pouvaient, pendant quelques instants supporter la brûlure ? Pourquoi l'empoisonneur, l'assassin, le parricide, échappant aux gardes chargés de le traîner à l'échafaud, ira-t-il vainement aujourd'hui étreindre la croix d'un cimetière, se réfugier dans l'aître d'une église, souiller le sanctuaire de sa présence ? Pourquoi aussi a-t-on cessé de brûler, de démo-

lir de fond en comble les maisons des *forbannis* ? Et
où sont tant d'autres vieilles lois, écrites dans ce *Cou-*
tumier, longtemps suivies, mais dont l'humanité et la
raison ont fait à la fin justice ? C'est que des coutumes, chères aux Normands des anciens temps,
paraissant ineptes et barbares à leurs arrière-petits-fils,
humains, civilisés et polis, ceux-ci peu à peu les ont
délaissées. C'est que les coutumes, les usages, expres-
sions mobiles des mœurs variables des peuples, de
leurs conditions muables, de leurs volontés chan-
geantes, doivent peu à peu s'effacer et disparaître avec
elles. Ainsi en sera-t-il, je me le promets, de cette
dure loi de Normandie, qui, pour le crime du père,
dénie, depuis tant de siècles, aux enfants la succession
de leur aïeul. Mais, au reste, est-il vrai qu'elle soit
encore en vigueur, cette coutume inhumaine, opposée
avec tant de confiance aux trois enfants de Guillaume
Laurent ? La sentence du bailliage de Rouen dénoncée
par nous à la cour, sentence plus digne du siècle de
Rollon que du nôtre, est-elle, à coup sûr, l'invariable
expression de la sapience normande et le vœu bien
avéré du pays tout entier ? Vous tous, lieutenants
des bailliages, vicomtes, avocats du roi, que j'a-
vise à cette audience, assis aux pieds de la cour,
levez-vous, je vous en adjure ; levez-vous, la cour le
permet ; son équité m'en assure ; voyez, le premier

président l'ordonne, levez-vous, et dites ce qu'il en est,
aujourd'hui, dans vos bailliages, de ce vieil usage;
dites si, dans chacun de vos vastes ressorts, on voit
aussi, de génération en génération, les fils, les petits-
fils, les arrière-petits-fils, errer mendiants et nus sur
la terre, parce qu'autrefois un de leurs auteurs, condamné par la justice, expia son crime sur l'échafaud?»

En ce moment, dans la grand'chambre du plaidoyer, barreau, juges, peuple, tous avaient frémi.
Fascinés par cette voix impérieuse et tonnante, les
lieutenants des baillis, les vicomtes, les avocats du
roi s'étaient levés tous ensemble, et ils répondirent
aux questions du premier avocat du roi, Laurent
Bigot, et du premier président Saint-Anthot. Ce fut
une solennelle *enquête par tourbes*, l'une des dernières qu'ait vues la province; enquête honteuse,
disons-le, pour le bailliage de Rouen, le seul qui,
maintenant, appliquât cette disposition du Coutumier,
peu à peu tombée en désuétude dans les autres bailliages, où l'humanité, l'équité, la raison avaient su
prévaloir, *à trait de temps*, sur tant de textes écrits.
Le peuple, pour tout dire, en Caux, à Évreux, à
Caen, dans le Cotentin, dans le Vexin normand, dans
le Perche, avait tacitement abrogé, en ne l'appliquant
plus, ce statut barbare; et à Rouen même, on venait
de l'entendre tout à l'heure, ce peuple, protester tout

d'une voix contre la dure sentence de son bailliage.

Restait, maintenant, au Parlement à s'expliquer
sur cette transgression flagrante, publiquement con-
fessée par les juges ses inférieurs, de la loi la plus
claire et la plus précise qui fût écrite dans ses codes ; à
choisir entre la jurisprudence du bailliage de Rouen
et celle des six autres bailliages de la province, entre
l'équité et le texte le plus formel qui fut jamais. A lui,
en cette solennelle conjoncture, d'agir, non plus en
cour de justice qui applique des dispositions législa-
tives auxquelles elle-même est subordonnée, mais en
souverain sénat qui établit et proclame des règles auxquelles tous les juges d'un pays devront désormais
obéir. A lui, en un mot, ce jour-là, non plus d'appliquer la loi, mais de la faire. — Peuple, légistes,
étaient là dans l'attente, jamais cause pareille n'ayant
été vue au palais ; mais les esprits, maintenant, étaient
bien changés ; les avocats, à cette fois, entouraient
tous Brétignières ; et leurs félicitations unanimes et
chaleureuses lui faisaient bien augurer de l'issue de ce
procès, si téméraire, quelques heures avant, au gré de
la plupart.

Le Parlement, cependant, retiré dans le secret du
conseil, y tardait plus que d'ordinaire ; jamais délibération n'avait été si longue, et déjà dans la salle d'audience on ne savait plus que penser. C'est qu'hélas !

il faut bien le dire, quelques magistrats, zélateurs endurcis de la coutume, essayaient de défendre les dispositions si claires et si répétées de la loi normande. Car, pour tous presque, en Normandie, la coutume était chose inviolable et sainte, et s'y attaquer était commettre un inexpiable sacrilége. « Après qu'une clause aura été biffée (disaient ces apologistes du statut normand), quel pouvoir, ensuite, sauvera les autres ?». C'était, à leur sens, mettre tout en péril. « *Il faut* (disaient-ils) *laisser le moustier où il est.* » L'humanité, toutefois, la raison, la justice durent, à la fin, prévaloir. Les fortes paroles que l'avocat du roi Laurent Bigot venait de faire entendre à l'audience, avaient affermi les sages, décidé les timides, ébranlé les opiniâtres, et donné bon espoir à Brétignières; sa confiance ne devait pas être déçue. Un grand bruit s'étant fait entendre, MM. du Parlement revinrent bientôt dans la grand'chambre du plaidoyer; mais tous, cette fois, en robe rouge, et les présidents avec leurs amples manteaux d'écarlate, fourrés d'hermine. Car c'était avec cette solennité qu'avaient toujours été prononcés les *grands arrêts*, les *arrêts généraux* destinés à devenir la loi du pays. Or, c'était (dit La Roche Flavyn), « un des plus célèbres et pompeux actes de la cour. » Il se fit un profond silence; et, au ton ferme et pénétré dont parla le premier président

Saint-Anthot, avocats, peuple, praticiens, virent quelle part ce grand magistrat pouvait revendiquer dans l'importante décision qui venait d'être prise. « La cour, les chambres assemblées (dit-il), déclarant *abrogée, par non usance*, la coutume de non-succéder par les enfants des damnés, met au néant la sentence du bail-liage de Rouen, et envoie les trois enfants du condamné Guillaume Laurent, en possession de tous les biens meubles et immeubles de leur aïeul, leur tante, d'ailleurs, ayant autrefois reçu son mariage. Orphelins innocents, rentrez tous trois dans la maison de votre grand-père, dont on vous avait si inhumainement chassés. Maître Brétignières, la cour me fait vous dire que vous l'avez fort contentée en cette journée. » Le Parlement sorti, il faisait beau voir, dans la chambre dorée, dans la grande salle, une multitude attendrie se presser autour de Brétignières, lui témoignant combien il avait su la contenter. Aussi tous bénissaient cette justice souveraine qui venait, à si bon droit, de faire « *le riche pauvre* et le *pauvre riche;* »[1] et les trois orphelins, le matin sans asile, rentrèrent, reconduits par le peuple, dans cette maison

---

(1) Paroles du premier président Saint-Anthot, au lit de justice tenu au Parlement de Rouen, le 17 août 1563, par Charles IX, à sa déclaration de majorité.

paternelle, dont un arrêt solennel venait de leur ouvrir la porte.

A cinq ans de là, dans cette même grand'chambre dorée du plaidoyer, où, naguère, il avait fait abolir une coutume absurde et barbare, Brétignières, enhardi par un si beau succès, osait attaquer la confiscation même. Avoir obtenu que les fils d'un condamné pussent hériter de leur aïeul, c'était trop peu pour son cœur, pour sa raison ; il voulait, maintenant, que les enfants innocents pussent hériter aussi, désormais, de leur père coupable et puni ; et il le demandait, non plus seulement au Parlement de Normandie, réuni là tout entier, mais aux princes, aux pairs, aux seigneurs, aux prélats, aux premiers magistrats du royaume, qui étaient tous là, dans la grand'chambre,. assis en jugement ; il le demandait au roi Charles IX lui-même, séant en son lit de justice, où, tout-à-l'heure, il venait de se déclarer majeur. Le grand chancelier Lhôpital était là aussi, assis *en sa chaire*, pensif, perplexe, visiblement touché des fortes raisons de Brétignières, mais témoignant toutefois par son attitude, que le temps n'était point venu de formuler en loi des idées si neuves encore et si hardies. Brétignières, en effet, perdit alors, en ce seul chef, une grande cause, qu'il gagnait d'ailleurs sur tous les autres ; mais du moins avait-il jeté une semence qui un jour, devait germer et pousser sa fleur; et, au Parlement de Normandie, lui si épris de sa Coutume, restait la gloire insigne d'y avoir effacé une loi barbare qui, pendant six siècles, avait régi la province. Son arrêt du 26 août 1558, *l'arrêt du sang damné,* comme on l'appela, lu, publié dans tous les bailliages, crié en tous lieux, à son de trompe, devint plus tard un des notables articles de la coutume de Normandie réformée. Célèbre alors en tous lieux, mais bien oublié depuis, en Normandie même, cet arrêt méritait peut-être qu'on le remît en mémoire; honoré des suffrages du seizième siècle, il me semblait avoir droit à ceux du nôtre, et j'ai cru devoir vous en raconter l'histoire.

LE MOT D'ORDRE

ANECDOTE NORMANDE

Le Mot d'Ordre

ANECDOTE NORMANDE

 E ne sais quel pacte secret, fait par les hommes entr'eux, les a mis en possession de figurer seuls sur la scène du monde, et leur y assigne tous les premiers rôles, sans partage, en sorte que, dans ce grand jeu de la vie humaine, les femmes en sont réduites, pour tout emploi, à composer la galerie, à noter tout bas les écoles, et à en deviser et rire entr'elles ; ce dont, au reste, elles s'acquittent en toute conscience et avec honneur.

Croire qu'il en a été ainsi, de tout temps, serait

étrangement se méprendre. Jadis, en France, la condition des dames fut de beaucoup meilleure qu'on ne la voit en ce siècle de fer. L'intelligence, le jugement, l'esprit, la raison leur ayant été donnés comme à nous et parfois même à plus forte dose, il ne leur était point naguère si rigoureusement interdit de s'en servir. Longtemps elles jouèrent les premiers rôles en partage, et les jouaient si bien qu'il y a eu iniquité criante à les en exclure. Au temps, par exemple, où les barons, dans leurs domaines, rendaient la justice en personne, quelque seigneurie venait-elle à échoir par héritage à une veuve, à une demoiselle, on voyait bientôt ces dames, s'acheminant en toute gravité au prétoire du lieu, y aller tenir leurs plaids, décidant solennellement et résolument du fait et du droit, ni plus ni moins que faisaient chez eux les seigneurs leurs voisins. Il ne paraît pas qu'elles s'en acquitassent plus mal que ces Messieurs. Qui voudrait compulser les vieilles minutes du temps, y trouverait à foison des sentences de ces dames, rendues de bon sens, en toute équité, et fort peu, croyez m'en, qui prêtassent à la censure. Si bien même qu'au cas d'appel de leurs décisions et de celles rendues par leurs voisins (et le compte exactement fait des sentences confirmées et infirmées), au sexe fort, tout bien balancé, ne demeurait point l'avantage.

Mais qu'eût-ce été encore ? Aux filles , aux femmes échéaient, en ce temps-là, les pairies; et alors, convoquées comme pairs de France et répondant vitement à l'appel , combien de fois le Parlement de Paris les vit assises sur les fleurs de lys, écoutant, opinant, jugeant, réglant souverainement toutes choses, comme pairs du royaume ! Appelées par lettres closes du roi pour venir à la grand'chambre dorée, juger, tantôt le comte de Clermont, tantôt le duc de Bretagne ou le roi de Navarre, et combien d'autres encore? croyez que la duchesse d'Orléans, la comtesse d'Artois et celle de Flandres ne faisaient point de façons. Les *Olim* me seront garants qu'elles y arrivèrent toujours des premières, et il ne se trouve pas qu'aucune y ait manqué jamais. Comment cependant furent dessaisis des juges qui avaient ainsi le cœur à l'ouvrage? Pourquoi, sous quel prétexte, en quel temps prirent fin ces bonnes et équitables coutumes du beau pays de France? Je ne saurais trop vous le dire. Les dames , quoi qu'il en soit, remarquant dans la suite que c'était un point réglé entre les hommes de les tenir désormais en dehors de toutes choses, et qu'elles n'étaient plus de rien nulle part, n'ont jamais pu prendre en gré cette exclusion discourtoise, soit qu'elles connussent ce qu'avaient fait jadis leurs devancières en des temps meilleurs; soit que, se sentant pourvues de jugement .

autant que les hommes, et aucunes fois plus que de certains, il leur coûtât de ne s'en pouvoir aider, en aucune sorte, de n'être plus à même de faire leurs preuves, et de se voir ainsi réduites, pour tout emploi, à d'obscurs soins de famille et à de menues questions de ménage.

Que faire néanmoins sous cette dure loi du plus fort, et en un cas si pressant, si extrême, de force majeure? S'indigner sans doute et se plaindre, mais sur toutes choses protester en forme, faire ses réserves et en demander acte, pour empêcher l'iniquité de prescrire et le bon droit de succomber sans remède.

Ainsi firent ces dames, veuillez le croire. Même, toutes ne se contentèrent pas de si peu; et l'on pourrait signaler, dans les temps anciens et modernes, de généreuses tentatives de quelques-unes, pour faire revivre les bons usages et recouvrer les antiques libertés. Au temps de Louis XIII, par exemple, florissait une dame de Villars-Brancas, qui, pour son compte, protesta et réclama de telle sorte qu'il en devait être longtemps mémoire. L'histoire en étant ancienne et point connue, que je sache, je vais vous la raconter de mon mieux.

C'était aux premiers jours de novembre 1629, dans notre bonne ville de Rouen, où le duc de Villars-Brancas était lieutenant-général au gouvernement de

la province, sous le duc de Longueville. Le duc de
Longueville était peu venu à Rouen depuis sa *joyeuse*
entrée ; Villars n'y venait guère davantage, et Potier
de Blérancourt, lieutenant de roi, était très souvent
ailleurs. Au premier président du Parlement devait
revenir le commandement des armes, en l'absence
de ces trois hommes de guerre; jamais ce point n'avait
été mis en dispute. Mais M. de Frainville, à cinquante
lieues de là depuis deux mois, s'éjouissait paisiblement
de ses vacances. Et pensez, grâce à tout cela, combien
la cité était bien gardée! Or, voilà sur ces entrefaites
qu'arrive tout à coup sans son mari la duchesse de
Villars-Brancas, escortée par les compagnons de la
cinquantaine et les arquebusiers envoyés à sa rencontre.
Elle s'enquiert, on lui répond, elle s'étonne non sans
sujet. Dans Rouen, pour l'heure, ni gouverneur, ni
lieutenant-général, ni lieutenant de roi, ni premier
président, personne enfin pour commander la force
armée! Et que l'Anglais survînt néanmoins, qui de
tous temps nous l'a gardée bonne, qu'allait-il en être,
je vous prie, de notre ville ainsi prise au dépourvu?
Par fortune, Mme de Villars n'était point une de ces
langoureuses femmelettes, toujours souffrantes, ce leur
semble, et prêtes à s'évanouir, hormis quand il s'agit
de la danse; mais bien une femme de tête et de résolution, se sentant du courage en son cœur, et l'humeur

martiale autant que vieux capitaine qui eût guerroyé
au temps de la Ligue, demandant uniquement pour
se montrer une occasion favorable, que le ciel lui devait, et qu'en effet il lui envoya bonne, mais à laquelle
aussi elle ne fit point défaut, comme on va le voir.

A la vérité, elle l'attendait de pied ferme, et armée,
comme on dit, de toutes pièces. Car la superbe des
hommes et leurs grands airs ne tenant, suivant elle,
qu'à l'habit, qui seul les rend ainsi fiers, entrepre-
nants et hauts à la main, la résolue duchesse n'avait
eu garde de s'arrêter pour si peu, et en avait pris dès
longtemps son parti, sans autrement se soucier de ce
qu'on en pourrait penser. Rouen, pour tout dire, et
le Havre l'avaient vue cent fois portant lestement le
pourpoint, le haut de chausses, et, sur la tête, en guise
de coiffe, le chapeau d'homme orné d'une plume, à la
mode du temps, et marchant d'un air naturel et dégagé
comme si de sa vie elle n'eût fait autre chose. Ainsi
aguerrie (et si bien intentionnée d'ailleurs), le soin de
commander dans une grande ville ne pouvait pas être
pour elle une affaire. Aussi trouvant Rouen au dépourvu, comme on vient de le voir, prit-elle généreu-
sement le fardeau du commandement, mais à la charge
(elle se le promettait bien) de ne point le déposer de
sitôt.

La voilà donc qui, à peine arrivée à son logis de

Saint-Ouen, fait tout d'abord approcher les capitaines et leur donne bravement le *mot d'ordre*, recommandant bien qu'on revînt le lendemain sans faute le recevoir encore, puis les jours suivants le prendre toujours ; car le commandement des armes était sien (disait-elle) en l'absence du duc son mari, qu'elle prétendait représenter de tous points ; et l'époux n'a prérogatives, honneurs et gloire d'aucune sorte dont l'épouse ne soit en droit de revendiquer sa part. Est-il vrai que pour son premier *mot d'ordre* elle choisît ce proverbe : *Les absents ont tort*? Je ne l'oserais affirmer, ne le sachant que par ouï-dire. La maxime, quoi qu'il en soit, est véritable, et on l'allait éprouver tout à l'heure.

De vous dire cependant l'embarras de ces capitaines, en recevant d'une dame le *mot d'ordre*, me serait une chose malaisée, rien, ce leur semblait, n'étant plus nouveau sous le soleil, et nul d'entr'eux, en tous cas, ne s'étant jamais trouvé à pareille fête. Au Parlement seul avait toujours appartenu, en semblable occurrence, le commandement des armes dans la ville, et, partant, le droit exclusif d'y donner à tous le *mot d'ordre*. Qu'allait dire le premier président, attendu d'heure en heure à Rouen pour la rentrée de la *Saint-Martin?* Et, de fait, voilà M. de Frainville qui survient le jour même, non sans grand fracas en tous lieux. Car la

rentrée du Parlement est un évènement notable pour
la ville tout entière et qui chaque année la met en
émoi. Aussi, voyez comme les compagnies armées,
accourues au premier bruit de l'arrivée de M. de
Frainville, se sont empressées de l'escorter jusqu'à son
hôtel ; comme les échevins, revêtus du costume d'apparat, sont venus en hâte lui présenter le *vin de ville;*
avec quel respect, en un mot, on lui prodigue tous les
honneurs dûs au premier magistrat de la province !
Mais, avant tout, il veut reprendre le commandement
des armes, droit dont il s'est toujours montré jaloux à
l'excès ; et, faisant approcher les capitaines, à son tour,
il leur va donner le *mot d'ordre,* comme ils ne s'y
sont, hélas ! attendus, que de reste. Force donc leur
était bien de s'expliquer maintenant, non sans quelque embarras, on peut le croire ; de dire que c'était
chose faite, qu'une dame avait pris les devants ; de
conter enfin toute l'aventure à M. de Frainville, qui,
en les entendant, croyait rêver, et dont vous ne sauriez
imaginer la surprise et le dépit, mais non tels toutefois qu'à son tour il ne donnât aussi son *mot d'ordre*
aux capitaines, à qui force fut bien de le prendre ; et
alors cinquanteniers, arquebusiers, garde bourgeoise,
les voilà tous de par les rues, de compte fait, avec
deux *mots d'ordre* différents ; ils devaient n'en
point manquer de sitôt. — Ce n'était là, au reste (pen-

sait M. de Frainville), que l'affaire d'un jour, Mme de Villars devant infailliblement se rendre au premier avis qu'il lui ferait donner de sa venue et des droits antiques de la première cour souveraine de la province. Mais, en cela, vraiment, il était bien loin de son compte; et quand on alla, de sa part, complimenter la duchesse, et lui fit parler des prérogatives du Parlement, il la fit beau voir se récrier, s'indigner, se plaindre des procédés peu courtois du premier président, invoquer les précédents, dire qu'à elle seule, au cas présent, il appartenait de commander aux armes; qu'ainsi l'avaient dû faire en leur temps la duchesse de Longueville et la maréchale de Fervaques; qu'assurément elle ne valait pas moins que ces dames; alléguer sur cela mille autres raisons qu'on n'aurait jamais fini de redire; et, pour conclure, donner chaque jour ponctuellement le *mot d'ordre* sans y manquer jamais. Pensez que M. de Frainville, de sa part, n'oubliait pas non plus de donner le sien; c'était aux compagnies armées à les retenir l'un et l'autre de leur mieux; et la ville, au fond, par suite de ce démêlé, n'avait jamais été si bien gardée; car l'ennemi, par impossible, parvînt-il à surprendre un des deux mots du guet, il y avait peu de chances pour qu'il pût aussi connaître l'autre, pour qu'il s'en souvînt bien, les sût exactement redire tous deux et les redire en leur ordre;

18

or, parfois, il n'en eût pas tant fallu pour sauver un empire.

Mme de Villars, au reste, y avait d'abord été de confiance, affermie comme elle croyait dans sa prérogative et comptant qu'on s'était rendu à ses raisons. Partant, elle donnait chaque jour le *mot d'ordre*, le donnant seule (pensait-elle), et cela en toute tranquillité, non même sans y trouver quelque plaisir. Quand donc elle entendit dire un jour que, de son côté, le premier président en donnait chaque jour un autre, au commencement elle ne le pouvait croire ; mais le fait, enfin, étant bien avéré, ce fut dans Rouen un bruit à ne s'entendre plus et à mettre la ville sens dessus dessous. Conseillers de ville, capitaines, lieutenants, enseignes mandés tous ensemble, mandés vite et en toute diligence (car les dames n'attendent pas volontiers), durent écouter les plaintes amères de la vive et courroucée duchesse et prendre patience. Quant à lui répondre ensuite, à l'apaiser un peu, à la contenter enfin en quelque façon et à quelque prix que ce pût être, ils avaient bien reconnu tout de suite qu'il y fallait renoncer pour la journée, l'inflexible duchesse n'étant pas d'humeur à se contenter de raisons. Je conjecture, pour moi, qu'elle devait être de Gascogne, où, quand une fois les dames ont pris quelque chose à cœur, elles s'y aheurtent de telle sorte, que vous les

décideriez plutôt à mordre dans le fer chaud que de
les faire se départir d'une opinion par elles conçue en
colère. Trait de mœurs particulier à cette contrée et
bien fait pour nous étonner fort, nous autres de par
deçà qui, n'ayant jamais rien vu de semblable, serions
presque tentés de ne le point croire, si un auteur grave,
Michel Montaigne, qui était du pays, ne nous assu-
rait y avoir vu *cent et cent dames* de cette humeur!

Mᵐᵉ de Villars, en somme, voulait commander
toujours, commander seule; seule elle voulait donner
le *mot d'ordre;* et, chargés d'aller porter de telles
propositions à un premier président, les échevins et
conseillers de ville, je le soupçonne, n'étaient guère à
leur aise. Ils lui disaient toutefois des choses faites
pour lui donner à penser : car tandis qu'à ses lettres
envoyées en cour, on avait répondu par la promesse
expresse de reconnaître son droit et de le faire respecter,
Villars, de son côté, expédiait à Rouen dépêches sur
dépêches pour assurer à la duchesse qu'elle aurait le
dessus, qu'il avait la parole du roi, et qu'il ne fallait
que tenir bon, ce qu'à la vérité elle faisait de son
mieux. Cependant, au milieu d'avis si divers, et obsédé
d'ailleurs par les échevins, qui ne craignaient rien
tant que Villars, et avaient reçu de ce duc des injonc-
tions menaçantes, M. de Frainville, perplexe, et de sa
nature un peu indécis, ne savait trop que penser et que

faire. Que fallait-il en cour, surtout les dames s'en mêlant, pour perdre la meilleure cause du monde! D'aller brusquement en avant, pour se voir contraint de reculer plus tard, n'était point de la prudence. Toujours donc il donnait à bas bruit son *mot d'ordre*, sans trop paraître se soucier de ce que pourrait faire Mme de Villars qui, très exacte elle-même à donner le sien, trouvait fort à redire que d'autres voulussent s'en ingérer aussi.

La duchesse, toutefois, avec le temps, avait paru se modérer un peu, s'indigner moins, écouter la raison, se résigner même à ce commandement en partage. Et quand, se radoucissant davantage de jour en jour, elle en vînt plus tard à parler de conciliation, que même le mot de *transaction* sortit une fois de sa bouche, la joie fut grande parmi les échevins et conseillers de la cité. De vrai, il y avait bien six semaines que cette affaire les tenait en cervelle, et que, chaque jour, ce n'avaient été, de leur part, qu'allées et venues de la duchesse au premier président, de ce magistrat à la duchesse, puis d'elle encore au premier président, sans jamais finir, sans surtout parvenir jamais à les contenter ni l'un ni l'autre, lorsqu'un jour pourtant M. de Frainville les vit revenir à lui tout joyeux, comme il semblait d'une ouverture qu'ils avaient eu charge de lui faire. Mme de Villars, tout bien considéré, allait reconnaître enfin le droit du Parlement, et cesser de commander à la force armée, mais à une condition toutefois dont rien (avait-elle dit) ne la ferait jamais démordre , c'est à savoir qu'un gentilhomme, envoyé par le premier président, viendrait à Saint-Ouen présenter officiellement à la duchesse les capitaines, lieutenants et enseignes des compagnies, la suppliant, en termes pressants, au nom de ce magistrat, de vouloir bien leur donner le *mot d'ordre;* qu'en effet elle le donnerait ce *mot,* et le donnerait seule, après s'en être quelque temps et vivement défendue, mais comme vaincue par les instances réitérées du premier président; encore voulait-elle que cette cérémonie eût lieu deux jours consécutifs avec apparat dans la grande galerie du manoir abbatial de Saint-Ouen, en présence des échevins et conseillers de ville, de tous les capitaines et autres officiers des arquebusiers, de la cinquantaine et de la garde bourgeoise, autant vaut dire de la ville tout entière; après quoi ces capitaines ne prendraient plus *l'ordre* que de la bouche du premier président tout seul, à qui désormais reviendrait le commandement des armes, sans partage, en l'absence des gouverneurs et lieutenants de roi.

Dès les premiers mots d'une capitulation si nouvelle, M. de Frainville s'était récrié bien haut, de telles avances allant, disait-il, à le ravaler et à compro-

mettre tout le Parlement avec lui. Puis la crainte de
quelque intrigue de cour, l'impatience de voir cesser
ces conflits de *mots d'ordre*, dont on faisait partout des
risées, surtout l'espoir de n'être plus tant visité des
échevins, uniquement appliqués depuis environ quarante jours à l'obséder sans relâche, la perspective
enfin de commander seul dans Rouen tout à l'heure
lui souriant fort, bientôt les étranges concessions
qu'on lui demandait commencèrent à lui déplaire un
peu moins; d'autant (notez ce point) que la duchesse
lui avait fait dire qu'elle les prendrait comme de pures
marques de *courtoisie* de sa part, et s'en expliquerait
ainsi publiquement en présence de tous. Bref il donna
les mains, et à Saint-Ouen eurent lieu, deux jours de
suite, les cérémonies désirées par Mme de Villars,
avec toute la solennité qu'il avait été convenu d'y
mettre. Pas n'est besoin de le dire : en une rencontre
de telle conséquence les compliments étaient réglés à
l'avance et les pas même avaient été comptés. Seule
donc, ces deux jours-là, la duchesse avait donné le
mot d'ordre; seule elle avait commandé les armes,
voulant, comme on disait au palais, jouer de son reste
et faire une honorable retraite. De longtemps, quoi
qu'il en soit, on ne l'avait vue si radieuse et si riante;
et chacun en fit la remarque. Au surplus, fidèle à sa
promesse, elle s'était vivement défendue de donner

l'ordre ; et cédant, à la fin, de bonne, grâce aux pressantes instances du gentilhomme de M. de Frainville, on l'avait entendue déclarer hautement « qu'elle était la très humble servante de M. le premier président et tenait à *courtoisie* l'honneur qu'il voulait bien lui faire. »

C'était, à la vérité, de la part de M. de Frainville, s'être montré bien *courtois*, même un peu plus que ne le portait l'ordonnance. Au surplus, dès le lendemain matin il en était déjà à battre sa coulpe, en lisant et relisant ses dépêches. Une lettre close du roi Louis XIII venait de lui arriver, la plus explicite que l'on pût voir et reconnaissant formellement au premier président le droit de commander seul les armes dans la ville, « *à l'exclusion* (disait le monarque) *de nostre cousine la duchesse de Villars.* » Certes il ne pouvait rien désirer de plus clair, et à ce coup, M. de Frainville gagnait pleinement sa cause. Mais il était bien temps en vérité, après avoir capitulé comme une place aux abois, après qu'au conspect de toute la ville, une femme avait commandé, quarante ou cinquante jours, malgré lui et avec lui, puis toute seule deux grands jours, de son aveu, à son instante prière, et avait librement et magnanimement déclaré ensuite qu'il ne lui convenait plus de commander désormais ! Mais qu'était-ce encore ? Les dépêches lues, voilà sur-

venir un page, aux couleurs de Villars–Brancas, à la
mine espiègle et railleuse, lequel, s'inclinant en tout
respect, annonce à M. de Frainville que la duchesse
l'a envoyé lui offrir ses civilités les plus humbles;
qu'au demeurant elle a quitté Rouen le matin de
bonne heure et doit en ce moment être bien près de
Louviers, s'il ne lui est point arrivé d'accident par les
chemins, ce dont Dieu l'a gardée, selon toute apparence; puis, à ce maître page de s'en aller sur cela, non
sans s'être profondément incliné de rechef, mais non
aussi (disons-le) sans sourire, de l'air d'un homme au
fait des choses et qui sait le fin mot d'une affaire.

Pour M. de Frainville, à cette heure, il s'invectivait
amèrement, et se serait, volontiers, battu lui-même. Il
n'y voyait, hélas! maintenant que trop clair, et connaissait, de reste, le jeu de l'opiniâtre et rusée duchesse.
Tant de douceur après tant de cris, cette soudaine et
amiable renonciation après de si tyranniques et si in-
traitables exigences, ce brusque départ, enfin, après
deux grands jours d'un si public et si éclatant triomphe,
le moyen désormais de s'y méprendre? A l'avance, la
maligne dame avait tout su ; c'était s'en apercevoir un
peu tard. Même la lettre close du roi, regardée de plus
près, se trouvait être déjà vieille d'une semaine tout au
moins, et (grâce à la duchesse) n'arriver à M. de Frainville qu'en un moment où autant lui eût valu un
compliment de bonne année.

A lui seul, de vérité, allait revenir maintenant le commandement des armes dans la ville, mais de par le roi, mais au bout de quarante jours de peine, mais après qu'une dame s'en était longuement éjouie tout à l'aise, de par la malice et ténacité du sexe féminin, de tout temps hostile au nôtre; après enfin que l'avisée duchesse s'en était allée, sans guère se soucier, je le soupçonne, qu'elle une fois partie, Rouen eût affaire au déluge. C'était pour se maudire et se désespérer sans mesure; aussi le premier président s'en acquittait-il de son mieux. Même tous les capitaines de la ville s'étant présentés en ce moment pour lui demander le *mot d'ordre*, il ne les aperçut seulement pas, tant il se promenait avec action dans sa galerie, tout entier, corps et âme, à sa déconvenue, sans plus songer au reste du monde! Bref les compagnies armées de la cité qui, six semaines durant, avaient reçu exactement chaque jour, de compte fait, deux *mots d'ordre*, étaient en voie de n'en avoir point du tout cette journée, sans la première présidente, Mme de Frainville, qui survint là bien à point, que vous en semble? Pour elle, voyant, d'une part, son mari soucieux et l'esprit aux champs, de l'autre, les capitaines et lieutenants dans l'attente, elle prit bravement son parti et se hasarda à tout évènement de leur donner le *mot d'ordre*, pour cette fois seulement, et sans tirer à conséquence. « *Ce que femme veut, Dieu le veut* », dit-elle gravement aux capitaines, qui s'inclinèrent humblement et sortirent aussitôt. *Ce que femme veut, Dieu le veut,* fut donc, dans Rouen, le *mot d'ordre* de la journée. C'était au fond le *mot d'ordre* dans cette ville depuis six grandes semaines. C'est hélas! celui du monde entier, de si longtemps qu'on ait mémoire ; il y sera en usage quelque temps encore, comme je conjecture. Qu'il soit donc aussi le dernier mot et la moralité de cette histoire.

ENCORE UN PROCÈS

ANECDOTE NORMANDE

Encore un Procès

ANECDOTE NORMANDE

———|———

N 1744, il n'était bruit, dans Rouen, que d'un grand procès en instance depuis plusieurs années au Parlement de Paris, mais qui, regardant notre cité, y préoccupa longtemps et vivement tous les esprits. Il s'agissait du testament fait en faveur de la ville par le docte et pieux abbé Le Gendre, Chanoine de Notre-Dame de Paris, auteur de nombre d'ouvrages d'histoire, dont plusieurs sont recherchés encore aujourd'hui.

Enfant de Rouen, Le Gendre, à son heure suprême, s'était souvenu de sa ville natale. Né pauvre, instruit par charité dans nos colléges, il avait toujours ressenti profondément un si grand bienfait, que son cœur le pressait de reconnaître. Il devait aux Lettres toute sa fortune; il la leur voulut rendre en les faisant ses héritières. Et, comme on s'étonnait, en France, qu'au milieu du XVIIIᵉ siècle, Rouen, une si grande ville (la ville de Corneille) n'eût point encore d'Académie, il lui avait légué, en mourant, ce qu'il fallait pour en établir une.

Que, sur cela, on n'eût cessé depuis dix ans de contester, de disputer, de plaider et d'écrire, vous l'allez aisément comprendre tout à l'heure. C'est qu'après la mort du savant et généreux chanoine, était venue s'abattre et fondre sur Paris une épaisse nuée de Le Gendre, réclamant à grands cris son riche et désirable héritage. Ils étaient tous Normands, assuraient-ils ; et, de vrai, ce point n'a jamais été contesté; mais, de plus, à les entendre, ils étaient tous très proches parents du défunt; et, à cet égard, on avait des scrupules. Tous ces Le Gendre, quoi qu'il en soit, criant bien haut à la spoliation, à la suggestion, à la captation, avaient attaqué le testament de l'abbé; si bien que, dix années durant, la grand'chambre du Parlement de Paris devait ne voir, n'entendre qu'eux, et, si elle les en eût voulu croire, n'aurait eu souci d'aucune autre affaire.

Mais, à Rouen, du moins, tous, d'un commun accord, devaient (supposerez-vous) désirer la *validation*
d'un legs si honorable pour le testateur, si avantageux
au pays. Il ne fallait, à la vérité, pour cela, que regarder
autour de soi; il ne fallait que se souvenir de ce
qu'avaient fait, de ce que faisaient chaque jour encore
pour la cité les modestes et laborieux habitués d'un
petit jardin, caché, pour ainsi dire, dans un recoin du
faubourg Bouvreuil; étroit réduit, fréquenté assidû-
ment par quelques hommes d'étude, auxquels il
appartenait en commun.

Ces réunions dataient déjà de loin. Là, d'abord, il
ne fut parlé que de plantes, d'arbres et de fleurs. Mais
aux botanistes s'étaient, bientôt, venu joindre de doctes
médecins, d'habiles opérateurs, des chimistes, des
physiciens, des astronomes. Puis, avec le temps, à
peine aurait-on su imaginer chose dont quelqu'un de
ces fervents travailleurs ne pût disertement parler. En
sorte que, chaque jour, maintenant, on s'occupait là,
avec bonheur et succès, de toutes matières touchant
aux Sciences, aux Lettres et aux Arts. Car les Arts, les
Lettres, invités dans la suite à ces sérieuses assemblées, étaient venus, de bonne grâce, en accroître
l'intérêt et le charme. Après avoir entendu un mémoire de Le Cat, de Tiphaigne de la Roche, on
aimait à contempler quelque belle esquisse de Descamps;

souvent, Cideville et son ami Formont y firent applaudir des vers heureux et faciles, de petits poèmes que Voltaire prisait, et que, même, il avait corrigés quelquefois. Or, n'était-ce pas là, pour Rouen, une Académie qu'il ne s'agissait plus que de reconnaître ; et que tardait-on de le faire ? A de tels hommes, sans doute, revenait de droit le legs de Le Gendre ; c'était bien à eux, à eux seuls assurément, qu'en testant il avait songé, et, enfin, pour que Rouen eût une Académie, que restait-il que de gagner le malencontreux et interminable procès de Paris ?

Ce procès, l'Hôtel-de-Ville de Rouen l'avait vivement pris à cœur. Même, deux Échevins, envoyés exprès à Paris, tenant tête aux Le Gendre, y protégeaient avec ardeur la cause des Lettres ; et n'était-ce pas là faire encore les affaires de la cité ? — Mais, longtemps avant eux, était arrivé le conseiller Cideville (l'une des gloires du Parlement de Normandie), homme plein de dévoûment et d'ardeur, qui, en une telle rencontre, ne s'épargnait pas, on peut le croire ; Cideville, le confrère, l'ami, le député des doctes habitués du petit jardin de Bouvreuil ; magistrat ami des Lettres, qu'il cultivait avec amour et succès ; estimé de Fontenelle ; cher à Voltaire ; ajoutons : le plus serviable de tous les mortels, « *un homme se levant chaque jour,* « *à quatre heures du matin, pour les affaires des*

« *autres*. » (Voltaire, lui-même, nous en a laissé ce
portrait, qui fera toujours aimer sa mémoire.) Ici, du
reste, ce n'eût pas été pour lui le cas de dormir ; ces
affamés et âpres Le Gendre, tous debout, chaque jour,
de grand matin, assiégeaient, dès l'aube, avocats, procureurs, présidents et juges. Ce nom de Le Gendre,
cette parenté dont ils faisaient grand bruit, avaient pu
leur concilier la faveur. Et puis, de longues et obscures
clauses du testament de l'abbé semblaient (disait-on)
d'une exécution impossible. En somme, la cause de
Rouen paraissait bien aventurée, déjà perdue, autant
vaut dire ; et la décision, cependant, ne pouvait plus
se faire attendre longtemps.

Dans de telles circonstances, les dernières lettres de
Cideville à ses doctes amis de Rouen avaient été courtes
et tristes ; aussi, tout était-il en émoi, depuis quelque
temps, au petit jardin de Bouvreuil. Nos savants,
éperdus, laissant là, dans leur anxiété, plantes, ana-
lyses, prose, vers, compas et lunettes, n'avaient plus
aujourd'hui l'esprit qu'à la procédure ; la procédure
(ai-je dit) qui, elle aussi, est bien une science, si vous
le voulez, et même une science des plus vastes et des
plus fécondes, mais dont il paraît que ces messieurs
parlaient tous très peu pertinemment, n'en ayant pas
fait peut-être une étude assez approfondie jusqu'à
cette heure.

Chaque jour, au reste, leur étaient prodigués, en toutes rencontres, de touchants témoignages de sympathie. Le Parlement, la Chambre des comptes, le Barreau, le Chapitre, les Notabilités du négoce s'étaient, tout d'abord, déclarés en leur faveur, et n'avaient cessé de faire hautement des vœux pour l'heureuse issue de l'interminable procès.

Faut-il l'avouer, néanmoins, et le voudra-t-on croire ? hélas ! ce n'était point là, dans Rouen, le sentiment de tous. Il m'en coûte assurément de le dire; peut-être ferais-je mieux de me taire; mais est-il permis, après tout, de rien dissimuler dans une histoire ! Disons donc, puisque la vérité nous y contraint, disons qu'il y avait alors dans notre cité quelques bonnes âmes peu favorables aux Sciences, aux Arts, à la Littérature, si même elles ne leur avaient pas voué une implacable haine. Or, le péril imminent que couraient, dans la conjoncture, ces choses, objet de leur aversion profonde, était pour elles, sachez-le, une consolation sensible, j'ai presque dit une ineffable douceur. Et, de vrai, rarement verrez-vous un ignorant prendre en gré celui qui s'évertue avec ardeur pour cesser de l'être. Le paresseux hait le travail (c'est chose qui va toute seule) ; mais, avec le travail, il hait parfois aussi le travailleur, et s'appliquera alors à le poursuivre, à le traverser de tout son pouvoir.

Bref, le legs du bon chanoine de Paris avait cha-
griné, dans Rouen, et même scandalisé (pouvons-nous
dire) tous ceux qui faisaient profession un peu décla-
rée de haïr sincèrement, et de tout leur cœur les livres,
les arts et les travaux de l'esprit. « *Eh quoi !* (disaient-
ils), *ne nous sommes-nous pas bien passés jusqu'ici
d'une Académie ? Et puis, fallait-il déshériter ainsi
toute une famille ? Un prêtre, un chanoine en user
de la sorte ! Et cela pour établir des Jeux floraux,
des Jeux olympiques, et je ne sais quels autres jeux
encore, dont on n'avait jamais entendu parler avant
lui ! Sacrifier, pour ce beau dessein, onze cents
bonnes livres de rentes ! Et ces Messieurs de l'Hôtel-
de-Ville, cependant, accueillant de pareilles bille-
vesées, destinent tout cet argent à ces dix ou douze
songe-creux du petit jardin de Bouvreuil ! L'avantageux placement, n'est-il pas vrai ? Mais, patience ;
les parents ont fait du bruit ; la justice est là ; et
comptez que nous verrons beau jeu, sous peu de
jours.* »

Ainsi devisaient, chaque soir, à la *Bourse découverte*, de vieux patriarches, habitants de père en fils
de la rue de l'*Estrade*, de celle des *Roquois*, et autres
régions circonvoisines ; tous ignorants comme des
enfants nouveaux-nés ; tous ennemis, et ennemis
irréconciliables, non pas seulement de l'étude, mais

aussi de quiconque ils auraient soupçonné de l'aimer, si peu que ce pût être; ayant, au surplus, médité Barême et le pratiquant encore chaque jour, non même sans quelque succès ; mais, d'un commun accord, ils avaient dès longtemps mis à l'*index*, comme entièrement superflus, tous autres livres, quel qu'en fut le titre, et de quoi qu'il s'y pût agir, assez hommes de bien, au demeurant, bons compagnons même, aimant la joie, le mot pour rire, et attirés, tous, insensiblement, avec le temps, les uns vers les autres, par une entière conformité d'humeurs, d'inclinations, d'antipathies, qui, à la longue, avait établi entre eux l'union la plus étroite et la plus touchante.

Que le procès de Paris, au point où vous le voyiez tout-à-l'heure, allât entièrement au gré de ces bons amis, est-il besoin de vous le dire? Les dernières nouvelles surtout les avaient comblés. Tout annonçait que M. de Cideville en serait pour ses frais de voyage et de séjour. Mais aussi, qu'était-il allé faire à Paris, surtout son grand ami, M. de Voltaire, n'y étant pas, et n'y devant même, assurait-on, revenir de longtemps! Quant à M. de Fontenelle, qu'en attendre, âgé comme il était, et valétudinaire! Peu enthousiaste, d'ailleurs, et payant peu de grands mots et de manières, le philosophe avait tranquillement promis à M. de

Cideville « *les secours qui ne demanderaient pas de mouvement.* » N'était-ce pas lui avoir conseillé, en termes assez clairs, de ne rien espérer de lui ? Et, sur cela, Messieurs de la *Bourse découverte* entrant en joie, il les faisait beau voir et entendre (croyez-le), bravant, raillant, faisant rage ; enfin, tombant sus, sans pitié aucune, à toutes les Académies et Sociétés savantes de la France et de l'étranger.

Un jour, cependant, au plus fort de leurs ébats, joyeux devis et bruyants éclats de rire, voilà qu'ont retenti, soudain, à leurs oreilles, trois mots qui les pénètrent d'effroi ; trois mots sinistres, que vient de leur jeter brusquement une voix, hélas ! bien connue d'eux tous, une voix amie, sincère, et ayant parmi eux pleine créance. « *Tout est perdu* a dit cette voix, *perdu sans ressource.* » C'était un des leurs, maître Lasnon, vieux procureur au Parlement, fervent praticien, ne connaissant au monde d'autre livre que le *Style du Châtelet*, et même, disait-on, ne le sachant lire qu'à grand peine ; du reste, ancien et très digne compagnon de tous ces Messieurs, dont il dirigeait de son mieux les affaires. Pâle, essoufflé, aux abois, Lasnon était accouru leur annoncer en hâte les scènes affligeantes dont il venait d'être témoin au palais. « *Et comment cela, tout perdu ?* s'étaient-ils écriés aussitôt, *M. de Cideville*

aurait-il donc écrit depuis peu ? » — « *M. de Cide-*
ville ! répond Lasnon avec humeur, *et vous ne*
savez donc pas qu'il arriva ici, hier soir, en poste,
gagnant ainsi deux grandes journées sur le Carosse
de voiture ? » — « *Mais enfin* (objectaient-ils), *ce procès*
ne peut être jugé encore ? » — « Le procès? perdu,
vous dis-je; ou gagné (si vous l'aimez mieux ainsi),
gagné donc, et même avec dépens, mais pour ces
Messieurs du petit jardin. — Le legs de cet abbé,
validé de tous points ! »— « *Mais cependant*, reprenait-
on, *les droits des parents......* » — « Eh ! les parents,
les parents ne sont point des parents (à ce qu'on a
décidé là-bas) ; ces Le Gendre n'étaient rien, à ce qu'il
paraît, au feu chanoine de Paris ; M. de Cideville se
vante ici de les avoir démasqués. » — « *Bon !* reprit
un de la bande; *mais, tant qu'il n'y aura point de*
lettres patentes... » — « Eh ! interrompit Lasnon,
les lettres patentes ; c'est bien là vraiment le pis de
l'affaire. Sachez donc que M. de Cideville les apporta
hier soir de Paris, scellées du grand sceau, en due
forme ; et tenez, ils viennent tout présentement de
les enregistrer à la Grand'chambre : j'y étais ; vous me
voudrez bien croire ! De longtemps on n'avait vu tant
d'apprêts : discours de l'avocat-général, en requérant,
avec louanges à ne pas finir; compliment du premier
président en prononçant l'arrêt ; et tous, sur cela,

d'applaudir jusqu'au scandale; puis, une affluence dans la *Grande salle,* pour les voir sortir de la Chambre dorée; et de là, les échevins, avec Messieurs les *vingt-quatre,* nè sont-ils pas allés en cérémonie les installer à l'Hôtel-de-Ville, dans une salle disposée exprès, où il seront comme chez eux! Mais j'oubliais que cette Académie donnera des prix; M. le duc de Luxembourg en prend sur lui la dépense. C'est pourtant M. de Fontenelle qui a mené à fin cette grande affaire, et sans bouger, seulement, de son fauteuil? Eussiez-vous jamais pensé cela de lui? Un homme de cet âge, et qui semble n'avoir pas le souffle! Mais qu'est-ce encore? Il leur a rédigé des réglements, des statuts! Que vous dirai-je? Il est membre de leur Académie, *associé* (comme il appellent cela!) Et, quant à M. de Voltaire, ne voilà-t-il pas qu'il était aussi de la partie? On montre par la ville des emblêmes, des devises qu'il a composés pour eux; une Diane, je crois, ou, selon d'autres, un temple à trois portes, avec des vers latins; on ne sait ce qu'il a voulu dire; et, par dessus tout cela, des vers, des compliments à leur tourner la tête à tous! Mais quoi, vous ne m'écoutez plus!» — Atterrés, il est vrai, par ce récit, et comme étourdis sous le coup, Messieurs de la *Bourse découverte* s'allaient séparer sans rien dire. — « *Mais attendez donc !* leur criait Lasnon, *ils n'en sont,*

peut-être, pas encore où ils pensent. Ignorez-vous
donc ce qu'on dit : que M. Descamps, cet habile
peintre s'en va ces jours-ci en Angleterre pour y
demeurer toujours? M. Le Cat, de son côté, a reçu,
de Paris des propositions magnifiques; en voilà déjà
deux qui vont tout laisser là. Quant à M. de Cide-
ville, croyez-moi, je le vis toujours s'ennuyer au
palais; qu'on lui donne des lettres d'honoraire, il
s'en va aussi : et de trois. D'autres, soyez en sûrs,
ne tarderont guère à les suivre; et le chapelet se
défilant ainsi...... D'ailleurs, on se raille par la
ville de cette Académie; il a circulé des vers, des
couplets, des épigrammes; et vous savez... le ridi-
cule... Allons, allons, après la pluie, le beau temps;
il ne faut pas ainsi jeter le manche après la cognée. »
— Mais, hélas! c'étaient paroles perdues; tous ces
Messieurs, secouant la tête, sortirent soucieux et son-
geurs, n'envisageant plus pour eux, dans l'avenir,
qu'affronts, mortifications, sensibles déboires; et, de
vrai, ils n'étaient pas au bout de leurs peines.

C'était fête, au contraire, maintenant, fête chaque
jour et fête à jamais parmi nos fortunés savants du
petit jardin Bouvreuil. Là, désormais, plus de chagrin,
plus de procès..., et partant plus de procédure; mais,
en revanche, force dissertations, force mémoires; des
vers, des discours à perte d'haleine; car ne fallait-il

pas regagner le temps perdu ? Du reste, à peine les
vit-on reconnus avec tant d'éclat, qu'aussitôt s'était
venu joindre à eux tout ce qui, dans notre ville, était
désireux de travailler, de s'instruire et de bien faire.
Les rieurs, bientôt, les rieurs, eux aussi, en ayant
voulu être, y furent reçus de bonne grâce sous la
seule condition d'être sages. Puis, ainsi en nombre,
encouragés, unis et forts, anciens, nouveaux, s'étaient
mis ensemble à l'ouvrage avec ardeur. Le Cat, en
dépit des sinistres prédictions, était demeuré à Rouen,
le Parlement ne l'ayant point voulu laisser partir. Le
peintre Descamps, regretté à Paris, sollicité par l'Angleterre, mais retenu dans nos murs par Cideville,
créa alors parmi nous une école dont on parle
encore avec estime. Il écrivait en même temps l'*Histoire des célèbres peintres flamands*, riche et intéres-
sante galerie, où, lui-même, devait un jour figurer
avec honneur.

Les Muses, maintenant, avaient un temple dans
notre ville, et leur culte parmi nous ne devait plus
cesser jamais. L'Académie, dans ses séances solennelles,
décerna des palmes, vivement disputées, enviées au loin.
Plusieurs illustres dont le monde savant devait à
bon droit s'enorgueillir un jour, virent alors l'Académie de Rouen encourager leurs premiers pas,
récompenser leurs premiers efforts. Ici, nos fortunés

devanciers, nos pères (ce mot me plaît mieux), nos
pères, donc ont donné des couronnes à Gaillard, pour
avoir dignement loué notre grand Corneille ; à La
Harpe, qui avait célébré en de beaux et nobles vers
les Chevaliers normands et leurs merveilleux exploits
dans la Sicile ; à une jeune femme, née dans notre
ville, madame Du Bocage, que la France et l'Italie
devaient plus tard honorer à l'envi.

Tout cela, dans le temps, fit bruit plus qu'il ne nous
appartient de le dire. Fontenelle, le centenaire, était
vraiment fier de son ouvrage et heureux de son titre
d'associé, « *titre après lequel*, écrivait-il à nos pères,
je n'en prévois ni n'en désire plus d'autres. »

De Ferney, Voltaire avait applaudi aux généreux
efforts de l'Académie, aux triomphes de nos lauréats,
dont il prophétisa les brillantes destinées, aux doctes
mémoires de Le Cat, aux poésies de Formont, à celles
de Cideville. « Il ne se faisait plus de bons vers qu'à
Rouen, écrivait-il. Je viens d'en recevoir qui auraient
fait honneur à Sarrasin et à l'abbé de Chaulieu. Mais
pourquoi donc n'avez-vous point de mois de mai en
Normandie ? Si Rouen avait d'aussi beaux jours que
de bons esprits, je vous avoue que je voudrais m'y
fixer. » — C'étaient là, croyez-le, de vives et intimes
joies pour ce qui restait encore alors des anciens et
rares habitués du petit jardin de Bouvreuil. Au reste,

cet étroit réduit n'aurait pu désormais suffire à tant
de plantes, à tant d'arbres et d'arbustes, apportés
chaque jour, à grands frais, de loin; et, alors, le
Conseil de ville donna, spontanément, à l'Académie
un plus vaste emplacement auprès du *Cours Dauphin;*
sacrifiant avec joie les revenus qu'on en avait tirés
jusqu'à ce jour. Bienfait signalé, dont nos pères vou-
lurent perpétuer le souvenir par un usage singulier et
touchant, qu'attestent les vieux mémoriaux de nos
Archives. Chaque année, à un jour fixé, dans la
grande salle de l'Hôtel-de-Ville, le maire, les échevins
et MM. du Conseil des *vingt-quatre* étant tous là en
séance, on annonçait une députation de l'Académie,
introduite aussitôt avec honneur. Alors, était apporté
en cérémonie, et déposé sur le bureau, un vase somptueux, rempli de fleurs belles et rares, du milieu
desquelles s'élançait un ananas, le plus mûr, le plus
beau qu'on pût voir. C'étaient d'exquises productions
du nouveau jardin de l'Académie, offertes par elle
en tribut aux bienveillants magistrats de la cité.
L'Académie remerciait la ville de ses bontés; la ville
promettait de les lui continuer toujours.

Que, toutefois, cette généreuse concession de terrain,
cette redevance de fleurs, ces cérémonies, ces compliments, tout ce bruit pour des vers, pour de la prose,
eussent été pris en gré à la *Bourse découverte,* je vous

le dirais, qu'avec quelque raison vous feriez difficulté
de le croire. Toutes choses, quoi qu'il en soit, devaient
désormais tourner à bien pour cette studieuse compagnie que, naguère, on avait voulu empêcher d'être.
Elle était consultée souvent et toujours avec fruit.
Ainsi, plusieurs de nos édifices publics furent ornés
d'inscriptions qu'on lui avait demandées; seulement
ces inscriptions étaient en langue latine; ce qui, dé-
plaisant outre mesure à MM. de la *Bourse découverte*, leur avait été une favorable occasion de fronder
et gémir sur nouveaux frais. Tant, néanmoins, qu'ils
n'en virent mettre qu'au grand Jardin de Botanique
et même à la Douane (quoique déjà si proche d'eux),
ils avaient paru prendre patience, non, cependant,
sans murmurer quelquefois. Mais, un jour, comme ils
arrivaient à la *Bourse découverte*, quel spectacle
inopiné s'offrit tout-à-coup à leurs yeux! Un immense Méridien venait d'y être posé, tout à l'heure,
en lieu très apparent, avec une longue inscription
(encore en latin, hélas!) qu'ils jugèrent tous cacher
un profond mystère. Il faut renoncer à peindre, en
une telle rencontre, leur étonnement, leur indignation
et leur colère. Ce ne pouvait être (pensèrent-ils unanimement) qu'une noire vengeance de l'Académie, qui,
sachant bien qu'ils ne l'avaient jamais aimée, venait
les braver, les insulter jusque dans leurs foyers. Au

reste, ce latin (selon ce que conjectura maître Lasnon),
devant de toute nécessité être injurieux pour eux, et,
de plus, attentoire à leur honneur, c'était le cas d'une
prompte action en justice; sur quoi il importait
(disait-il(de consulter sans retard. Tous donc étaient
sortis à l'heure même outrés, courroucés et menaçants.
Que leur dirent, cependant, deux ou trois sages avocats,
qu'ils étaient allés visiter tous ensemble ? c'est ce qu'on
n'a jamais pu précisément savoir. Seulement, quoi que
maître Lasnon voulût dire, on n'assigna point l'Académie. Plaider est toujours chose scabreuse; et, dans
cette affaire du testament, il y avait eu pour eux tant
de mécompte! c'était à dégoûter pour longtemps des
procès ! — Du reste, à dater de ce temps-là, on ne les
vit plus si rieurs ni si badins qu'autrefois. Moins
favorables que jamais (vous le pouvez bien croire) aux
sciences, aux arts, aux lettres, ils s'abstenaient, quoi
qu'il en soit, d'en parler (tout haut du moins) ; mais
surtout de regarder cette mystérieuse inscription qui
naguère leur avait fait tant de mal, qui, aujourd'hui
même, les préoccupait encore, et devait, hélas! les
offusquer toujours.

Pour l'Académie, après avoir ainsi glorieusement
triomphé de tant d'ennemis du dehors et du dedans,
libre, désormais, de tous autres soins, elle s'évertuait
de plus en plus et faisait de son mieux. Toujours,

donc, et plus que jamais, il y fut lu des vers, de la prose, des dissertations et des mémoires; toujours il y fut décerné des prix, rédigé des Inscriptions (et, encore, en langue latine, quoique certains esprits chagrins en eussent pu dire); toujours, enfin, on y écrivait, on y discourait, on y délibérait; — même, si je suis bien informé, on y riait, aussi, quelquefois.

N.-D. DE BONSECOURS

ANECDOTE NORMANDE

Notre-Dame de Bonsecours

ANECDOTE NORMANDE

—×—

 peu de distance de Rouen, au sommet d'une des montagnes qui dominent cette grande ville, du côté du levant, les Anciens avaient bâti une petite église où, depuis des siècles, nos pères sont venus prier ; où Corneille, prompt à s'humilier après chacun de ses chefs-d'œuvre, allait rendre à l'*Esprit créateur* la gloire qu'il reconnaissait hautement ne tenir que de lui. Là, et de notre cité pleine de foi, et de toute la province, au loin, affluaient chaque jour des malheu-

20

reux qui s'y étaient traînés pour demander; des heureux qui y étaient accourus pour rendre grâce; des
matelots échappés au naufrage; des infirmes guéris;
un estropié à qui Dieu avait dit : *marche ;* des mères,
dont le nouveau-né, dont la fille chérie avaient failli
mourir; des mères encore, auxquelles des fils prodi-
gues étaient revenus de bien loin ; et tous, à l'envi,
prosternés dans la modeste église, s'y épanchaient en
ferventes prières, dont il fallait que beaucoup se fussent bien trouvés; car, au nom de *Blosseville,* porté
durant des siècles par ce village, avait avec le temps
succédé celui de *Bon-Secours,* qui devait prévaloir
à la longue, tant il convenait désormais à un lieu
où Dieu, invoqué par l'homme, lui était si souvent et
si manifestement venu en aide !

Aussi, en quelque endroit du vieux temple qu'on
jetât les yeux, partout apparaissaient, ou suspendus
aux voûtes, ou fixés sur les murailles, des *ex-voto,* les
uns peints, les autres en relief, témoignages de gratitude, touchants mémoriaux de bienfaits reçus; des
petits navires, tout semblables (croyait-on) à ceux où
des marins en danger avaient failli périr; des jambes,
des bras de cire, images telles quelles des membres
malades auxquels avaient été rendus la vie, l'agilité, la
vigueur; des lits d'où se levaient, faibles et amaigris,
mais sauvés, un père, une sœur qu'on avait pensé

perdre. Imitations imparfaites, grossières ébauches, mais sincères et naïves actions de grâces, dont Dieu assurément ne tenait pas moins de compte que des plus insignes chefs-d'œuvre de l'art.

Cette église, debout encore aujourd'hui après tant de siècles, mais vieille, décrépite, tombant de vétusté et qui ne sera plus tout-à-l'heure, combien elle a vu de générations agenouillées sous ses voûtes qui s'affaissent; combien de cœurs s'y sont épanchés; que de secrets vont périr avec elle; que de grâces elle vit octroyer, de faits merveilleux s'accomplir! Si les hommes pouvaient en douter, ses pierres, oui, ses pierres en rendraient témoignage avant de se disjoindre et de tomber en poussière! Or, de tant d'histoires, innombrables comme les étoiles du ciel, il me tardait de vous en redire une, que m'ont racontée les vieillards.

A Rouen, donc, en 1772, sur la paroisse Saint-Laurent,[1] vivait, révérée et chère à tous, une noble femme âgée de quatre-vingt-six ans, l'honneur d'un sexe, l'admiration de l'autre, haute et puissante dame Marie-Suzanne Robert, veuve de messire Henri Du Quesne de Brothonne, qui, naguère, comme ses aïeux, avait siégé au parlement de Normandie avec honneur; une

[1] Rue de l'Écureuil, dans la maison qui porte aujourd'hui le nᵒ 15, et dont M. Portal, avoué, occupe une partie.

de ces femmes douées d'un naturel exquis, fécondé
par une éducation chrétienne, sérieuse et forte, mais
dont aussi la vieillesse florissante n'était qu'esprit,
bonté, sagesse, support, conseil ; charité qui secourt
sans humilier; lumière qui éclaire sans blesser jamais.
Environnée de fils, de petits-fils, des enfants de ses
petits-enfants, tous meilleurs par elle, *tous tendres et*
empressés autour d'elle, la digne femme s'avançait
heureuse, au milieu des hommages d'une grande ville,
qui lui portait amour et respect, et qui, la voyant si
ferme en un si grand âge, souriait à l'espoir de la
posséder longtemps encore, lorsqu'un matin retentit
tout-à-coup dans Rouen la nouvelle du crime le plus
horrible et le plus inattendu qu'on y eût vu de
mémoire d'homme. Nul, d'abord, ne le voulait croire;
et une multitude éperdue, envahissant l'hôtel de
Brothonne, quand elle vit *la bonne dame* (comme on
l'appelait) sanglante, mutilée sur son lit de mort, se
prit à crier, à pleurer *la mère des pauvres*. Car les
pauvres, venus là en foule, l'appelaient tous ainsi à
l'envi, trahissant, dans leur détresse, dans leur désespoir, l'impénétrable secret de la défunte. Puis, dans la
haute tour de Saint-Laurent, le glas faisant entendre
ses sons lents et plaintifs, eurent lieu en grande pompe
les tristes funérailles, où toute la ville en foule s'était
portée ; où, avec les trois générations des Brothonne,

pleurait cette autre et immense famille de la morte, que son inépuisable charité lui avait donnée.

Mais chez tous l'indignation s'exhalant avec la douleur, « quel monstre (se demandait-on) a pu abréger une vie si chère et envier à une vieillesse si avancée le peu de jours qui devait lui rester encore ? » Deux hommes, deux femmes, attachés au service de madame de Brothonne, la pleuraient, se lamentaient à l'envi de sa famille ; et il fallait que ces quatre serviteurs eussent bon renom dans la ville, pour qu'en une telle perturbation, en un si violent déchainement de tant d'esprits émus, de tant de cœurs remplis d'horreur et de colère, aucune voix ne se fût élevée contre eux. Le moyen, au reste, d'imputer la mort d'une telle femme à qui avait vécu près d'elle, à qui avait pu la connaître, à qui seulement avait pu la voir ! Après donc que ces quatre serviteurs avaient été si longtemps heureux par leur bonne maitresse, sa mémoire les prottgeait encore, aujourd'hui qu'elle était dans la tombe !

Qui, cependant, pouvait avoir consommé un attentat si noir ? C'était le cri de toute cette grande ville, le cri de la justice indignée, qui, laissant là aussitôt tout autre soin, pour poursuivre le coupable, déployant une activité, une énergie d'investigation qu'on ne lui avait vues jamais, veillait, cherchait, s'enquérait, interrogeait incessamment, s'évertuant tout le

jour, et ne se reposant pas la nuit, sans toutefois, pouvoir obtenir le plus faible résultat.

C'était au temps du *Conseil supérieur*, qui, succé-
dant avec défaveur à l'antique et regretté Parlement de
Normandie, qu'avait anéanti Maupeou, aurait voulu,
par quelque action signalée, se concilier les sympathies
que tous lui déniaient à l'envi, et, par l'éclatant
déploiement d'une juste rigueur, contraindre enfin
au sérieux et au respect un monde passionné, mépri-
sant et railleur, auquel, depuis un an, il avait servi
chaque jour de jouet et de risée.

La justice, donc, veillait, interrogeait, épiait autour
d'elle, promenant avidement çà et là ses pénétrants
et soupçonneux regards. Au bailliage, au palais, dans
la ville, on n'entendait plus que sa voix formidable;
elle retentissait jusque dans les églises ; dans toutes, du
haut de la chaire, par la bouche du prêtre, elle conviait
à révélation, sous des peines redoutables, tout mortel
pouvant avoir quelque notion, si légère qu'elle fût,
sur un crime que tous détestaient, dont il tardait de
connaître enfin l'exécrable auteur. Et, à cette voix
menaçante de la Justice et de l'Église, à ces appels qui
avaient retenti au loin avec éclat, avec empire, ne
répondant toujours qu'un universel et profond silence,
après que, soixante-dix jours durant, on se fut épuisé
en inquiètes et inutiles recherches, si la Justice, éper-

due et frémissante, s'exaspérant à la fin, prête à soupçonner tout le monde aujourd'hui, et à tout croire, en
revint à ces quatre serviteurs si longtemps épargnés,
et arrêta sur eux ses sinistres et inexorables regards,
qui pourrait en être surpris ; le crime, d'ailleurs,
mieux su maintenant dans ses détails, décelant de
vieilles habitudes dans l'hôtel de Brothonne, la parfaite connaissance des aîtres, et trahissant, en un mot,
des hommes qui avaient ou habité, ou fréquenté souvent les lieux théâtre de cette sanglante et lamentable
tragédie : Donc, Jacques et Nicolas Poyer, Marie Sur-
val, Anne Mausire, cessez ces pleurs et ces cris, auxquels on ne croira plus désormais. La Justice, en
défiance de vous, vous appelle à sa barre ; on vous
attend demain, tous quatre, à la Tournelle ; et déjà,
tous quatre, vous êtes perdus, autant vaut dire. Car,
voyez, tous maintenant vous soupçonnent ; beaucoup
vous accusent ; et, dans tout ce monde, s'élève-t-il une
voix, une seule, pour vous défendre ? Hélas ! il n'était
que trop vrai. L'opinion, à la fin, ayant tourné, on
maudissait maintenant ces quatre malheureux, épargnés d'abord ; et en vain cherchaient-ils angoisseu-
sement autour d'eux qui les daignât croire encore et
leur voulût venir en aide. A droite, à gauche, de
toutes parts, ce n'étaient que murmures accusateurs,
que regards irrités ou défiants qui se détournaient

à leur aspect ; plus de sympathies, plus de confiance, plus de pitié même ; la patience humaine était à bout; car, n'était-ce pas (disait-on) avoir trop différé l'expiation d'un si grand crime ? Maintenant, il fallait sévir ; le monde attendait, le Conseil supérieur avait hâte ; et malheur à qui serait accusé seulement ! Le soupçon ne faisait que de poindre, et déjà le bourreau faisait ses apprêts.

Cependant, en un si désespérant abandon du monde, dans ce décri universel, du fond de cet abîme de douleur et de détresse, les quatre malheureux éplorés s'étaient tout-à-coup souvenus de Dieu ; et, en ce jour qui leur était laissé encore ; en ce jour, le dernier de leur liberté, de leur vie peut-être, sans plus s'épuiser, maintenant, en protestations que le monde n'écoutait pas, invoquant le seul témoin dont les souvenirs soient certains, le seul juge à qui il soit donné de ne se tromper jamais : « Éclaircissez, ô mon Dieu ! (criaient-ils) éclaircissez cet horrible mystère ; révélez les secrets de cette chambre mortuaire et de cette nuit funeste. Mon Dieu, vous étiez là ; dites donc, par grâce, oh ! dites si vous nous y avez vu ! » C'était le *huit décembre*, jour consacré spécialement à Marie ; solennité chère depuis des siècles à notre Normandie, au point qu'on l'appelait la *Fête aux Normands* et que, dans les *Palinods*, à Rouen, à Caen, à Dieppe, toujours avaient

eu lieu, ce jour-là, en grande pompe, des jeux poé-
tiques, où, en présence d'une multitude pieuse et
lettrée, accourue en hâte, de toutes parts, des vers
étaient récités et couronnés en l'honneur de la fête, au
bruit des acclamations et des fanfares. Mais, qu'est-ce
que tout cela auprès de la foi des simples, de la foi des
humbles, de la foi des malheureux, invoquant avec
ferveur et espoir celle que, dans des prières apprises
dès l'enfance, ils appelèrent toujours *la Consolatrice
de l'homme en peine?* Nos quatre affligés, donc, y
recourant, dans cet abandon du monde, en ce jour
dédié à Marie, Notre-Dame de *Bon-Secours* les vit
tous quatre, dans son vieux temple, prosternés, pleurant, criant vers Dieu, du fond de l'abîme; ils y
étaient allés nu-pieds, à jeun, en pleurs; et ainsi en
devaient-ils revenir; surveillés, au reste, et gardés de
près par des cavaliers de la maréchaussée, qui les
avaient suivis au départ, et qu'à leur retour ils
voyaient les épier avec plus de rigueur encore; tant,
d'instant en instant, le nuage devenait épais et noir sur
leurs têtes, tant était prêt à éclater l'orage; tant
enfin, leur perte était imminente, inévitable désormais!
Arrivés au bas de la montagne, près de l'église Saint-
Paul, de grands cris se faisant entendre tout-à-coup,
puis une multitude bruyante se hâtant au devant
d'eux, en poussant mille cris confus, et ne restant plus

à ces quatre infortunés que d'appeler à leur secours ce peu de force qu'en haut la prière leur avait donnée, déjà ils récitaient ces autres prières suprêmes et déses-pérées, à l'usage des chrétiens qui vont mourir. Mais ô merveille! ce peuple, ces cris, dont ils se sont fait peur, c'était le signal de leur inespérée délivrance; l'assassin est enfin découvert; c'est Louis Gohé; il a confessé son crime; il explique tout, et reconnaît n'a-voir pas eu de complices. Louis Gohé! A ce nom, les quatre malheureux, si inopinément arrachés à l'écha-faud, et que, seule, semblait pouvoir toucher en ce moment une transition si miraculeuse de la mort à la vie, à ce nom trop connu d'eux, vous les eussiez vus tomber anéantis de surprise et d'horreur. Louis Gohé! lui, l'assassin de cette vieille dame qui, en tout temps, s'y était fiée, et, en tout temps, l'avait comblé de bontés; lui, toujours bien venu chez elle; lui, de la maison presque autant qu'eux-mêmes; lui, d'ailleurs, pourvu, grâce encore à sa malheureuse victime, d'une profession qui lui permettait de vivre à l'aise! D'abord ils refusaient de le croire. Comment, toutefois, résister à des preuves plus éclatantes que le soleil? Qu'on imagine surtout l'horreur des juges, en apprenant, de Gohé lui-même, que longtemps il avait nourri en son cœur un dessein si noir; que, déjà, cinq mois auparavant, entrant de nuit dans la chambre de sa bienfaitrice, pour prendre son or, mais voyant les clés sous le chevet de la vieille femme endormie, et ne les pouvant avoir qu'en la faisant mourir, il s'était enfui, plein d'horreur! Mais, quelque temps après, dans l'ivresse, dans l'étourdissement d'une vie désordonnée, perdu de dettes et à bout d'expédients, cette même chambre l'avait revu, la nuit encore, mais aguerri cette fois, résolu, impitoyable, atroce, frappant, mutilant, égorgeant sa bienfaitrice, se saisissant des clés, se ruant sur cet or, objet de ses effrénés désirs ; puis, le crime consommé, mettant le feu, dans la cour, à un amas de bois entassé sous la chambre, voyant naître un incendie prêt (comme il crut) à anéantir toute trace de son exécrable action, mais qui, presque aussitôt, allait s'éteindre de lui-même, le monstre avait fui, emportant de l'or, des pierreries, des flambeaux d'argent, surtout, qui le devaient trahir ; car, aujourd'hui même, les voulant vendre à un orfèvre, qui, tout d'abord, y aperçut le *lion de sable sur champ d'azur* des Du Quesne de Brothonne, à ce signe accusateur, avait aussitôt été reconnu, saisi, interrogé, jugé le coupable, qui, éperdu, confessa tout le crime. A la torture, il en allait confesser bien d'autres encore ; et, en l'entendant déclarer, dans son *testament de mort*, quels vols nombreux et notables il avait dès longtemps commis, sans avoir été soupçonné un seul ins-

tant, on put comprendre alors combien âpres, insatiables et tyranniques sont toujours les passions
mauvaises, combien infatigables à creuser sans cesse
un abîme sans fond, que rien ne saurait combler
jamais, et qui jamais ne dira : « C'est assez. » Au reste,
l'assassin lui-même le devait bien apprendre, du haut
de l'échafaud, au peuple accouru de toutes parts pour
le regarder mourir, et que ces paroles suprêmes ému-
rent plus encore que la vue du gril, de la barre de fer,
de la roue, du bûcher et du bourreau qui attendait.
Mais laissons là le *Vieux-Marché* et ses horreurs. Un
monde plus poli s'est porté en foule aux Carmes, où,
dans la séance solennelle des *Palinods*, vont être
célébrées les merveilles de Marie. Comme chacun s'y
parle avec attendrissement de ces quatre pauvres innocents qui ont recouru à Dieu, et que Dieu a sauvés!
Comme on y accueille avec transport des vers, faits
tout-à-l'heure, où est célébré ce nouveau bienfait de la
Vierge sainte, qui, implorée en ce jour où l'Église, où
le monde l'honorent, s'est voulu signaler par un nouveau, par un si éclatant bienfait. C'était alors, dans
Rouen, la foi de tous ; et, plus que jamais, dans les
temps qui suivirent, on devait voir les habitants de la
grande ville cheminer, pleins d'espoir, vers l'église de
Notre-Dame de Bon-Secours.

Elle va disparaître bientôt, cette vieille église ; encore

quelques jours et il n'en restera plus pierre sur pierre.
Mais déjà près d'elle, et sur elle, s'en élève une autre,
qui ne permettra point de regrets. Au lieu que, chez
les Hébreux, du temps d'Esdras, à l'aspect du second
temple construit sur l'emplacement du premier, les
vieillards, en se rappelant l'ancien, si magnifique,
et voyant le nouveau, si inférieur de tous points,
secouaient tristement la tête et se prenaient à pleurer, les nôtres, au contraire, devront tressaillir de
joie à l'aspect de la basilique nouvelle, qu'une foi
ardente et un art merveilleux élèvent à la place des
vieilles et informes constructions qui, dans peu, vont
disparaître à nos yeux. Car, qu'était le premier temple
auprès de ce que sera le nouveau, et de ce que déjà il
nous est donné d'en connaître! Ce zèle dévorant, par
qui, autrefois, David et Salomon bâtirent une demeure
à l'Éternel, ce zèle, animant de nos jours quelques
hommes pleins de foi, d'intelligence et de cœur, a
réveillé, dans ce pays et au loin, les sympathies des
croyants, celles des amis des arts, celles du peuple, des
magistrats, des citoyens de tous les ordres. Trop longtemps enseveli et comme étouffé sous de froides
cendres, le feu sacré, se ravivant tout-à-coup, a brillé
inopinément à nos yeux charmés. La foi de saint
Louis, se réveillant au milieu du dix-neuvième siècle,
élève à Notre-Dame de *Bon-Secours* une basilique

telle que le saint roi les aimait, telle que de son temps
on les sut faire. Chaque instant la voit grandir,
s'étendre, s'avancer, couvrir l'ancienne, qui peu à peu,
disparaît et se retire, comme l'astre de la nuit s'éclipse
au matin, devant l'astre plus éclatant du jour. Qui ne
prendrait plaisir à voir surgir de terre ces blanches
murailles, s'élever ces élégants piliers, se projeter ces
contreforts, se courber ces arcs-boutants, s'arrondir
cette voûte, qu'une tour hardie doit couronner bientôt, se coordonner ces galeries superposées, qui for-
ment à la basilique une double et riche ceinture;
s'élancer ces aiguilles gracieuses et légères, ces hautes
fenêtres du rond point, où resplendiront dans peu l'or,
l'écarlate et l'azur? Oui, c'est bien là le treizième
siècle, le siècle de saint Louis, celui de la foi vive et
des belles églises; on s'y sent transporté, on y est en
effet ; on respire l'air et les croyances de ce temps-là.

Donc, n'ont péri en France ni la foi ni l'art qu'elle
inspire ; l'art merveilleux de bâtir pour Dieu des
temples à l'aspect desquels s'accroisse la religion des
peuples, et d'où les cœurs émus s'élancent vers Dieu,
à la voix de l'artiste et du prêtre: j'en prends à témoin
la nouvelle église. Aussi, me plaisant à y porter mes
pas, à la regarder grandir, à épier les sentiments divers
qu'inspire cette heureuse, cette inopinée création, à
ceux qui viennent la contempler avec moi, dirai-je

comment m'y trouvant l'hiver dernier, un jour de fête, un incident y survint qu'assurément je n'oublierai jamais. Visitant l'abside et le sanctuaire de la basilique future, comme l'on chantait les psaumes de David dans l'ancienne église; ainsi placé entre le vieux temple qui va cesser d'être et le nouveau qui n'est pas encore, j'éprouvais une sensation solennelle, profonde, indéfinissable, qu'en vain l'on tenterait de peindre, mais qu'avait aperçue un vieillard, qui vivement ému lui-même à l'aspect de ces lieux, se prit, de discours en discours, à me raconter des choses que j'écoutais avidement. Cette mort si lamentable de Mme de Brothonne, la découverte tardive et inespérée de l'assassin, l'innocence des quatre serviteurs si inopinément manifestée, le vieillard s'était trouvé conduit à me redire toutes ces choses, mais avec une vivacité, une chaleur, avec des détails circonstanciés et intimes, qui me semblaient lui supposer quelque intérêt secret dans cette tragique histoire; et comme je n'avais pu me défendre de le lui dire, ému, alors, plus encore qu'auparavant : « Rappelez-vous (me dit-il) ces quatre malheureux, que nous voyions tout-à-l'heure arrachés à l'échafaud par miracle ; car c'était bien par miracle ! Tous quatre ainsi sauvés, au retour d'un si triste mais si heureux pèlerinage, avaient fait un vœu de venir ici tous les ans, et leurs enfants après eux, rendre grâces à Dieu, à chaque anniversaire du jour qui les vit passer si soudainement de la mort à la vie. Cela arriva il y a soixante-dix ans maintenant; tous quatre sont dès longtemps descendus dans la tombe; de leurs enfants seul je demeure. C'est aujourd'hui le *huit décembre*, fête de la Conception de Marie; je suis venu ici, de loin, acquitter un vœu sacré. Mes enfants y viendront après moi. Quelle joie ce me serait, avant de mourir, de voir consacrer cette basilique dont j'ai vu avec attendrissement poser la première pierre, et qui, chaque jour, croît et s'élance comme le lys des champs! Puisse une foi aussi vive que celle de nos pères obtenir dans la nouvelle église de non moindres grâces que celles qui lui furent prodiguées dans le vieux temple, dont les restes, qui vont disparaître, me rappellent, vous le voyez, de si touchants, de si intimes et si chers souvenirs! »

LA VOCATION

ANECDOTE NORMANDE

La Vocation

ANECDOTE NORMANDE

ANS l'une des dernières années du règne
de Louis XV, aux *Palinods de Caen,*
devant l'assemblée la plus nombreuse
et la plus brillante qu'on eut vue de
longtemps, après quelques pièces de vers assez mauvaises, fut lue, enfin, une ode française qu'accueilli-
rent de favorables murmures, et à laquelle le Recteur
et les doyens de l'Université, juges du concours,
décernèrent le prix tout d'une voix; c'étaient cent
beaux jetons d'argent, prix fondé sous Louis XIII,

par le seigneur de Saint-Manvieu, pour la meilleure
ode qui, chaque année, serait envoyée au concours.
Prenant donc, sur le bureau du *Puy*, une bourse
brodée richement, qui contenait ces brillants jetons
si désirés, le Recteur appela à haute voix *Gervais*
Delarue, lequel n'eut garde de se faire attendre, on
peut le croire, et alors commencèrent et retentirent
longtemps de vifs applaudissements et de bruyants
battements de mains.

Grande, toutefois, à vrai dire, était la surprise de
tous les assistants, public et juges ; non pas que Gervais Delarue ne fût, sans nul doute, un sujet hors de
ligne ; et même l'Université de Caen n'avait vu de
longtemps se lever de ses bancs un plus brillant élève.
Mais, que ce jeune homme dût un jour faire des vers,
des vers français, une ode enfin, nul ne s'en fût jamais
avisé jusqu'à ce moment, et le public, les juges mêmes
du concours, ébahis à l'envi, devaient, je vous jure,
n'en pas revenir de sitôt. « Quoi, se disait-on, des vers,
une ode, lui occupé sans cesse à étudier nos églises, à
contempler le tombeau de Guillaume-le-Conquérant,
celui de la reine Mathilde, l'antique chapelle de Saint-
Georges-du-Château, les bas-reliefs et les devises du
Manoir des Gens-d'armes, les briques armoriées de
l'ancienne grande salle des échiquiers! Et c'était à qui
s'extasierait davantage. Pauvres gens, de comprendre

si mal les tourments d'une intelligence qui s'ignore
et s'interroge, d'un génie qui se cherche lui-même;
qui, rempli d'une immense mais vague confiance en
lui, et infailliblement sûr de se manifester quelque
jour, ne sait toutefois encore, et se demande avec
anxiété et dans les transes, sous quelle forme le monde
voudra bien plus tard le reconnaître et l'accueillir!

Pour Gervais Delarue, on le devine assez, il avait
tressailli d'aise de voir ses premiers vers si bien reçus,
et son âme s'ouvrait aux rêves les plus enivrants.
Avant lui, naguère, dans la même ville, dans cette
même salle des Palinods, Bertaut, Sarrazin, Segrais,
Malherbe, n'avaient-ils pas commencé ainsi? Il les
voyait au terme de la carrière, qui semblaient lui sourire, lui faire signe de venir les rejoindre. Horace,
aussi, et Pindare, ses auteurs favoris, lui revenaient
en mémoire, avec leurs merveilleux dithyrambes qui
parlent si splendidement des beaux vers où l'on voit
le poète couronné touchant les cieux de sa tête. « Et
moi aussi, je suis poète, » se disait enivré le jeune lauréat du jour; et, dans la rue de Geôle, sous un beau
ciel où scintillaient les étoiles, il se surprit à baisser
machinalement la tête comme de peur de se faire mal.

Encore un peu, c'en était fait de ce jeune homme,
et notre Normandie, si peu explorée, si mal connue
encore alors, au lieu d'un historien qu'elle avait pu

espérer quelque temps, allait compter un versificateur
de plus, dont elle n'avait que faire ; car cette ode cou-
ronnée tout-à-l'heure, il le faut bien dire, bonne pour
des gens qui venaient d'entendre, avant elle, les plus
fades choses du monde ; bonne encore pour de vénérables et vieux recteurs et doyens de faculté, peu
exigeants, cela s'entend, en fait de fougue, de verve et
de génie, c'était, au fond, hélas ! l'un des plus raison-
nables et des plus logiques dithyrambes dont on eût
mémoire ; dithyrambe où la méthode dominait sur
toutes choses, et d'une exactitude à faire honte au
syllogisme le plus péremptoire, au plus inexorable
dilemme.

Mais, ces choses-là, nul n'a hâte de les aller dire
aux intéressés ; et Gervais Delarue ne s'en fût jamais
douté, peut-être, sans un abbé franc-parleur, ennemi
juré de l'outrecuidance, à laquelle il menait rude
guerre en toutes rencontres, quoique, en vérité, il en
fût lui-même, le digne homme, mieux pourvu que
nul autre. C'était l'abbé Raffin, l'un des archidiacres
de Notre-Dame de Bayeux, fort adonné à l'étude de la
liturgie, qu'au demeurant il n'entendait pas mieux
que les autres, mais s'y croyant des plus forts qu'on
pût voir, et supputant dans sa pensée qu'auprès
d'un homme tel que lui, Durand (ce fameux évêque
de Mende) et dom Martène n'étaient qu'écoliers, à

qui il eût fallu faire recommencer leurs classes.

Épiant donc aux portes notre Pindare, et l'apostrophant tout juste au moment où il baissait la tête sous
le ciel, comme de peur de se blesser : « Soyez antiquaire, Gervais Delarue, mon ami (lui cria-t-il bien
fort, du plus loin qu'il le vit paraître), soyez antiquaire!
à chacun sa sphère, entendez-vous, et sa vocation particulière. Voyez si je me mêle, quant à moi, d'autre
chose que de liturgie; aussi, pour m'en remontrer sur
ce point, faudrait-il se lever de bonne heure.

> Ne forcez point votre talent,
> Vous ne feriez rien avec grâce.

« Adieu donc, la bonne nuit, et, sur toutes choses,
évitez les sots rêves. »

C'était, pour Gervais Delarue, revenir du plus loin
qu'il fût possible, et tomber lourdement et de bien
haut, d'autant, d'ailleurs, que, le malencontreux archidiacre ayant débité sa tirade à tue-tête, il n'y en avait
pas eu un mot de perdu pour la multitude qui sortait
en foule en ce moment. Rouge, confus et pantois,
Gervais Delarue, pour se remettre un peu, songeait,
à part soi, à ces triomphes de l'ancienne Rome, où,
au milieu des pompes et des fracas, aux oreilles du
vainqueur enivré et hors de lui, un fâcheux, aposté
tout exprès, venait dire soudain : *O homme, souviens-*

toi que tu es mortel; où, aussi des étoupes, brûlées
sous les yeux du héros, s'y évaporaient aussitôt en
fumée, tandis qu'un autre fâcheux lui criait encore :
Ainsi passe la gloire du monde. Mais à Rome, du
moins, ces durs mots, ces étoupes légères, cette iro-
nique fumée, étaient partie obligée et prévue du céré-
monial; le héros de la fête avait été prévenu à l'avance,
et un homme averti en vaut deux. De venir, au contraire, ainsi à l'improviste secouer brutalement un
triomphateur sur son char et le précipiter du ciel à
terre, le moyen pour celui-ci de prendre en bonne
part une morale si intempestive et de n'en vouloir
pas mortellement à ce rabroueur importun ?

Ce n'était pas, au demeurant, que ce coup si imprévu
n'eût frappé droit à la conscience du lauréat désap-
pointé, et je ne sais quoi, dans son cœur, lui criait
maintenant plus haut que l'archidiacre : « Plus de vers,
Gervais Delarue, sois antiquaire. » — De pardonner,
toutefois, de sitôt, à ce maître archidiacre de l'avoir
ainsi, brutalement et oyant tous, réveillé en sursaut et
troublé un si beau rêve, Gervais Delarue ne l'aurait
pu prendre sur lui, rancunier qu'il était autant
qu'homme de Normandie, et une susceptibilité vive,
un irritable amour-propre étant, de tous les attributs
du poète, le seul qui lui fût demeuré, et qu'il ne dût
jamais perdre tout-à-fait, si longtemps qu'il pût avoir

à vivre. Aussi, aurait-il bien volontiers joué pièce à ce funeste abbé Raffin. Mais quelle apparence, la distance étant si grande entre un pauvret comme lui et un archidiacre de Bayeux, abbé de Mondais ! Promptement guéri, quoi qu'il en soit, de sa vocation lyrique, de rechef l'ardent jeune homme s'en allait rôdant sans cesse dans les châteaux, les abbayes et les églises, supputant l'âge de ces monuments vieillis, déchiffrant des épitaphes, dévorant des cartulaires. L'église de Saint-Pierre, entr'autres, devait arrêter longtemps ses regards, avec ses riches pendentifs, les délicieuses arabesques qui décorent les dehors de son abside, et ce fameux pilier de l'aile gauche, avec son chapiteau aux bizarres et inintelligibles figures, hiéroglyphes encore inexpliqués alors, où Debras de Bourgueville et le docteur Huet étant venus, avant lui, suer sang et eau, avaient perdu leur latin et jeté leur bonnet par dessus les moulins. Logogryphe insoluble, ce semblait, et dont un jour pourtant notre archéologue trouva enfin tous les mots. C'est qu'aussi sur ce chapiteau bizarre l'architecte s'était avisé, qui l'eût pu croire ? de reproduire quelques scènes assez profanes des romans de la Table-Ronde, des fables, pour tout dire, mais des fables d'un sens tout moral, où étaient raillées, avec autant d'énergie que de malice, les extravagances que peut conseiller un fol amour à ceux qu'il

aveugle. C'étaient Tristan de Léonais traversant la
mer sur son épée, pour rejoindre sa maîtresse qui est
censée l'attendre impatiemment au rivage; Lancelot
du Lac, le chevalier Yvain, d'autres encore, tous en
grande recherche de leurs belles, et faisant, pour les
retrouver ou pour leur plaire, les plus sottes choses
dont ils eussent pu s'aviser; Aristote, ce grand philosophe, servant de haquenée à sa maîtresse, qui, mon-
tée sur lui, à l'avantage, s'en va chevauchant vers le
palais d'Alexandre, non sans fouetter vigoureusement
sa monture; Virgile qui, déçu par une voix menteuse,
s'est laissé hisser en l'air dans une corbeille où il
demeure, se morfondant toute une nuit à la belle
étoile, suspendu entre le ciel et la terre, oublié, hélas!
de celle qu'il a bien voulu croire, et sévèrement puni
d'avoir lui-même oublié le pieux Énée.

Les curé, vicaires et obitiers de Saint-Pierre, en
entendant Gervais Delarue leur expliquer ces énigmes,
n'en pouvaient revenir d'aise. Non pas qu'au fond ces
dignes prêtres eussent autrement à cœur Lancelot du
Lac ni la reine Génèvre; mais un si fin débrouilleur
de vieux mystères leur parut envoyé du ciel tout exprès
pour les tirer d'une chicane à eux suscitée par l'officialité de Bayeux, et qui, depuis quelque temps, les
tenait tous en cervelle. Il n'y allait de rien moins, à
la vérité, pour ce curé et ses douze obitiers, que de

mettre bas de belles et riches aumusses de petit-gris,
que l'évêché de Bayeux leur voulait faire quitter à
toute force, comme portées par eux sans titres, par
abus et entreprise, nosseigneurs les membres du vénérable chapitre pouvant seuls, dans le diocèse, disait-on,
porter aumusses et insignes de chanoines. Nos douze
obitiers, de leur côté, tenaient fort à leurs riches four-
rures qui, en hiver, les protégeaient contre le froid, et,
en toute saison, leur donnaient bonne grâce, comme
ils pensaient ; chose que tous mortels ont fort à cœur,
aux champs comme à la ville, et en lieu saint, hélas !
non moins parfois qu'en lieu profane.

Gervais Delarue, donc, après l'aventure du pilier,
qui fit bruit, s'était vu assailli à la fois par les douze
obitiers ensemble, le curé à leur tête, lesquels, les
menant bon gré mal gré à leurs archives, l'y enfer-
mèrent à double tour, le conjurant à genoux de tant
faire qu'ils pussent garder leurs aumusses, chose pour
eux de si grande conséquence et à laquelle ils tenaient
tous comme à la prunelle de leurs yeux. Or, la difficulté venait de l'archidiacre Raffin, le liturgiste (ce
grand donneur de conseils et juré désabuseur de
poètes). Delarue, vraiment, sans en rien dire, n'avait
guère la chose moins à cœur que les douze obitiers
tous ensemble. Imaginez donc, je vous prie, la joie de
tout ce monde, lorsqu'après une grande semaine de

recherches désespérées, s'offrirent aux regards de notre antiquaire enchanté des pièces telles qu'il n'eût osé en espérer lui-même, de belles lettres-patentes bien scellées, en bonne forme, par lesquelles un roi de France avait maintenu naguère le curé et les douze obitiers de Saint-Pierre en leur droit de porter, tant dans l'église qu'en tous lieux, non seulement l'*aumuche* grise, mais de plus le capuchon à queue ou chape noire, pour en jouir, eux et leurs successeurs, jusqu'à la consommation des siècles. Obitiers, curé, vicaires, eussent volontiers, en une telle conjoncture, chanté un *Te Deum* à huis clos et en famille. Pensez surtout combien Gervais Delarue était aise d'avoir pu jouer un si bon tour à l'archidiacre, ce fin et consommé liturgiste.

Oncques plus, vous le pouvez bien croire, il ne devait dans la suite être question des aumusses de petit-gris. Mais l'archidiacre, tout en buvant, non sans rechigner un peu, ce calice jusqu'à la lie, mûrissait en son esprit un projet bien autrement hardi, se promettant tout bas une éclatante revanche dont l'idée seule le faisait rire sous barbe et réciter son bréviaire d'un air plus satisfait que de coutume.

Un beau jour donc, dans la paisible ville de Caen, arriva tout-à-coup la nouvelle inopinée que, tel jour, à telle heure, l'archidiacre Raffin viendrait commencer à Saint-Pierre la visite de toutes les églises de la ville ;

et ordre à tous de se tenir prêts sans faute pour la cérémonie. Grand émoi, aussitôt, dans les treize paroisses,
où de longtemps, j'ignore pourquoi, n'avaient eu lieu
de visites d'archidiacre. Mais, à quelques jours de là,
émoi bien autre encore, quand on sut ce qui se passait
dans les sept doyennés visités les premiers par l'archidiacre Raffin, et qu'à Douvres, à Troarn, à Condé-sur
Noireau, à Cambremer, à Maltot, dans le Cinglais,
partout enfin, à la voix de cet enragé liturgiste, la terreur des curés, ceux-ci, ô désespoir! s'étaient vus tous
contraints, bon gré mal gré, de mettre bas devant lui
leur étole pastorale. L'étole pastorale, entendez-vous,
cette marque de leur juridiction, cet insigne de leur
dignité curiale, précieux pour eux sur toute chose,
comme à un évêque la croix d'or qui pend sur sa
poitrine, à un maréchal de France son bâton, à un
président de parlement son mortier de velours aux
larges galons d'or et sa fourrure. L'étole, de tout temps,
si chère aux curés, mais chère aussi outre mesure
aux archidiacres qui, presque tous, jadis, au jour de
leur visite, la voulaient porter seuls, à toute force, et
ne pouvaient endurer que nul autre la portât en leur
présence. L'étole, enfin, objet pendant deux siècles
de nombreuses et très âpres disputes ; de pis que cela,
si je voulais bien dire, mais, en tous cas, de procès
sans nombre, suivis des deux parts, en Normandie

surtout, avec une incroyable persévérance, au point
qu'un célèbre archidiacre de Rouen, Adrien Behotte,
qui florissait sous Henri IV et Louis XIII, après une
longue vie passée quasi tout entière dans cette polé-
mique, revoyant enfin ses registres, et faisant ses
comptes, trouva, et en convint de la meilleure foi du
monde, qu'il lui en avait coûté dix mille bons écus,
monnaie de France. Encore avait-il perdu, avec
dépens, tant au parlement de Rouen qu'au conseil du
roi, où il avait eu le crédit de faire évoquer enfin
toutes ses affaires. Aussi, à Rouen, la chose n'était-elle
plus controversée, en sorte que les trente-six curés de
cette ville, au jour de la visite, gardaient leur étole
sans qu'une voix s'élevât maintenant pour la leur faire
quitter, l'archidiacre Behotte en étant mort à la peine,
et il y avait longtemps de cela. Que, s'il en allait
ainsi sous l'empire du Rituel de Rouen, qui ne disait
mot de l'étole pastorale, pourquoi en aurait-il été
autrement dans le diocèse de Bayeux, dont le Rituel
n'en parlait pas davantage? Aussi, dans tous les
doyennés, mais à Caen surtout, lors des dernières
visites d'archidiacres, les curés avaient-ils été vus portant paisiblement leurs étoles, sans l'ombre d'une dispute. Le fait était assez récent encore; nombre de
témoins pleins de vie l'avaient vu de leurs yeux, et des
procès-verbaux en auraient fait foi en un besoin.

Mais, à tous les registres, à toutes les offres d'enquête :
« *Que prouvent,* » répondait l'abbé Raffin, « *que prou_*
« *vent tous vos actes et tous vos témoins,* sinon d'in-
« dues et hardies entreprises des curés sur les archi-
« diacres mes prédécesseurs, lesquels n'entendaient
« chose aucune à la liturgie, comme je l'ai déjà reconnu
« en plus de cent rencontres. » Il les sommait donc de
produire des titres valables, en attendant quoi, il allait,
le digne homme, continuant ses prouesses ; et c'était,
dans tous les doyennés comme une Saint-Barthélemi
d'étoles.

Il va s'en dire que Gervais Delarue, le subtil
débrouilleur d'hiéroglyphes et de lettres patentes, avait
été appelé tout d'abord au secours des curés et de leurs
étoles en péril. Gervais Delarue était, dès longtemps,
la providence de l'église de Saint-Pierre ; mais providence qui, cette fois, allait, ce semble, lui faire défaut :
les archives des obitiers, bien et dûment fouillées,
tous les titres, soigneusement lus de mot à mot, n'offrant pas une clause, une ligne même ayant trait à la
grande question qui, en ce moment, mettait, à Caen,
tous les esprits aux champs. — C'était donc désormais
une cause perdue sans ressource, l'archidiacre Raffin
venant d'arriver enfin, que dis-je ? étant au presbytère
de Saint-Pierre, et allant tout-à-l'heure s'acheminer
vers la basilique où clergé, croix, orgue, cloches, eau

bénite, encens, blanche étole, toutes choses requises,
en un mot, étaient disposées pour le recevoir en cérémonie.

Cependant, clergé, vicaires, obitiers, curé surtout,
n'étaient point à leur aise, on le peut croire, en une
extrémité si pressante, l'archidiacre venant de s'expliquer crûment avec eux sur la fameuse question de
l'étole, car on avait bien trouvé un gros volume latin
d'environ quatre cents pages, composé naguère par le
docte Thiers, curé de Champrond en Gastine, au sujet
de l'étole pastorale, et pour le droit des curés qui, de
vrai, y était démontré sans réplique. Mais, comme on
venait d'apporter ce livre en hâte à l'archidiacre, et
qu'on en espérait des merveilles, celui-ci, sans en
prendre autrement connaissance, s'étant écrié que ce
Thiers, en son temps, avait été un fougueux janséniste,
il n'y avait plus eu moyen d'en parler davantage.

Grandes donc étaient, maintenant, l'angoisse et la
désolation, non plus seulement à Saint-Pierre, mais
dans les dix autres paroisses de la ville que l'archidiacre allait visiter ensuite ; à Saint-Jean, à Saint-Sauveur, à Saint-Gilles, à Notre-Dame, où les étoles pas-
torales allaient de toute nécessité avoir même fortune
qu'à Saint-Pierre, par où commençait la visite. Or,
c'en était fait sans ressource aucune, l'archidiacre étant
maintenant en chemin par la rue pour se rendre pro-

cessionnellement au parvis. Pour le curé, rentré dans
son église par son presbytère, il allait avec ses douze obitiers descendre la nef, la croix en tête, pour aller attendre
l'archidiacre au grand portail, et déjà il marchait piteu-
sement en surplis et sans étole, le visage soucieux et le
cœur gros ; mais voilà soudain que Gervais Delarue
survint brusquement, colère et joyeux tout ensemble,
maudissant les *ânes* (ce fut son mot) qui, s'étant ingé-
rés de compulser avant lui les archives de Saint-Pierre,
avaient fait un énorme paquet de pièces inutiles et les
avaient jetées ignoblement au rebut. Pièces *inutiles,*
en effet, où, jetant un coup d'œil tout à l'heure en
désespoir de cause, il venait d'en trouver une qu'il lut
tout essoufflé, une bonne charte du cardinal de Trivulce, évêque de Bayeux au seizième siècle, de ces
fines et déliées écritures du temps, jaunie, de plus, par
les années, partant illisible de tous *points* pour les
bonnes gens qui l'avaient vue avant Gervais Delarue,
et jetée par eux, en conséquence, aux pièces de rebut,
suivant la règle fondamentale : *Græcum est, non legi-*
tur. Or, cette charte, sachez-le bien, n'était rien autre
chose qu'une belle et bonne sentence épiscopale où avait
été solennellement reconnu et confirmé le droit des
onze curés de Caen de porter leur étole devant les archidiacres et en présence du prélat lui-même ; pièce qui,
assurément, leur arrivait à point, qu'aussi ils auraient

bien baisée tous, et Gervais Delarue avec elle, sans
que le temps leur manquait; car, enfin, l'archidiacre
arrivait, en ce moment même, au portail, et il n'y avait
plus un instant à perdre. Obitiers, vicaires, curé, l'y
eurent bientôt rejoint; or, le curé, si peu de répit qu'il
eût eu, avait toutefois bien su trouver le temps de passer vitement à son cou une magnifique étole pastorale
à lui donnée, depuis peu, par la duchesse de Fran-
quetot de Coigny, l'épouse du gouverneur, étole riche
au possible, où l'or se relevait en bosse, qui éblouis-
sait comme un soleil, et jetait des éclairs. De vous dire,
cependant, la stupéfaction, le courroux de l'archidiacre
à la vue de cette malencontreuse étole, je ne saurais,
en vérité, non plus que ses signes énergiques, impé-
rieux et brusques au curé pour qu'il eût à mettre bas,
sur l'heure, cette marque de juridiction, que lui seul
archidiacre devait porter, disait-il, en un tel jour;
n'était-ce pas, d'ailleurs, chose décidée et convenue
sans retour? Mais la fatale pièce trouvée tout à l'heure
(la charte du cardinal de Trivulce), exhibée à propos,
bien vue, bien lue de mot à mot, mûrement et circons-
pectement considérée, il ne restait plus à messire l'archidiacre que de s'avancer sans mot dire vers le chœur
comme si de rien n'eût été, ce qu'il fit sur l'heure,
prenant sa résolution bravement, en homme d'esprit,
tandis que prêtres et paroissiens chantaient à pleine

voix *Benedictus*, que l'orgue triomphait en noëls et
fanfares, et que toutes les cloches de la ville de Caen
sonnaient à qui mieux mieux. (Car, ç'avait été chose
convenue à l'avance entre les onze curés, que si, contre
tout espoir, celui de Saint-Pierre parvenait à sauver
son étole, une certaine cloche de son église, d'un son
perçant, et qu'on entendait de bien loin, serait mise la
première en branle ; ce qui étant advenu, commença
incontinent dans la ville pour ne finir plus de sitôt,
un carillon universel, à incommoder les sourds.)
C'était à l'archidiacre Raffin de prendre patience ; ce
qu'il faisait en s'inclinant, disant qu'il n'avait été nulle
part si bien reçu, qu'on lui rendait trop d'honneur, et
qu'il n'en était pas digne. Pensez que le bon homme se
serait enfui volontiers. Mais que fut-ce, lorsque, entrant
dans la sacristie, il y trouva le triomphant Gervais
Delarue, qui, le saluant profondément et lui offrant
ses devoirs, lui dit que, suivant son conseil, il avait
dans ces derniers temps étudié les antiquités, voire
même quelque peu de liturgie, pour en pouvoir
deviser au besoin avec lui, sous la cheminée, et
être plus en état de recevoir ses leçons ; qu'il les lui
demandait instamment comme à celui qui l'avait
poussé dans cette carrière, et lui avait révélé sa vocation véritable ; jurant bien d'y demeurer à jamais
fidèle et de ne plus faire de vers, en quelque langue

que ce pût être, y allât-il pour lui d'une principauté.

A bien des années de là, un beau et vert vieillard de petite taille, mais trapu et vigoureux encore, au teint vermeil et frais, aux cheveux blancs comme neige et fins comme lin, aux yeux bleus, vifs, malins et perçants, était assis à la Bibliothèque royale, dans une des salles dorées des manuscrits, occupé à déchiffrer, la loupe en main, un très ancien manuscrit du roman de *Lancelot du Lac*, rempli de curieuses miniatures. Il en regarda longtemps une qui représentait ce preux chevalier dans la charrette du nain courant, bien empêché, après la reine Génèvre, sa maîtresse. C'était le sujet d'un des bas-reliefs du fameux pilier de Saint-Pierre. Ces contes naïfs ravivant en lui de bien vieux souvenirs, il se mit à rire, et prenant à partie un élève de l'École royale des chartes, assis près de lui et fort avide de l'entendre, je vous jure, il se mit à lui raconter quelques traits de sa piquante et laborieuse vie. De Caen, où il avait étudié, il était parti vers 1792 pour Londres, d'où, revenu plus tard rempli de savoir, il avait osé, avec succès, écrire après Huet les *origines* de sa ville natale, puis l'histoire des *Bardes Armoricains* et enfin celle des *Trouvères* de Normandie, qui allait bientôt paraître. Maintenant chanoine de Notre-Dame de Bayeux, professeur d'histoire, digne membre de l'Institut de France, Gervais Delarue rappelait gai-

ment son Ode des Palinods, la dure et salutaire leçon
de l'archidiacre Raffin, mais, sur toutes choses, l'histoire de l'*étole*, dont l'élève charmé prit note incontinent se promettant bien de ne l'oublier de sitôt. Cette
histoire, vous venez de l'entendre, mais redite sans
charme et sans grâce, sans cette vive pantomime du
vieillard, surtout sans cette parole pleine encore de
colère, de verve et de malice, qui alors à mes yeux lui
avait donné tant de prix. Que si toutefois par fortune,
vous l'avez écoutée sans trop d'ennui, encore vous
plaindrai-je de ne la point tenir, comme moi, du
savant et malin vieillard qui en avait été le héros, et
vous dirai-je en toute vérité : Que serait-ce si vous
l'eussiez entendu vous la raconter lui-même.

PIÈCES JUSTIFICATIVES

Pièces justificatives

—i—

LA HARELLE DE ROUEN

n trouvera, dans l'*Histoire de Rouen pendant l'époque communale*, de Mr A. Chéruel, t. II, p. 431-471, un long récit de la *Harelle* et des mesures qui furent prises pour châtier les coupables et prévenir de nouvelles révoltes. La grâce accordée par Charles VI, pendant son séjour à Rouen, « pour révérence de Dieu et de la sainte et benoîte semaine peneuse » (5 avril, veille de Pâques 1381), fut loin d'être complète. La Commune avait été supprimée : elle ne fut point rétablie. Les conséquences de la rébellion de 1381 se sont fait sentir, bien au-delà du moyen-âge, et, on peut le dire, pendant toute la durée de l'ancien régime.

UN GRAND DINER DU CHAPITRE DE ROUEN

DE PASTU DOMINI EPISCOPI LEXOVIENSIS

In nomine Domini amen. Per hoc presens publicum instrumentum pateat evidenter et sit notum quod, anno Domini millesimo IIIcc XXVto, indictione tercia, mensis vero Junii die XXIIIIto, in die solempnitatis Nativitatis beati Johannis Baptiste, pontificis sanctissimi in Christo patris ac domini nostri domini

Martini, summa Dei providentia, pape, quinti, anno octavo, Reverendus in Christo pater dominus Zanonus de Castillione, episcopus Lexoviensis, hora capitulari, intravit locum capitularem ecclesie Rothomagensis, in quo reperiit congregatos et sedentes Reverendissimum in Christo patrem et dominum dominum J., miseratione divina, archiepiscopum Rothomagensem, cantorem, aliosque in dignitate constitutos, et canonicos ejusdem ecclesie Rothomagensis, qui, sedens juxta cathedram prefati domini archiepiscopi, dixit et exposuit in effectu quod dudum, transire volens ad ecclesiam suam Lexoviensem, pro suo solemni ingressu faciendo, primo declinavit in hac civitate Rothomagensi, juramentum obedientie, prout de jure tenebatur, prestiturus, ceteraque facturus ad que, secundum laudabilem consuetudinem ecclesie, tenebatur, juramentoque fidelitatis per eum super dextrum cornu altaris prestito, ipse, tam per venerabilem et circumspectum virum magistrum Johannem Chevroti, in utroque jure licenciatum, vicarium et officialem Rothomagensem, quam eciam per relationem plurium dominorum canonicorum ecclesie Rothomagensis quam alias, fuerat informatus quod ipse tenebatur tam domino archiepiscopo quam etiam Capitulo, ac omnibus de habitu dicte ecclesie existentibus, necnon familiaribus dicti domini archiepiscopi, facere unum pastum solennem, sibique, juramento per ipsum, ut prefertur, prestito, fuerat graciose data licencia intrandi suam ecclesiam Lexoviensem antequam dictum pastum faceret, ipse hanc diem festi Nativitatis beati Johannis Baptiste, ad faciendum dictum pastum acceptaverat, prout de premissis constare potest per inspectionem cujusdam cedule papiree, per ipsum post prestitum juramentum tradite, cujus tenor noscitur esse talis. « Ego Zanonus, Dei gratia, Lexoviensis episcopus, promitto bona fide quod, in termino beati Johannis Baptiste proxime venturo, michi per dominum meum archiepiscopum Rothomagensem aut ejus vicarium necnon per venerabile Capitulum Rothomagensis ecclesie, ad mei requestam, concesso, ad faciendum prandium sive pastum, juxta eorum morem et observancias, eis debitum, antequam ingressum primum faciam ad ecclesiam meam Lexoviensem, dabo et ministrabo dictum prandium sive pastum dictis domino meo archiepiscopo Rothomagensi dominisve de Capitulo ceterisque de ipsa ecclesia Rothomagensi, juxta eorum morem, ut premittitur, aptum et congruum, in

similibus fieri solitum ; quibus, propter hanc michi gratiose dila-
cionem concessam, expresse consencio quod eorum, de quo pre-
missum est, juri in petitorio vel possessorio nullo modo dene-
getur (peut-être aurait-il fallu écrire *derogetur*), quod prandium
eciam promitto per me personaliter, aut per alium vice mea, in
termino sic michi gratiose concesso, eis omni modo facere et
adimplere, et ad observacionem promissionis hujusmodi obligo
me et mea bona, tam presencia quam futura, usque ad satisfactionem plenariam, per presentes litteras, mea propria manu sub-
scriptas et pontificali meo sigillo munitas, et in casu negligentie
mee vel meorum, ad redimendas vexaciones ipsorum dominorum
archiepiscopi et Capituli predictorum, eligo michi, ex nunc prout
ex tunc, et ex tunc prout ex nunc, domicilium in civitate Rothomagensi, in pallacio archiepiscopali Rothomagensi, ubi volo posse
moneri, tam in absencia quam in presencia, per dictum dominum
archiepiscopum aut ejus vicarium et officialem, pro complemento
promissionis mee predicte, et si, pendente dicta dilacione, me,
quod absit ! eximi contingeret ab humanis, vel ad aliam dignitatem transferri, volo et ex nunc prout ex tunc, promitto quod
omnia singula bona ad execucionem meam spectantia sint et
remaneant ipsis dominis, usque ad condignam satisfactionem et
debitam, principaliter obligata, et renuncio omni exceptioni juris
vel facti que contra premissa dici possent vel proponi. Datum
Rothomagi, XXVª mensis januarii, Mº CCCCº X XIIIItº ; in quorum
omnium fidem et testimonium presentem cedulam manu propria
subscripsi et pontificali meo sigillo muniri jussi. Zanonus, manu
propria. » — Ea propter, hac die Nativitatis beati Johannis Baptiste,
comparebat, dictum prandium sive pastum facturus et liberaturus,
dominum Reverendissimum in Christo patrem archiepiscopum,
necnon dominos cantorem et ceteros in dignitatibus constitutos
ceterosque dominos canonicos deprecando, quatinus, si ita sollempniter, ne ita magnifice et reverenter esset paratum sicut ex-
cellentia talium virorum et tantarum personarum requirebat,
sicut persona domini archiepiscopi et aliorum presentium, inter
quos sunt viri magne existimacionis, et singuli honorande venera-
cionis, suscipere vellent gratanter et sua amicabili supportatione
supplere ad quod minus esset et habere pro impleto, nec impu-
tare alicui subtilitati deffectum sive diminucionem, sed simplici-
tati sive inexperiencie, eo quod non sit expertus in talibus in ista

regione, erat tamen voluntas bona et facultas omnia plenarie
faciendi et implendi, sicut consuetum et debitum est, et melius, si
sciret vel posset. Tunc dominus archiepiscopus eidem respondit
quod, sicut noverat ipse dominus episcopus inter archiepiscopum
et Capitulum ac suffraganeos episcopos est unum corpus misticum
et una fraternitas, in cujus signum suffraganei ecclesie Rothomagensis, admissi in hujusmodi fraternitate et consorcio, consueve-
runt facere sollempnem pastum sive prandium atque debent,
prout consuetum fuit ab antiquo, et quod ipsi, certificati de vir-
tutibus suis, generositateque, litterature et exemplaritate vite,
gaudebant quod sit missus ad regendam ecclesiam Lexoviensem
et libenter eum admiserunt et admictunt ad fraternale consor-
cium, offerendo que resultant ex isto : consilium, favorem et
assistenciam in concernentibus honorem et statum persone sue,
deffensionemque libertatis ecclesiastice et jurium ecclesie sue
Lexoviensis, quantum cum honestate fieri poterit et de jure tene-
buntur. Et quoad paracionem prandii, perceperunt bonam affec-
tionem suam, et quod non reddidit se difficilem in volendo ser-
vare consuetudines et cerimonias hujus venerabilis ecclesie in
talibus consuetas, habebant pro grato id quod ipse disposuerat
pro hujusmodi prandio faciendo et ministrando et debet fieri, de
quo regraciatus est eisdem dominis prefatus dominus episcopus,
et statim, ipso presente, deputaverunt venerabiles viros magistrum Egidium de Campis, cancellarium ecclesie Rothomagensis
et thesaurarium dicti archiepiscopi, Henricum Gorren et Nico-
laum Caval, canonicos Rothomagenses, ibidem presentes, ad
visitandum locum in quo paratum erat pro prandio, ad finem
quod, si dicti domini archiepiscopus et canonici in eodem loco
non possent honeste situari, quod alius ordinaretur locus, essent-
que solliciti de reprimendo interessentes in dicto convivio, tam
venientes per sequelam dicti domini archiepiscopi, quam per sequelam Capituli, si qui essent qui se inordinate vel immoderate
se haberent, et, hiis sic peractis, a dicto Capitulo surrexerunt et
·recesserunt, et ivit dictus dominus archiepiscopus ad domum
suam, associatus per dictum dominum episcopum Lexoviensem
cum aliquibus de Capitulo, qui, eo dimisso in domo sua predicta,
reversi sunt ad magnam missam que tunc in choro celebrabatur,
qua magna missa decantata et finita, domini episcopi Baiocensis
et Lexoviensis venerunt ad dictum dominum archispiscopum

associandum, ad locum paratum pro prandio, uno dextrante,
alio vero ad sinistram, et archiepiscopo in medio existente unacum officiariis suis et curie sue spiritualis advocatis, notariis,
procuratoribus et apparitoribus seu clientibus, et simul incedentes
reperierunt in ecclesia Rothomagensi dominos cantorem et
omnes canonicos presentes, suosque officiarios et familiares
prope parvum hostium per quod dictus dominus archiepiscopus,
veniendo de manerio archiepiscopali, intrat ecclesiam predictam,
et ibidem prefatus dominus archiepiscopus dictis dominis cantori
et canonicis dixit et exposuit quod suus officialis aut ejus locum-
tenens, in talibus pastibus, debebat juxta eum ad sinistram sedere
aut saltim post cantorem in mensa sua, qui domini cantor et canonici responderunt eidem domino archiepiscopo quod, actento
quod ipse presens esset, non erat necesse vel congruum quod
alius representaret suam personam vel prerogativas sue digni-
tatis. Item dixerunt quod suus officialis non erat tunc presens.
Item dixerunt quod ille qui tunc representabat personam officialis, scilicet magister Johannes Boesselli, erat cappellanus in
ecclesia Rothomagensi. Quibus auditis, idem dominus archiepiscopus protestatus fuit quod, propter qualemcumque situacionem
que fieret in dicto prandio, nullum prejudicium fieret circa situacionem suorum vicariorum et officialis. Item venerabilis et cir-
cumspectus vir magister Andreas Marguerie, archidiaconus Parvi
Caleti et canonicus dicte Rothomagensis ecclesie, dixit et exposuit
quod dictus dominus episcopus Lexoviensis debebat in secunda
mensa, cum dictis dominis canonicis ecclesie Rothomagensis
predicte, situari, et quod aliqui alii cujuscumque status aut digni-
tatis non debebant in dicto pastu cum eisdem interesse, et quod
dictus pastus domino archiepiscopo ecclesieque Rothomagensi et
Capitulo debebatur et non cuicumque alteri, et eciam quod omnes
persone in dicta Rothomagensi ecclesia dignitatem seu dignitates
obtinentes debent in prima mensa situari, protestando specialiter et expresse quod, si aliquid in contrarium premissorum
fieri contingat, quod hoc non possit aut debeat trahi ad conse-
quenciam, nec eciam per hoc prejudicium aliquod predictis de
Capitulo generari, quibus protestationibus sic hinc et inde factis,
omnes insimul incedentes iverunt ad domum Sancti Candidi,
que erat ornamentis et pannis decorata, in qua multum honorifice fuerunt recepti, et, post benedictionem datam per dominum

dominum archiepiscopum, mense convenienter et apte in quadam aula alta fuerunt erecte juxta capacitatem loci, et sedit prefatus dominus archiepiscopus in loco eminentiori in medio scamni, et episcopus Baiocensis, per dictum dominum episcopum Lexo-viensem sponte invitatus, ad dextram archiepiscopi, et ad sinis-tram ipsius sederunt venerabiles viri magistri Johannes Bruil-loti, cantor, et Nicolaus de Venderez, archidiaconus de Augo, licenciatus in utroque (jure), et non fuerunt plures in dicta mensa quia loci capacitas non paciebatur plures ibidem situari cum eodem domino archiepiscopo. In secunda vero mensa, ad dextram dicti domini archiepiscopi, in primo buto, dominus episcopus Lexoviensis, archidiaconi Vulgassini Francie et Parvi Caleti et cancellarius, et fuerunt continuate mense ad sufficienciam, in quibus sederunt alii domini canonici soli, quilibet in ordine suo ; et in quadam alia parva mensa, ad sinistram prefati domini archiepiscopi, sederunt offiziarii sui principales, videlicet locum tenens officialis, sigillifer, promotor et secretarius ejusdem domini archiepiscopi ac venerabiles in Christo patres domini abba-tes de Mortuomari et Sancti Martini de Albamalla et alii duo presbyteri, dicti domini archiepiscopi familiares domestici, et dum situarentur, ut est dictum, camerarius dicti domini episcopi Lexoviensis venit in dicta aula alta, et proposuit alta et intelligibili voce coram eo, ac dixit quod plures intraverant domum illam pro prandendo, nesciebatur cujus erant, vel archiepiscopi aut Capi-tuli, et quod aliqui dicebant eos esse advocatos, notarios, pro-curatores et apparitores curie spiritualis domini archiepiscopi, et quod nesciebat si deberent admicti, et quod mandaret illud quod placeret sibi, qui dominus episcopus respondit quod, si essent advocati, notarii et procuratores curie spiritualis Rothomagensis, ob contemplacionem et ob reverenciam dicti domini archiepis-copi, quem ipse habebat pro speciali domino, contemtabatur (sic) quod admicterentur et quod serviretur eisdem, sed protes-tabatur quod, propter hoc, sibi neque suis successoribus deberet, propter hoc, aliquod prejudicium generari. Dictus do-minus vero archiepiscopus respondit quod, in quantum sui contemplatione vellet eos admictere, ubi alias non admicterentur, regraciabatur, sed jure suo debebant admicti, et ideo protesta-cionem suam non admictebat, sed protestabatur e contrario, quibus protestacionibus hinc inde factis, fuerunt ad dictum pran-

dium admissi, nec plures sederunt in eodem loco pro prandio.
In aliis vero cameris fuerunt composite et ordinate mense in
quibus sederunt omnes portantes habitum ecclesie Rothomagensis, ad partem, sex officiarii domus domini archiepiscopi, videlicet clericus vicariatus, clericus officii, duo custodes regestro-
rum et duo tabelliones sigilli, tresdecim advocati, decem procuratores, viginti duo notarii et octo apparitores curie spiritualis,
aliique officiarii, familiares et servitores tam domini archiepiscopi
quam Capituli et singulorum eorumdem, absque eo quod inter
eos essent interpositi aliqui laici, invitati per dominum episcopum
Lexoviensem, ut nobiles viri : baillivus Rothomagensis,
baillivus de Caleto et quidam alii spectabiles et honorabiles
viri, qui, ad partem, in alio loco segregato a predictis, sederunt
et collocati fuerunt, prout eciam alias ita factum fuerat in talibus
et fieri consueverat, ut dicebatur. Post singulorum situacionem
fuit ministratum splendide et habundanter ac eciam magnifice
ut sequitur : Habuit enim quilibet canonicus sedens in mensa
scutiferum sive clericum, qui servivit sibi in dicto prandio ; et
primo fuit ministratum domino archiepiscopo de cerasis in uno
plato cooperto, et in alio eciam cooperto de tribus parvis pastillis vituli ; et consequenter fuit ministratum aliis, in dicta aula
existentibus, de cerasis et pastillis cum vino albo. Postea fuit
ministratum eidem domino archiepiscopo, in uno plato cooperto,
de venacione cum potagio nigro, et de uno cappone grasso, in
alio plato eciam cooperto, cum potagio albo, cum amigdalis et
drageya desuper, et eodem modo domino episcopo Baiocensi,
sed sine coopertura. Consequenter aliis sic ministratum fuit,
duobus tamen canonicis ad unum platum existentibus, et qua-
libet vice vinum variabatur, et melius dabatur habundanter.
Postmodum vero eidem domino archiepiscopo consequenter et
aliis fuit multum honorifice ministratum de assato sive assatis,
et situaverunt in plato dicti domini archiepiscopi unum porcel-
letum seu *cochon* gallice, duos ancerulos, unum *heron*, medium
unius capreti, quatuor pullos, quatuor collumbas juvenes et unum
cuniculum cum salsamentis pertinentibus, et consimiliter domino
episcopo Baiocensi et eciam cantori et archidiacono Augi insimul. In aliis platis, licet essent duo canonici in uno plato assi-
gnati, fuit facta diminucio talis quod in quolibet plato fuerunt po-
siti solummodo unus ancerulus, unus porcelletus, quidam *butor,*

una pecia vituli, una pecia capreti, unus cuniculus, duo pulli
et duo columbi juvenes cum platis honestis de gellea, et consimiliter fuit ministratum cappellanis ecclesie et officiariis curie spiritualis Rothomagensis, existentibus tamen quatuor ad unum
platum; et deinde interposuerunt quatuor pavones cum coloribus
in sollempni apparatu aptatos, et, prolixe expectatione quasi
facta, servierunt in mensa habundanter de venacione ape-
rina, cum frumento delicate parato, cum lacte amigdala-
rum, et finaliter servierunt de caseatis sive tartis et pomis
eciam habundanter, et quasi uniformiter sic fuit ministratum omnibus eciam existentibus in aliis locis et cameris infra
eamdem domum, demptis tamen pomis, et eciam minis-
tratores dicti pastus magistro Guidoni Rabascherii, canonico, et
Petro Candellarii, cappellano dicte Rothomagensis ecclesie, tam
propter antiquitatem quam infirmitatem ipsorum in domibus suis
existentibus, miserunt talem porcionem dicti pastus qualem
habuissent, si in dicto pastu personaliter interfuissent. Quibus
sic peractis et graciis per dictum dominum archiepiscopum dictis,
fuerunt in dicta aula alta confectiones seu species in drageis ar-
genteis date, et facta collatione sollempniter in qua fuerunt dicti
duo baillivi et alii invitati per dictum dominum episcopum
Lexoviensem, qui ad partem fuerunt pransi, recesserunt eo
modo et ordine quibus venerant, et iverunt usque ad ecclesiam
Rothomagensem predictam, et inde quilibet ad larem propriam
se retraxit, de quibus sic gestis, factis et ordinatis, pro parte
dictorum dominorum archiepiscopi et Capituli, notariis ibidem
presentibus fuit petitum et requisitum publicum instrumentum
unum vel plura, ad futuram rei memoriam. Actum ubi supra,
sub anno, indictione, mense, die et pontificatu predictis (1).

LOUIS XI ET LA NORMANDE

La perte de plusieurs registres de délibérations de l'Hôtel-de-
Ville de Rouen nous empêche de donner une date précise à la
mésaventure du protégé de Louis XI. On ne saurait douter que
la lettre d'Étiennote ne soit bien authentique et n'existe vérita-

(1) *Archives de la Seine-Inférieure*, F. du Chapitre, *Délibérations capitulaires.*

blement à la Bibliothèque Nationale, où M. Floquet déclare l'avoir lue. Mais nous devons avouer que nous ne la connaissons pas. Ce que nous pouvons certifier, c'est qu'une erreur, de faible importance, il est vrai, s'est glissée dans le récit de M. A. Floquet. L'un des textes qu'il avait sous les yeux portait : « le vicaire », suivi d'un nom d'homme que M. Floquet a lu « Robert Viote » en attribuant à ce personnage la qualification qui précède. Il faut voir dans cette citation deux hommes distincts : le vicaire (autrement dit le vicaire général du cardinal d'Estouteville), qui ne peut être autre que Mezard, doyen-curé de Notre-Dame-de-la-Ronde, et Robert Biote, sieur de la Roche, maître des Requêtes de l'hôtel du Roi, bailli de Gisors, qui fut désigné, au moins une fois, comme l'un des présidents de l'Échiquier de Normandie ; que Louis XI chargea, à diverses reprises, de missions importantes, et qui, d'ailleurs, résidait aussi, habituellement, à Rouen, en cette même paroisse de Notre-Dame-de-la-Ronde, théâtre de l'aventure. Ce fut chez lui que Louis XI logea, à Rouen, en 1467, quand il vint dans notre ville pour avoir une entrevue avec Warwick.

ÉLECTION DE GEORGES D'AMBOISE

(Mercurii XXIᵃ Augusti, IIIIᶜᶜ IIIIxx XXIII).

Ea die, inter sextam et septimam horam de mane, post decantationem prime, celebrata fuit missa sollemnis de Sancto Spiritu per magistrum Ro. du Quesnay, videlicet canonicum, sibi, pro diacono, magistro Joanne Le Tourneur, et, pro subdiacono, Johanne Esterlin assistentibus, cui quidem misse astiterunt domini canonici subscripti, videlicet magister Johannes Masselin, decanus, M. Petit, cantor, Jo. du Bec, thesaurarius, R. Chuffes, archidiaconus Augi, Franciscus Picart, Magni Calleti, N. Sarrasin, Vulgassini Francie etiam archidiaconi, Stephanus Tuvache, cancellarius, R. Perchart, Jo. Roussel, Jo. de Atrio, Guillelmus Cappel, Jo. Le Marquetel, N. Fontenay, Jo. Sebire, R. Ango, G. Aubry, N. Grenier, G. Gallandi, Gabriel Le Veneur, Ro. Fortin, G. Austin, Ro. Vituli, G. Dautigny, Ro. Godeffroy, N. De la Quesnaye, G. Le Coq, G. Le Brumen, Ricardus Le Ma-

23

chon, Leo Conseil, G. Dombreville, Petrus de Croismare, Petrus
Courel, Jacobus de Groussy, Jo. Le Monnier, Berengarius Le
Marchant, G. Le Gras, Arthurus Dannoy, Ja. de Croismare, Jo.
de Batencourt et Petrus Mesenge, numero in toto XLIII, unacum venerabilibus viris ma. G. Mesardi, decano, et Jo. Harpin,
ecclesie beate Marie Rotunde Rothomagensis canonicis, necnon
ma. G. Prevosteau, consiliario in curia archiepiscopali Rothomagensi, pro testibus, ac domino Petro Baracte, presbytero, M. Bellengues, clerico, et me Petro Andelin, tabellione Capituli, pro notariis publicis, quoad subscripta deputatis et electis ab ipsis
dominis canonicis, in qua etiam missa communicaverunt devote
ex eisdem dominis canonicis, juxta exhortationem domini, archidiaconus Magni Calleti Picart, Daunoy, Le Coq, Ja. de Croismare,
Jo. de Batencourt et Petrus Mesenge, et sacrosanctum Eucha-
ristie sacramentum susceperunt, ceteris ex eis missa per eos
celebrata ad negotium subscriptum preparatis. Post cujus finem
misse et ejus completam decantationem, omnes et singuli domini canonici descripti numero XLIII, unacum testibus et notariis etiam supra scriptis, accesserunt ad Capitulum et inibi post
decantationem de Preciosa, ut moris est, fieri solita, assidendo
prout respective pro suo ordine incumbebat, etiam comparuit
ma. Jo. Ybert, canonicus, circa tabulam lapideam, qui gutte morbo
fatigatus, ut dicebat et alias etiam apparebat, exposuit quod non
poterat commode, pro ejus egritudine qua detinebatur, residere et
assistere in dicto Capitulo pro negocio electionis futuri pastoris
incumbente, et propterea constituebat, prout constituit capitulariter, in presentia notariorum et testium assistentium, suum pro-
curatorem in solidum ma. Robertum Du Quesnay, canonicum,
cum facultate necessaria pro negocio electionis sibi alias immi-
nentis. Eo tunc a Capitulo discedente et hiis peractis propter quod
simul invicem convenerant, recognito etiam ab eisdem dominis
propterea congregatis et capitulantibus quod dies instans fuerat
ab eis prefixa pro ipso negocio eligendi et tractandi de pastore
pro sua ecclesia utili et ydoneo, prout jura volunt, litteris pre-
fixionis et mandatoriis super evocatione absentium factis, necnon
relationibus commissorum quoad executionem sibi demanda-
torum, procuratoriis insuper magistrorum Jo. Fave, G. de San-
douville, et M. Faroul, canonicorum, respective quorum intererat
transmissis per eumdem Bellengues, alterum notariorum, per-

lectis, ipsis quoque notariis, me adjuncto, et testibus supra-
scriptis debite adjuratis et decenter convocatis, deinceps, ut moris
est, ad valvas presentis ecclesie per prefatum Tuvache ad hoc a
Capitulo deputatum, omnibus et singulis jus ad electionem hujusmodi interesse pretendentibus, ac specialiter et nominatim venerabilibus viris ma. Johanne Lenfant et G. Le Boursier, qui ad negocium hujusmodi personaliter evocati extiterant et citati, post
relacionem convocationis hujusmodi ab eodem Tuvache capitulariter factam, unacum ceteris absentibus, si qui essent, contuma-
cibus reputatis, prestitoque ab ipsis dominis canonicis, omnibus
et singulis, videlicet per ipsum dictum decanum ad manus domini cantoris, et per alios ad manus ipsius domini decani, unanimi
voce, juxta formam juramenti capitulariter perlectam juramento,
necnon per procuratores dominorum canonicorum absentium
in animas eorumdem constituentium, ac deinde per predictum
Tuvache, cancellarium, vice Capituli factis monitionibus et protestationibus consuetis, etiam a jure constitutis, sub hoc verborum
tenore : *Ego Stephanus Tuvache*, etc., et subsequenter ab eodem
domino decano verbo Dei elegantissime exposito, viis quoque
eligendi luculenter declaratis, placuit eisdem dominis capitulantibus, in ipso negocio, per viam Spiritus Sancti seu divine ins-
pirationis procedere ac hymnum que incipit : *Veni, Creator Spi-*
ritus, flexis in terram genibus, voce erecta, devote decantare, et
statim, circa finem decantationis primi versus, subito et repente,
nullo hominis interveniente tractatu, prefati Chuffes et Le
Veneur, primi ex ipsis dominis canonicis, ceterique assistentes,
unanimiter ac una voce, nullo penitus discrepante, Spiritus
Sancti gratia, ut veraciter credendum est, eos inspirante, Reverendissimum in Christo patrem et dominum dominum Georgium
de Ambasia, nunc ecclesie Narbonensis archiepiscopum, virum
quidem providum et discretum, in etate, litteratura, et sacro
presbyteratus ordine constitutum, de legitimo matrimonio pro-
creatum, in spiritualibus et temporalibus plurimum circumspectum, ac de vite et morum honestate aliisque virtutum meritis
multipliciter in Domino commendatum, in suum et ecclesie predicte Rothomagensis archiepiscopum et pastorem postulandum
duxerunt et nominaverunt, ac in eum uno voto unoque spiritu
condescenderunt et mentes suas direxerunt. Quo facto, mox prefati
Domini, canticum illud *Te Deum laudamus* decantantes, et exe-

untes a Capitulo, pro gratiarum actionibus Altissimo referendis, chorum ecclesie adiverunt. Interim vero predictus cancellarius, de mandato et commissione similibus, postulationem prefatam primum in pulpito ecclesie et deinde ad valvas principales ecclesie, clero et populo ibidem in maxima multitudine congregatis, publicavit et declaravit. Prefatis vero dominis omnibus et singulis post tripudium hujusmodi ad Capitulum redeuntibus, necnon ipso Tuvache referente de publicatione postulacionis hujusmodi per eum vice Capituli habita, iidem ad finem prosecutionis hujusmodi sue postulationis constituerunt et deputaverunt videlicet ipsum Tuvache, necnon Le Tourneur et Le Veneur suos seu Capituli procuratores ad imtimandum et significandum postulationem hujusmodi prefato domino postulato, postulationemque hujusmodi prosequendum, ubi opus erit, apud Sanctam Sedem apostolicam et alias, prout negocium expetit (1).

L'AVEUGLE D'ARGENTEUIL

EXTRAIT DES RECHERCHES DE LA FRANCE D'ÉTIENNE PASQUIER

(Livre VI, chapitre XXXVII).

Preuve miraculeuse aduenuë tant au Parlement de Roüen, que de Paris, pour deux crimes dont la preuve estoit incognuë aux Iuges.

Je veux sauter de la ville de Tholose à celle de Roüen, et de Roüen à Paris. Maistre Emery Bigot, Advocat du roy au Parlement de Roüen, personnage de singulière recommandation, qui exerça dignement l'espace de cinquante ans cest estat, me raconta autre fois une histoire de mesme subject. Ilme dist les noms et surnoms des personnes que j'ay oubliez, me souvenant seulement de la substance du fait. Il y avoit un marchand Luquois, qui s'estoit habitué dès long-temps dans l'Angleterre, auquel ayant pris envie d'aller mourir avec ses parens, il les pria par lettres de luy apprester une maison, se délibérant de les aller voir dedans six mois pour le plus tard, et finir avec eux ses jours. Vers ce

(1) Archives de la S., F. du Chapitre, *Délibérations capitulaires.*

mesme temps il part d'Angleterre, suivi d'un sien serviteur François, avec tous ses papiers et obligations, et descend en la ville
de Roüen, où, après avoir fait quelque séjour, il prend la route
de Paris : mais comme il est sur la montagne près d'Argentueil,
il est tué par son valet, favorisé de la pluye et du mauuais temps
qui lors estoit, et lors jette le corps dans les vignes. Comme cela
se faisoit, passe par là un aueugle, conduit de son chien, lequel
ayant entendu une voix qui se dueilloit, il demanda que c'estoit :
à quoi le meurdrier respond que c'estoit un malade qui alloit à
ses affaires. L'aveugle passe outre, et le valet chargé des deniers
et papiers de son maistre se fit payer dans Paris comme porteur
des obligations en scédules. On attendit dans Luques un an entier
ce marchand, et voyant qu'il ne venoit pas, on dépesche homme
exprès pour en avoir des nouvelles, lequel entendit dedans
Londres le temps de son partement, et qu'il avoit fait voile à
Rouen : Où pareillement luy fut dit en l'une des hostelleries, qu'il
y avoit environ six mois qu'un marchand Luquois y avoit logé,
et estoit allé à Paris. Depuis quelque perquisition qu'il fist, il se
trouva en défaut, et ne peut auoir vent ni voye de ce qu'il cher-
choit. Il en fait sa plainte à la Cour de Parlement de Roüen,
laquelle commande d'embrasser cette affaire, commandant au
Lieutenant criminel d'en faire diligente recherche par la ville, et
à Monsieur Bigot au dehors. La première chose que fit le Lieutenant fut de commander à l'un de ses sergents de s'informer
par toute la ville s'il y avoit point quelque homme, qui depuis
sept ou huit mois en çà eust levé une nouvelle boutique. Le
mouchard ne faut au commandement, et rapporte au juge qu'il en
avoit trouvé un, duquel ayant sceu le nom, le Lieutenant fait
supposer une obligation, par laquelle ce nouveau marchand s'o-
bligeoit corps et biens de payer la somme de deux cens escus
dans certain temps, et en vertu d'icelle, commandement luy
estant fait de payer, il respond que l'obligation deuoit être fausse
et qu'il ne sçavoit que c'estoit. Le Sergent prenant cette response
pour refus, le constituë prisonnier : et comme ils alloient de
compagnie, il advint au marchand de luy dire qu'il se sçauroit
bien defendre contre cette procedure : Mais n'y a-il point autre
chose ? adjousta-il. Le Sergent dresse son exploict, et rapporte au
Lieutenant criminel comme le tout s'estoit passé, lequel s'atta-
chant à ces paroles, s'il n'y avoit point autre chose, dès lors

commanda qu'on lui amenast le prisonnier, et arrivé devant luy, il fait retirer un chacun, et d'une douce parole luy dit qu'il avoit fait retirer tous les autres, voulant traiter doucement cette affaire auec luy : Qu'à la vérité il l'auoit fait mettre en prison sous une obligation supposée, mais qu'il y avoit bien autre anguille sous roche : Car il sçavoit pour certain que le meurdre du Luquois avoit esté par luy commis : Que de cela il n'en avoit certaine preuve : Toutesfois désiroit manier cette affaire avec toute douceur : Que le défunct estoit estranger, despourveu de tout support : Partant il estoit fort aisé de faire passer toutes choses par oubliance, moyennant que le prisonnier voulut de son costé s'aider : Cela se disoit de telle façon, comme si le juge 'l'eust voulu sonder pour tirer argent de luy, à quoy il n'avoit veine qui tendist. A cette parole le prisonnier sollicite d'un costé d'un remords de sa Conscience, d'un autre estimant que l'argent luy serviroit en cecy de garand, respondit au juge qu'il voyoit bien qu'il y avoit en cecy de l'œuvre de Dieu : puis que où il n'y avoit autre tesmoin que luy, cela estoit venu à connoissance, et que sur la promesse qui luy estoit faite, il recognoistroit franchement ce qui estoit de la vérité. A cette parole, le juge estimant estre arrivé à chef de son intention, manda quérir le greffier : mais le prisonnier voyant qu'il avoit fait un pas de sot, après que le juge luy eut fait lever la main pour dire la vérité, commence de joüer autre roolle, et de soustenir que toute cette procédure estoit pleine de calomnie et fausseté. Le juge se voyant aucunement frustré de son opinion, renvoya le marchand aux prisons en attendant plus ample preuve. Mais luy, après avoir pris langue des autres prisonniers (qui sont maistres en telles affaires) appelle de son emprisonnement, et prend à parties tant le Sergent que le Lieutenant criminel. Je vous laisse à penser si la cause estoit sans apparence de raison. Il s'inscrit en faux contre l'obligation. Il n'y falloit pas grande preuve, parce que les parties en estoient d'accord : et de faict, le Lieutenant vint par exprès au Parlement, où il discourut tout au long comme les choses s'estoient passées. La cour qui cognoissoit la preud'hommie de cest honneste homme, suspendit le cours de cette poursuitte jusques à quelque temps : pendant lequel elle donna charge à Monsieur Bigot de s'informer sur tout le chemin de Roüen à Paris s'il en pourroit sçavoir nouvelles : ce qu'il fit avec toutes les diligences à ce requises. Enfin, passant par Argenteuil, le bailly lui dit que depuis quelques mois on avoit trouvé un cadavre dans les vignes my mangé des chiens et corbeaux, dont il avoit fait son procès-verbal, duquel le sieur Bigot prit la copie. Sur ces entrefaites, survint l'aveugle, demandant l'aumosne en l'hostellerie, où il estoit logé, lequel entendant la perplexité en laquelle ils estoient, leur discourut amplement ce qu'il avoit vers le mesme temps entendu sur la montagne, Bigot luy demande s'il recognoistroit bien la voix : l'autre respond qu'il estimoit qu'oüy. Sur cela il le fait mettre en trousse sur un cheval et l'ameine en la ville de Roüen. Jamais trait n'avoit esté plus hardy en justice que celuy du lieutenant criminel, toutefois grandement subject à calomnie. Celuy que je reciteray maintenant ne sera de moindre effect. Le sieur Bigot estant de retour, après avoir rendu raison de sa commission, on se délibère d'oüyr cest aveugle, et en après de le confronter au prisonnier. Luy doncques ayant tout au long discouru ce qu'il avoit entendu sur la montagne, et ce qu'on luy avoit respondu, interrogé s'il recognostroit bien la voix, respond qu'oüy. On le confronte de loing au prisonnier sans le faire parler. Et après que l'aveugle se fût retiré, on demande à l'autre s'il avoit moyens de proposer reproches contre luy. Dieu sçait s'il fut lors en beau champ. Car il remonstra que jamais on n'avoit practiqué tant d'artifices, pour calomnier l'innocence d'un homme de bien comme l'on avoit faict contre luy. Que premièrement le Lieutenant criminel, en vertu d'une fausse obligation, l'avoit fait constituer prisonnier, puis luy avoit voulu faire accroire avoir fait, teste à teste, une cognoissance particulière de ce qui n'estoit point : et au bout de cela, de luy representer maintenant un aveugle pour tesmoin, c'estoit outrepasser toutes les regles de sens commun. Nonobstant cela, la Cour voyant qu'il ne disoit autre chose, on fait parler une vingtaine d'hommes les uns après les autres, et à mesure qu'ils se teurent, on demanda à l'aveugle s'il recognoissoit leurs voix. A quoi il fit responce que ce n'estoit aucun d'eux. Enfin, le prisonnier ayant parlé, l'aveugle dit que c'estoit la voix de celuy qui luy avoit respondu sur la montagne près d'Argenteuil. Ce mesme brouillement de voix ayant esté deux ou trois fois reïtéré, l'aveugle tomba toujours sur un même poinct, sans varier. Prenez séparément toutes les rencontres de ce procez, vous y en trouverez beaucoup qui font pour l'absolution ; mais quand vous aurez meurement considéré le contraire, il y a une infinité de circonstances qui vont à la mort. Un nouveau citoyen qui avoit dressé nouvelle boutique, quelque temps après la disparition du Luquois, la preud'hommie du Lieutenant criminel cogneüe de tous, la déposition par luy faite, assistée de celle du Sergent, mais sur tout la miraculeuse rencontre de l'aveugle, qui se trouva tant à la mort du Luquois, que depuis dans l'hostellerie où estoit Bigot, et finalement que sans artifice il avoit recogneu la voix du meurdrier au milieu de plusieurs autres ; toutes ces considérations mises en la balance, firent condamner ce pauvre mal-heureux à être roüé; et auparavant estant mis sur le mestier, il confessa le tout à la descharge de la conscience de ses juges, et fut le jour même exécuté à mort.

LE PROCÈS

CINQUIESME PARTIE DE LA MUSE NORMANDE

Le chant Ryal du Procez n'a pas besoin de Commentaire, pour ce qu'il s'explique soy-mesme. 1629.

CANT RYAL

Men proculeux, su mot je vou zescrits
Por vo prier d'entendre à la pourcasche
De men prochez, et d'estendre vos grifs
Por recheuer chu couple de Bescache,
Et su Levrault que j'ay prins à la casche :
   Quand no tiendra le premier jugement
Furlufez vous et parlez hardiment ;
Car sou voulez n'auer point la pepie,
Vo Rebiffer, Courbastre et contester,
Avant un mois no verra m'emporter
Le grand prochez meu pour un nid de Pie.

Depis deux jours no m'a donné avis
Que ma partie a prins une Foüache

Dans son Bissac, six vieux oignons pourris,
Sen cauche-pied aueuq une Gamasche
Por venir vair ichy le Iuge en fasche :
   Vo sçauez bien coume y veut finement
Mes petits Piars auer iniustement,
Veu que leu loge est dessus may bastie,
Su ses poincts là y-vo faut engagner
Por mieux me faire aueu despens gagner
Le grand prochez meu pour un nid de Pie.

Vo n'ignorez que dans notre poys
Y n'est cogneu que por une ragache,
Et qui dourret sen corps et ses habits
O grand Guignaud por auer une casche
Sur sez vezins qu'à tou coups y l'agache :
   Et l'otre jour y fit un faux serment
Por le licos qui print d'une jument,
Dont y poyst quinze livre et demie,
Et j'ay esper quay qui veille gronder
Qu'auec le dret je pourray emporter
Le grand prochez meu pour un nid de Pie.

J'ay st' année chy du groüin de mes fruits
Tou les matins allant à la pourcache,
De sidre doux fait environ deux muids
Qui valent mieux que su vin qui agache,
Et de verdeur fait sucher la moustache :
   Si je connets que votte entendement
De men prochez me vide entierement,
Vo le zerez por aueu ceste Pie
Faire les Roys et près du feu tocquer
Se par hazard no me veut évoquer (1)
Le grand prochez meu pour un nid de Pie.

Su men fumier, oncore je nourris
Un gros copin, que queuque fois je casche
De ses soudards, mille fois pu hardis
A picorer mes dindots et ma vasque

(1) Allusion à l'abus des évocations contre lequel protestèrent si souvent les Etats de Normandie.

Qu'à batailler armez souz leu casaque (1) :
  O je me donne à Saint Pierre de Caen (2),
Sou ne l'auez le premier jour de l'en
Por dessus ly faire un anathomie :
Bref, vo verrez quement je sçais poyer
Si vo me faite auer par chicaner
Le grand prochez meu pour un nid de Pie.

Camp-Ront (Jacques de), prêtre du diocèse d'Avranches, est
auteur d'un livre de jurisprudence des plus bizarres : « Jacobi
de Camp-Ront, presb. Abrincensis, Psalterium juste litigantium.
Quo ex libri consolatio peti ab iis potest, quibus res est sœpe et
pugna gravis cum adversariis tum visibilibus tum invisibilibus,
in hoc seculo. Ad amplissimos et ornatissimos viros in supremo
Normanniæ senatu Rothomagi, considentes ; Parisiis, Jam.
Mettayer, 1597, » petit in-12 de 66 ff. de texte et 6 ff. préliminaires,
avec deux gravures. A la fin du volume se trouve un chapitre
avec pagination particulière sous le titre de « Explicatio litis. »
  Ce livre, aussi rare que singulier, est dédié au Parlement de
Normandie. Il indique les psaumes et cantiques qu'un plaideur
doit réciter quand il veut gagner son procès. Pour organiser cette
cabale, dit M. Dupin aîné (*Textes de droit et de morale,* etc.,
Paris, 1857, p. 6), l'auteur a divisé son Psautier en autant de
parts qu'il y a de jours dans la semaine. Il y a pour chaque jour
quatre psaumes et un cantique. Le premier psaume contient
une oraison en forme de supplique adressée à Dieu par le *juste
plaideur* qui est effrayé de voir ses ennemis animés et coalisés
contre lui. Dans le second psaume, le même *justus litigans* se
plaint amèrement d'être ainsi en butte aux traits de ses ennemis. Dans le troisième, il élève sa voix vers Dieu et implore sa
miséricorde. Le quatrième est un cantique d'actions de grâces
dans lequel le plaideur qui a gagné son procès remercie Dieu
d'avoir écouté sa plainte et confondu ses adversaires. » *V.* Dupin

_____

(1) Allusion aux exactions commises par les gens de guerre et qui les rendaient un
sujet d'effroi pour les bourgeois des villes aussi bien que pour les habitants des
campagnes.
(2) Pourquoi se donner à Saint-Pierre de Caen ? Ne faudrait-il pas voir là une
expression proverbiale qui aurait échappé à l'attention de M. Canel ?

aîné, *Bibliothèque choisie des livres de droit*, Not. bibliographique à la fin du volume. Brunet, *Manuel du libraire*, t. I, p. 557.

Camp-Ront n'était pas curé d'Avranches, mais curé de Vergoncey, au diocèse d'Avranches. M. Fr. Le Héricher (*Avranchin Monumental*, II, 576-377), nous apprend que le *Psalterium juste litigantium* avait été composé à propos des poursuites d'un Rogeron des Préaux, dont la famille était ennemie des Campront.

Je soupçonne qu'il y avait un lien très étroit de parenté entre notre auteur et Martin de Campront, écuyer, sieur d'Auberoche, propriétaire, en la vicomté d'Avranches, des fiefs de Beaumanoir, du Chastelier et du Guey, dit Guiton, avec droits honorifiques aux paroisses de la Croix-en-Avranchin et de Saint-Benoît, lequel était fils de Ravent de Campront et d'Andrée de la Fresnaye (1).

LE PETIT-SAINT-ANDRÉ.

M. Jal, dans ses recherches intitulées : *Abraham Duquesne et la Marine de son temps*, t. Ier, pp. 18-35, a donné tous les renseignements véritablement historiques qu'on pouvait espérer trouver sur cet épisode de la jeunesse de Duquesne, et sur le procès auquel donna lieu la prise du navire le *Berger*, que commandait le Hollandais Jacob Maisecoster, 1627.

« M. P.-J. Fréret (*Esquisse de la Vie de Duquesne*, Dieppe, 1844), racontant d'après M. Floquet (*Anecdotes normandes*, Rouen, 1838), le procès du Petit-Saint-André, dit : « Pendant l'audience, deux pièces avaient été remises au jeune homme, toutes deux venant du cardinal de Richelieu ; la première était le don à lui fait de toutes les marchandises du navire hollandais ; la seconde, un brevet de capitaine en bonne forme. »

« Les extraits des arrêts que nous avons cités démentent ce petit coup de théâtre, imaginé par le charmant conteur des *Anecdotes normandes*. Le procès a lieu en 1627, et Abraham II Duquesne avait son brevet de capitaine de l'année précédente. Quant au don fait par le cardinal, non à Duquesne fils, mais à Abraham Ier, il est à la date du 11 septembre 1627, et le brevet est

(1) *V.* Aveu du 26 nov. 1611. Arch. de la S.-Inf., B. 153, *pièce 14.*

visé à l'audience du 1er décembre. Ce brevet donne au capitaine dieppois tout ce qu'il a rapporté de son voyage sur les Anglais, et non sur les Hollandais. Si le don s'était rapporté à la prise du *Berger*, le procès sur cette prise n'aurait pas été continué, et la lecture du brevet aurait mis fin aux plaids. Mais on sait qu'ils furent continués entre les propriétaires hollandais et le jeune Duquesne. »

M. Jal cite, à la page 38, un arrêt du Parlement du 1er décembre 1617, qui adjugea le *Berger* à Duquesne le fils « pour s'en servir pour le service du Roi. »

LA BOISE DE SAINT-NICAISE

Si l'on veut rétablir, par la pensée, le lieu qui servait aux assemblées des drapiers de Saint-Nicaise, il faut se rappeler que le cimetière de Saint-Nicaise, où était placée la *boise* sur laquelle ils venaient s'asseoir, était assez vaste ; que des prédications solennelles y étaient faites à certains jours de l'année, notamment un des trois jours des Rogations. La rue qui longe actuellement l'église Saint-Nicaise a été ouverte il n'y a pas longtemps.

Il n'est pas étonnant que les drapiers affectionnassent cet endroit : un grand nombre d'entre eux résidaient sur la paroisse Saint-Nicaise, et tous devaient, quand ils étaient reçus maîtres, payer un droit à la fabrique de cette église.

Le mot boise désignait une grosse poutre de bois. Je l'ai vu parfois employé pour désigner la poutre qui supportait le crucifix à l'entrée du chœur des églises. On connait l'expression proverbiale : *Sourd comme une boise.*

LE CARROSSE DE ROUEN

Le *Flambeau astronomique* ou *Calendrier royal* (de Rouen) de l'année 1734, p. 137, donne une idée peu avantageuse de la célérité des carrosses de ce temps-là.

« Le messager part pour Paris les dimanche, mercredi et vendredi, et arrive le lendemain.

« Le carrosse part les lundi, jeudi et samedi, va en été en deux

jours et demi, et part à cinq heures, et en hyver en trois jours,
et part à six heures.

« Il va le samedi par le Pont-de-l'Arche.

« Il part des chaises pour Paris quand on en a besoin et des
fourgons pour les grosses marchandises. »

Après la construction des grandes routes, il y eut une amélio-
ration très notable dans le service des voitures publiques.

Du temps de Jouvenet, les chemins, si ce n'est en approchant
de Paris, étaient tels qu'au moyen-âge.

Le carrosse de Rouen à Paris et de Paris à Rouen, passant par
Écouis, existait dès le XVIIe siècle. Le lundi 2 octobre 1663,
Jacques Le Courtois, intendant du baron du Pont-Saint-Pierre,
est envoyé à Paris par son maître ; il va prendre sa place dans
le carrosse à Écouis ; il paie 6 l. au voiturier, et dépense sur le
chemin 5 l. 10 s., ce qui donne lieu de supposer que le trajet n'a-
vait pas été court. Songeant au retour, après avoir terminé toutes
les affaires dont il avait été chargé, il vient coucher le vendredi,
16 novembre, à l'Image-Saint-Eustache, près des Coches. Le
samedi 17, il prend place dans le carrosse moyennant 10 l. et
arrive à Écouis après deux jours et deux nuits, ayant dépensé le
long de la route 6 l. 15 sous. Je ne vois pas d'autre voiture qu'ait
pu prendre Pierre Corneille pour venir à sa maison du Grand-
Andely. Il est vrai que les gens riches avaient à leur disposition
la chaise, qui coûtait beaucoup plus cher, mais qui était beaucoup
plus rapide (1).

Le 16 février 1646, Fleurent Dupray, maître des coches de
Rouen à Paris, avait baillé à louage, pour huit ans, par le prix de
150 l. par an, à Antoine Le Maistre, de Magny, le droit d'une
carriole, couverte en forme de coche, pour aller de Magny à
Rouen et de Paris à Magny, qui partirait de Magny le mercredi
de chaque semaine, et de Paris le vendredi, pour porter personnes, hardes et marchandises, et serait attelée de bons chevaux pour le service du public (2).

(1) « Estat de la recepte et despence faicte par moy Jacques Le Courtois, de
ce que j'ay receu du revenu de Monsieur du Pont-Saint-Pierre, depuis le premier
jour de juin MVIe soixante et trois que j'ay eu l'honneur d'entrer à son service. »
Arch. de la S.-Inf. F. Caillot de Coqueraumont.

(2) Tabellionage de Rouen, Meubles.

NOTRE-DAME DE BONSECOURS

Voici l'acte de décès de Madame de Brotonne, tel qu'il a été rapporté aux actes de l'État civil de la paroisse de S. Laurent de Rouen :

« Ce mercredi trentiesme jour du mois de septembre (1722), après l'autorisation et mandement de Monsieur le Lieutenant criminel du Bailliage de Rouen, daté du vingt neuf du present mois et signé Haillet, le corps de noble dame Marguerite Suzanne Robert, veuve de messire Henri Duquesne, chevalier, seigneur de Brothonne et de Tocqueville, conseiller du Roy en sa cour de parlement de Rouen, défunte du vingt huit au matin, agée de quatre vingt sept ans ou environ, en presence des soussignés, a été inhumé par M. le vicaire de ceste paroisse dans la chapelle de Saint Jean. Signé : Jean Pierre Langlois, Couette, Dumesnil, curé. »

« Exécutoire pour la fourniture du bois pour l'exécution du nommé Louis Gohé, condamné par arrêt du Conseil supérieur de Rouen, du 14 décembre 1772, à être rompu et brûlé vif, pour avoir assassiné Madame de Brotonne et avoir mis le feu à la maison de cette dame. Du sieur Bachelet, marchand de bois à Rouen, 120 livres 4 sous. » Arch. de la S.-Inf., *C. 929.*

On trouvera dans la *Revue de Rouen,* mars 1846, une lithographie de Ch. Frank, représentant l'ancienne église de Bonsecours.

TABLE

———

———

***

ACHEVÉ D'IMPRIMER A ROÜEN

Par Espérance Cagniard

Le neuf Juillet Mil huit cent quatre-vingt-trois

Jour anniversaire de la naissance de M. Floquet

En Hommage a Madame Floquet

www.ingramcontent.com/pod-product-compliance
Lightning Source LLC
Chambersburg PA
CBHW050308030726
47505CB00003B/623